JN038647

最推しの義兄を愛でるため、長生きします！　３

登場人物
ブルーノ
アルバの妹、
ルーナの婚約者。
アルバとオルシス
へのツッコミ役。
アドリアン
オルシスの『天敵』
だったが、
とある事件から
アルバの登下校の
護衛をしている。
「僕はいつでも、
この命すら、
兄様のものであ
りたいです……！」
「もう二度と、
アルバの手を
放してあげられないよ」
アルバ・
ソル・サリエンテ
転生したら最推しが
義兄になっていた。
今回は王国のピンチに兄様
と立ち向かうことになり——!?
オルシス・
ソル・サリエンテ
義弟であるアルバを愛している。
アルバへの独占欲が
兄弟愛ではとどまらないことに
気が付き——

ツヴァイト・
サン・テスプリ
王国の第二王子。
明るく人懐っこいが、
責任感が強い。
ヴォルフラム・
サン・ブレイド
王弟の次男として生まれた。
闇属性持ちで、
鬱屈した自我を抱えている。
リコル
学園の養護教諭。
思慮深く
とても真面目。
ミラ
乙女ゲームの主人公
ポジションの令嬢。
光属性の攻撃魔法
が得意。

プロローグ

『やった！　最推しの新衣装ゲット！』

　ぐっと手を握りしめ、手にしたスマホを凝視する。そこには制服の上着を脱いだとてもセクシーな最推しが無表情で立っているスチルが映っていた。

　どれほどの課金をしたのかもう数えてもいない程夢中になったスマホアプリ、『光凛夢幻∞デスティニー』。

　攻略対象者と共に切磋琢磨し、レベルと好感度を上げて、滅びゆく国を救うストーリー。何より素晴らしかったのは、神絵師様によって描かれたとても麗美なキャラクター達。

　俺の最推し、オルシス様は、国に二つしかない公爵家の嫡男として誕生し、父が自分には厳しいのに、病で亡くなった血の繋がらない義弟だけはとても愛していたという状況に鬱屈した気持ちを持ちながら成長した。そのせいで最推しは表情筋が死滅し、いつでもどこでも無表情のクールビューティーな学生になった。

　その顔の尊さ、それでも父に認められようとするまっすぐさ、いつもは厳しいけれどふとした時にだけ見せる優しさが、俺のドストライクだった。

最推しをひたすら愛で、課金し、スチルを集め……

気付いたら、俺は最推しの義弟アルバとして生まれ変わり、公爵家の門をくぐっていた。

最推し改め、オルシス兄様八歳、俺四歳。新しい家族よと母に再婚相手を紹介され、出迎えてくれた義父と新しい兄様を見た俺は、自分の立ち位置を理解し、そして、歓喜した。その時に見たショタ的オルシス様ときたらもう！　筆舌に尽くしがたいとはこのことだ。

俺の身体を蝕んでいた『ラオネン病』の発作が起きてしまう程に尊く、可愛らしく、今世でも、オルシス様は俺のドストライクだった。

『ラオネン病』とは、喘息に似た激しい咳と共に身体中の魔力が抜け出てしまうという、命を脅かす難病だ。これにかかった者は完治する手立てもなく、九歳まで生き残ることが出来ないといわれていた。俺は生まれた時からその病にかかっていて、だからこそ最推しの思い出になるはずの義弟だった。

発作と共に脳裏に浮かんでくるスチルは、前世で愛した最推しのものばかり。むしろ発作の度に訪れる大きな川の向こうにいる表情筋が死滅した最推しの手を取るのもアリかもしれない、なんて思ったりもした。

けれど、こちらにいるショタ兄様の手がしっかりと俺の手を握っていてくれて、最推しの誘惑をなんとか跳ねのけることに成功しては、目を開けて心配そうな兄様のご尊顔を仰いだ。

俺が目を覚ます度に、とても可愛らしい笑顔で「おはよう」と言ってくれる兄様を何度も見て、ここで命を落としたら、あの一番見たかった学園時代の最推しが見れないじゃないか、と思い立った五歳の俺。

　ゲームをやり込んでいたからか、最推しのストーリーは網羅している。そのため、『ラオネン病』の特効薬のありかも知っている。ということで俺は一人行動を開始し、即兄様に見つかった。兄様と義父の力を借りて、『ラオネン病』の特効薬になる実『レガーレ』をメノウの森で手に入れると、義父は宰相様のご子息であり、天才と名高い後の攻略対象者の眼鏡枠であるブルーノ君を仲間にして、既存の薬の上位互換なラオネン病の薬を作り上げた。

　皆の尽力により、俺は無事中等学園に入学。兄様と一緒に馬車で登園するという夢のような生活を手に入れた。これはもうフラグ回避したかな、と思った瞬間、今までで一番大きな発作が俺を襲った。そこで見た、最推しの新スチルと、特効薬の作り方。

　光属性の魔法が必要だということで、ツヴァイト第二王子殿下まで巻き込んで、とうとう兄様たちは『ラオネン病』の特効薬を作り上げた。

　それを摂取して、俺もとうとう病を克服することが出来た。


　さて、不治の病と言われていた『ラオネン病』の特効薬は出来たけれど、今はまだ俺の病が完治したことは公表されていない。

　病は治っても、まだ発作のような魔力減少が起きるからだ。ちなみにその発作のたびに、頭にスチルの数々が浮かぶ。義父にそのことを話すと、俺が未来視ができる『刻属性』だと断言された。特殊な属性の『刻属性』を俺が持っていると知られると、王家に搾取されるのではという危惧もあり、義父は特効薬を世に広めるのは時期尚早だと考えている。

とはいえ、刻魔法を自分で制御できるわけもなく、自力では魔力が減り続けるのを止めることが出来ないため、病（やまい）が消えた今もブルーノ君飴が手放せないままだ。

念願の兄様の高等学園での学園祭ですら魔力暴走が発生してしまって、青い炎に包まれる魔術大会の会場が見えてしまったり、兄様が誰かと手に手を取ってエンディングを迎える場面を見てしまったりと、まだまだ俺の発作が落ち着いたとは言い難く、魔法が暴走するたびに魔力が減って、飴を口に突っ込まれることの繰り返し。

けれど確実に俺の死亡フラグはへし折れているはずで……

念願の兄様の制服姿と高等学園生活は、こんな風に波乱を含んだ状態で始まった。

それでも俺は無事生身のまま、兄様の尊いお姿を見ることが出来るようになったのだから十分すぎる。

喜びに浸る中、とうとう兄様たちの周りに『光凛夢幻∞デスティニー』の主人公が現れた。

アプリの主人公である令嬢は、とにかく好きになれない性格をしていたけれど、いざ関わるようになったミラ嬢は、とても気さくで勇ましい性格をしていた。

今まで関わって来た人たちは皆、アプリのキャラクターとは全然違う性格に育っていたけれど、それはミラ嬢もまた同じで、嫌いになれないのがいいのか悪いのか。

色素の薄いサラサラのストレートヘア、笑顔が流石主人公と感嘆するほど可愛らしいミラ嬢は、そこに気風（きっぷ）のよさを滲ませて、とても話しやすい。それに、ミラ嬢は誰かと恋愛をするような雰囲気をまったく持ち合わせていなかった。乙女ゲームの主人公のはずなのに。

兄様が高等学園に入学しても、乙女ゲームは始まらなかった。

そのことに、俺は思った以上に安堵していた。

――俺が知っていることは、主人公、つまりミラ嬢が攻略対象者の誰かと手を取り、情を交わし、愛し合って、この国を救うというもの。学園で学び、レベルを上げ、鍛錬をして好感度を上げる。好感度が一定値を超えたら、手を取ってこの国を守っている大きな宝石に魔力を入れる。すると宝石の力がよみがえり、二人は末永く幸せに暮らしました、というエンディング。

攻略対象者は六人。センターにツヴァイト第二王子殿下、そして最推しである兄様、ブルーノ君、アドリアン君、リコル先生。それともうひとり、隠しキャラ。隠しキャラのことは何一つ知らない。きっと最推しにほぼ関わらなかったから、記憶にないんだよね。俺の大抵の記憶は最推し中心に回っているから。

その中で、今現在リコル先生はそもそも高等学園の保健医をやっていないからまったくミラ嬢と関わり合っておらず、ブルーノ君は我が天使な妹、ルーナの婚約者に収まっているから場外。

ツヴァイト第二王子殿下はレガーレを研究する際に手伝ってから、うちにちょくちょく遊びに来てはブルーノ君にこき使われ、アドリアン君は昔の失言を詫びるために、俺の登下校の護衛をしてくれている。何やら兄様がアドリアン君を愛称で呼んでいる節があるのが気になるけれど……

慌てて脳内に浮かんだアドオルの薄い本の情報を消し去る。

つまりは、攻略キャラであるはずの六人は、隠しキャラを除いて皆ゲームとは違う道を歩んでいるってこと。

でも、これだけの違いが出ていても、シナリオの大筋は変えられないようだ。

実際に兄様たちは高等学園に上がる際、王宮に呼ばれ、アプリのオープニングのように陛下にミラ嬢の補佐を任命された。本人たちが変わっても、ストーリー自体はあまり変わりないのかもしれない。

そうなると本人たちにその意思がなくても、状況によっては周りの思惑で手に手を取らされて、ミラ嬢のパートナーになるということも……

俺としては何よりそれが怖い。

そもそもアドリアン君が俺の護衛を買って出てくれたのは、ミラ嬢が引き取られたセネット公爵夫人、つまりセドリック君のお母さんが不穏な動きを始め、それを憂いた第二王子殿下が気を回してくれたからだ。

あろうことか、セネット公爵夫人は兄様にミラ嬢との縁談を持ちかけて来たのだ。

義父と兄様がしっかりと断り、セネット公爵もむしろ迷惑かけてごめんねと謝ってきたから縁談自体は立ち消えたものの、セネット公爵夫人は諦めていないらしく、血の繋がらない義弟である俺に目を付けて、お茶会に呼んだり学園で差し入れしたりし始めた。

お茶会は体調不良でお断りしたし、学園ではセドリック君がセネット公爵夫人の動きを阻止してくれたりしたんだけれど、俺が兄様のウイークポイントだということには変わりなくて。

少しだけ不穏な空気の中、俺の心を占めるのは、兄様とミラ嬢の婚約の話が耳に入った時に『刻(とき)

属性』の魔法発動で見てしまった、あのシーン。

神殿のような場所で、綺麗に笑う兄様が、誰かに手を差し伸べる、あの。

——兄様が、国を救うパートナーに選ばれた、あの……

一、最推しと合法お泊まり

毎日兄様とアドリアン君のタンデムにぐぬぬとしながら学園へ通い、セネット公爵家嫡男のセドリック君とも疎遠にならずに三学年に進級することが出来た。

兄様は今日から二年生。

ゲームでの二年の進行度合いは、どんなものだったか。

少しずつ王国の異変が増えていくのではなかったか。

地面が揺れて皆が驚くシーンとか、前はこんなことなかったのに、というセリフがあった気がする。

確かに、生まれてから今まで、この世界で地震を感じたことはない。それにそもそもこの世界では『地震』は科学的な概念ですらないようだった。地が動くのも急に雲が集まるのも、魔力のなせる業(わざ)らしい。

今は、潤っていたはずの地の魔力が枯渇して脆(もろ)くなった結果、地面が揺れる、という状況だそうだ。その説明おかしくね？　って思っていたけれど、実際に魔力が枯渇すると天変地異が起こってもおかしくない世界みたい。

これはリコル先生に聞いたから、この世界に浸透した知識であることは間違いない。

なんでも、魔力が枯渇すると魔力で支えられていたこの大地の力が衰える。だから、地の魔力が枯渇すると地面自体が脆（もろ）くなったりするんだって。それは人の身体もまったく同じで、魔力が枯渇すると身体の力が衰えて、倒れたり、下手すると命を落としたりすると説明を受けて、思わず納得してしまった。

今の俺の身体が今まさにそれだからだ。

ちなみに大地から抜けた魔力が空中に留まり続けて淀（よど）んだ魔力が集まると、魔核が出来てしまい、魔物が生まれ出るんだそうだ。急に黒い雲が集まるのは、その魔核が出来上がるから、らしい。急いで魔核を散らさないと、空から魔物軍団襲来、なんてことも起きるのかもしれない。それはちょっと怖い。魔核が小さいうちは魔力を散らして消滅させることも出来るから、そこまで深刻にならなくてもいいってリコル先生は言っていたけれども、想像するだけで震えあがりそうになる。魔物は怖いからね。

そんな話をしたのも、俺が保健室授業をしている時に、地震が起きたからだ。

とても小さな揺れだったけれども、紛れもない地震だった。それが収まると、先生は少しだけ険しい顔をしてさっきの説明をしてくれた。

地震って大陸プレート同士がぶつかったりズレたりして起きるものじゃなかったんだっけ、なんて気軽に考えていたけれど、この身体と同じことがこの世界に起きてるなら多分一大事だよ。

ただただ宝石に魔力を注いでハッピーエンド、なんて気軽にストーリーを楽しんでいたけれど、実は今まさにこの国が崩壊するかどうかの瀬戸際なんじゃなかろうか。

深刻にならなくていいなんていうリコル先生の言葉は、ただただ俺を安心させるためだけに言われた言葉だってすぐに気付いてしまった。

だからこそ、その魔力を注げる程の光属性の魔力を持つミラ嬢は王家にとって喉から手が出る程に欲しい人材で。

選ばれた人たちも、それをサポートするにふさわしいほど高魔力を持っていて。

血の気が引いた。

どうしてそんな不安定な崩壊寸前な国で、恋愛だなんだと楽しんでいられたんだろう。

設定を深く知れば知るほど世界がヤバい状態にあることはわかるのに、ストーリーの語彙が軽い。気楽に楽しめるのが売りの恋愛ゲームだったから、わざと軽く流しているのか、実は裏を読んでさらに楽しんでもらうために軽く書かれているのか悩みどころだ。多分前者だと思うけれど。

魔物が増えるのもまた、国の崩壊が始まっているから。地面が地震で割れ、そこから魔力が噴き出すらしい。まさに前に湖に行ったときに、湖の底でそれが起こっていたようだ。

でも、俺がこの国の崩壊の兆しを知っているのは『光凛夢幻∞デスティニー』のストーリーを何度も追ったからだ。複数人のストーリーを追うことで重なる重要なワードが、これから国が崩壊していくという事を表していたじゃないか。表面だけなぞって、そういうことをすっかり見落としていたのが悔やまれる。

自分で魔法を自在に操れるなら、もっともっとたくさん魔法を使って過去や未来を視て、魔法が見せる内容を熟考して、吟味して、かみ砕いて、しっかりと予習してくるのに。

きっと今魔法が発動なんてしちゃったら、またしばらく起き上がれなくなるんだろうな。しかも自分で視たいと思って簡単に出来るものじゃないし、視たいシーンを好きに視れるわけじゃないのが辛い。視たいところだけをサッと視て消せば魔力だってそうそう枯渇しないと思うのに。

それでも、これだけは覚えている。主人公たちが手に手を取って宝石に魔力を満たした時期は、本当にギリギリだったということ。

ゲーム内では最推しが第二王子殿下の側近で、アドリアン君は護衛騎士。ブルーノ君も側近で、ひたすら殿下を立てていた。リコル先生はあくまで高等学園の保健医だった。そして皆それぞれが鬱屈した感情を持っていたせいか、攻略対象者同士でワイワイ行動するようなことはまったくなかった。皆、個人個人で動いていたように思える。

今ほど横のつながりはなかったし、そこまで親しくもなかった気がする。第二王子の側近として最推しが選ばれたのはあくまで家柄と成績のおかげだったはずだから。それは宰相子息であるブルーノ君も同じで。まあそれは一人一人のルートがあるゲームだから仕方なかったんだろうけれど。

ということは、主人公との情以外は、攻略対象者同士の横のつながり、もしくは絆はそれほど育ってなかったってことだ。

それに比べると、今は皆、大分仲良くなっている気がする。

「ブルーノ君が」

「ええ。淹れ方を教わ
「いつも飲む大好きな
ます」

嬉しい贈り物に、俺
そう、実は新学期か……したことがあるんだ。

サリエンテ公爵家の者たちの作ったものじゃない限り、口にしないこと。

それが新たな約束だった。

セドリック君の家からの差し入れが、思わぬ波紋を広げていたようだ。

俺は、あの時のことを特に家族には言わなかったんだけれど、セドリック君からわざわざ義父宛に、母親が迷惑をかけたという手紙が届いたんだ。

二学年の時、セドリック君の家で開催されたお茶会で兄様がセドリック君のお母さんに目をつけられてしまって、ミラ嬢との婚約を打診されたんだ。

それはしっかり兄様がお断りしたんだけれど、セドリック君のお母さんは陛下を巻き込んで何かを画策していたらしく、第二王子殿下に気をつけてと注意を促された。

ついでにアドリアン君を護衛につけられた後に、中等学園にセドリック君のお母さんからいきなり差し入れがあったんだ。

それはセドリック君が機転を利かせてくれて口に入れることはなかったんだけど。

その手紙を読んだ義父が兄様たちを集めて緊急会議をし、改めてアドリアン君の護衛の継続と、セネット公爵家や王家の動向を見守ることを決定した。そしてその中で出て来た案により、先程の約束が成立してしまったということだ。だいぶ大事になってしまった。

もちろんリコル先生は信頼できるので、先生のお茶や薬は問題ない。

幸いにも俺はまだ今年十三歳。夜会とかに出ることはないし、お断りも体調がすぐれないというだけで納得してもらえるので、気楽と言えば気楽だ。

兄様は高等学園に入ったからある程度の付き合いは必要だと、軽いパーティーなどには公爵家当主代理としてたまに参加させられているらしい。俺は夜会に向かう正装の兄様を見掛けたことがないので本当に行っているのかはわからないけれど。見たい。見たすぎる。兄様の正装姿。


そんなわけでお茶をゆっくりと飲んでいると始業の時間になったので、リコル先生にお礼を言って、俺は教室に向かった。

既に生徒の多い教室に入っていくと、ジュール君が俺の顔を見るなり急いで近寄って来た。

「アルバ様、おはようございます。今日は体調がすぐれないのかと心配しておりました」

いつもは俺が一番くらいに教室に来てたからね。ジュール君に心配させてしまった。

申し訳なく思いながら挨拶を返す。

「理事長先生のご配慮か、保健室が近くになったので、そちらで温まっていました。まだまだ寒いですよね。ジュール君は体調大丈夫ですか」

「いつでも元気です。それより、体調不良などではなくよかったです」

「心配してくださりありがとうございます」

嬉しくなって顔が緩む。

こんな風に心配してくれる友達っていいよね。

「ジュール君とまた同じクラスで嬉しいです」

「僕もです」

一年の時よりも大分角の取れたジュール君は、ブルーノ君に似た聡明な雰囲気を醸し出している。本当に聡明という言葉がしっくり来ると言うと、ジュール君は「聡明はアルバ様の方でしょ」と苦笑していた。

俺は自分で言うのもなんだけれど、自分のことをアホだと思ってる。なんていうか、俺ってアホだよね、なんて毎回思う。声に出して言ったら、セドリック君とブルーノ君辺りは滅茶苦茶同意を示してくれそうだ。

そんな話をしている間に、担任の教師がやってきた。ザッと皆で自己紹介をして、三年の年間予定を説明してもらう。

その中に、とても気になるワードがあった。

『高等学園との合同キャンプ……五月、一泊』

五月というと、来月。そんなイベント、ゲームにはなかったが？

「合同キャンプは、メノウの森の一画で、中等学園三学年と高等学園二学年の生徒たちが野外泊を体験する行事です」

「そんなものがあったんですか」

授業の後、まったく記憶にないその行事について、俺は慌てて保健室に行って、リコル先生に聞いていた。

リコル先生はすぐに俺の質問に答えてくれた。

「オルシス君たちも三年生の時に野外泊を体験しているはずですよ」

「そうだっけ……全然覚えていません……」

「私は高等学園側の保健医としてついていたので、間違いないと思います。初めて赴任した時だったのでよく覚えているんですよ。あの時のオルシス君は中等学園生とは思えないほどに大人びていて、下手すると高等学園生たちよりも手際よく作業をしていました」

「兄様が野外泊で作業……！　一体、どんな作業をしていたんですか！」

少し前のめりに兄様のキャンプの様子を訊くと、リコル先生はまたにこやかに兄様の様子を教えてくれた。

曰く、本当は手を貸す立場の高等学園生に逆に手を貸して、ブルーノ君と共に指導していたとか、二人で薬草を見分け、食中毒の危機を回避したとか、魔物が出た際一番早く動き出して殲滅したとか。兄様武勇伝……！

「流石兄様です……！　中等学園生の時ですらその活躍……！　そして成績もよく性格もお優しいなんて……本当に欠点なしですよね！」

「あはは……そうですね。お優しいかについては少しだけ意見が分かれそうですが」

「兄様はお優しいです！」

「そうですね、彼は懐に入った者にはとても優しいですね」

苦笑するリコル先生に兄様の優しさを強調すると、リコル先生はなんとも微妙な答えを返してくれた。なんでも、兄様は学園ではブルーノ君の前以外ではチラッとも笑わないらしい。それなんてクールビューティー……！

家でも馬車の中でもとても優しい笑顔でいるから、そんな兄様想像もしていなかった。

いや、待て待て、確か兄様は学校では「俺」と言っていたはず。

ということは、兄様は「俺」の時はクールビューティーで「僕」の時は甘々笑顔ってことでファイナルアンサー？

何それギャップに心臓止まりそうです……！

その二面性がとても愛おしい。でも俺はその裏の顔を見ることができない訳で。でもそれを見ることがないということは、兄様の懐に入っているということだから、とても素晴らしいことで。

そっか、学園の皆は兄様のあの笑顔が見れないのか。なんていうか人生半分損しているね。俺は……クールビューティーが見れないのはやっぱり人生半分損している気がする。

「……その人生半分の損を補填するため、高等学園にこっそり行ってみようかな……」

そんな邪な考えは口から漏れていたようで、呆れたような笑顔のリコル先生が視界に入った。

「また何か無茶なことを考えていませんか」

「いえいえそんな事全然考えていませんよ」

「視線が泳いでいますよ」

クスクス笑いながら、リコル先生は机からブルーノ君飴を取り出して、俺に握らせた。

「それよりも、これをちゃんと舐めていますか。口に含んでいる間はアルバ君の魔力が逃げないうえに、魔力の回復が少しだけ向上するんですから、休み時間などに必ず口に含んでくださいね」

「え、魔力回復ができるんですか？」

普通の人は魔法さえ使わなければ魔力が回復していくけれど、俺の身体はポンコツだからずっと微量の魔力が減っている状態なのだ。まさかそれが飴を舐めるだけで改善するなんて。

思わぬことに驚くと、先生が頷いた。

「します。前にも言いましたが、アルバ君の身体は、今とても疲弊しています。魔力もあまり留まることがないですし、まだまだ満タンには程遠い状態です。しかし少しずつ零れていく魔力をその飴の成分で堰き止めれば、少しずつではありますが魔力が回復するんです。病はなくなろうと、飴を手放してはいけませんよ」

「はい。でもこの飴で太らないといいのですが」

「アルバ君はあと十キロは太っても問題ありません。肉が付けばおのずと身体も上に伸びていきますから、しっかりと肉をつけてください。料理長の美味しいご飯をたくさん食べてね」

「はい」

あと十キロ。気が遠くなる数字だ。そうじゃなくてもあまり身体が成長していないのに。リコル先生が言うには、栄養が体調を整える方に持って行かれているんだって。ということは、魔力が満タンになったら、そこからはぐんぐん伸びるってことか。

「頑張って魔力回復します」

「そうしてください」

「はい！　あ、そういえばもう一つ聞きたいことがあったんでした」

「何でしょう」

肝心のことを聞き忘れていた俺は、もう一度前のめりで質問を口にした。

「高等学園生と合同キャンプってことは、兄様と森でお泊りできるってことですよね！」

ワクワクソワソワしながらリコル先生の答えを待っていると、リコル先生はとても申し訳なさそうな顔をした。

「……アルバ君の参加は……とても難しいです」

急浮上していた俺のテンションは、一気に地中に埋まるほど下降した。

低いままのテンションで帰宅するための馬車に乗る。こんな顔でいたら兄様たちに心配させてしまうのはわかっているけれど、俺は顔を取り繕うことも出来ないほどに落ち込んでいた。こんなに落ち込んでいるのは久し振りだ。

だって、だってだよ。

よろよろと段差を上がり、座席につくと案の定心配そうな兄様とブルーノ君が俺の顔を覗き込んだ。

「アルバ、具合が悪いのかい？」

「ほら、オルシスの膝の上に頭を乗せて横になっておけ」

「……」

いつもなら一度遠慮する膝枕をおとなしく受けてみる。

でも気分が浮上しない。重症だ、とどこか現実逃避している俺が冷静に考える。

膝は借りたままだけど。

至福……だけれど、気を抜くと溜め息が口から出そうになる。

そんな俺を見て、兄様がさらに顔を青くする。

「アルバ、どうしたの。原因を教えて。教えてくれないと何も出来ない」

「十中八九オルシスのことだと思うけどな」

「僕!?　僕がアルバのことを傷つけた!?　ねえ、アルバ、ごめんね、原因を教えて」

違います。兄様のせいじゃありません。

首を横に振ると、兄様の太腿に頭がグリグリされてしまう。

「僕が……僕が不甲斐ないばかりに……」

ああ、どうして俺は病気になんかなっていたんだ。治ったとはいえ、完治には程遠い魔力、どうにか気合で何とかならないか。なんともならないポンコツな身体に嫌気がさしてくる。

「アルバ……」

兄様の辛そうな声に、追い打ちをかけられる。

俺が顔を取り繕えないせいで、兄様を悲しませてしまっている。さらに不甲斐なくて落ち込みが深くなる。

すん、と鼻を鳴らして、俺は顔を手で覆った。

「……兄様との、合法お泊り会が……！」

「アルバ、言い方。――しかし、なるほどそういうことか」

俺が参加不可なんて、もう泣きそうです。


俺が落ち込む理由を聞いた二人は、若干呆れた顔になった。

「あのね、アルバ。僕とアルバの家は同じ場所なんだよ」

「合法お泊りなんて、毎日そんな物じゃないか。俺も含めてな」

「……」

二人の言葉を聞いて、あっと声を上げる俺を見て、兄様がくしゃっと笑みを作った。

「そんなに僕と一緒にキャンプに行きたかったの？　僕はアルバが参加できないのを知っていたか

ら、サポートに申し込んでいなかったよ。ブルーノもね。参加するのは殿下とアドリアンだよ」

「リコル先生から、当時の兄様のご活躍を聞いて、僕もそれが直に見られると浮かれてしまって」

「アルバのためならいつでもなんでも見せるよ」

にこりと微笑む兄様の『なんでも』という言葉に、邪な想像をしてしまって、変な声が出そうになる。こんな時に頭に浮かぶのはアドオルの薄い本、成人版。やめてそんなの浮かばないで俺の腐れ脳みそ。兄様のあられもない恰好というあかん想像をしてしまいそうです。そんな卑猥なことを頼んでしまったらきっとこんなに優しい兄様でもドン引き確定案件です。俺衛兵に捕まっちゃう。

さっきとは違う意味で、必死で顔を取り繕っていると、兄様の手がゆっくりと俺の頭を撫でた。

「合同キャンプは、体力が万全の生徒でも疲れるんだ。今回は休もう。元気になったら一緒に森に野外泊を体験しに行こう。きっと父上も来たがるよ。護衛も借りれるから、学園行事よりも楽しめるよ」

「その時は俺も連れて行ってくれ。森の素材を色々見て回りたい」

「アルバ最優先だぞ」

「誰に向かって言っている」

二人の言葉に癒された俺のテンションは、家に帰ってくる頃には少し浮上していた。そうだね。合法お泊りは毎日だね。同じ屋根の下だったね。特別なシチュエーションに思わず現実を忘れて脳みそが破裂していたよ……

ただいま帰りました、と挨拶しながら、同じ屋根の下に同じように挨拶して足を踏み入れる兄様を見て、俺は自分の間抜けさ加減に地面に埋まりたくなったのだった。

「アルバ君。君の合同キャンプ参加が認められましたよ」

「え……？」

しかし二日後、満面の笑みでリコル先生がそんなことを言い出した。

兄様たちが参加しないと聞いて、俺の中でちゃんと折り合いをつけ、もう過去の話となっていた事柄が、いきなり懐に飛び込んできた。

「ほら、参加できないと落ち込んでいたでしょう。どうにかならないかと理事長に掛け合ってみたんです。学園長も、せっかく中等学園生になったのにアルバ君が参加できないのは辛いだろうということでとても同情してくださいまして。私が専属で付き添いをすることで参加できるようにしてもらいました」

ね、と厚意一色のリコル先生に、俺はもう参加しなくても問題ないんです、とは言い出せなかった。

さらにこういうタイミングって、すれ違う場合はとことんすれ違うわけで。

俺が参加できるようになったことを聞いた兄様たちが急いで学園に参加申請をしに行ったときには、既定の人数が埋まっていて、既に締め切られていたとのこと。

ごり押しでの参加は認められず、俺参加、兄様たち不参加の状態で落ち着いてしまった。

リコル先生は兄様たちが参加しないということを知らなかったらしく、後々聞いて本当に申し訳なさそうにしていた。でも俺にも楽しんでもらいたい一身で掛け合ってくれたことなので、今回は本当にタイミングが悪かったというだけ。けれど、その夜は兄様が落ち込んだ顔をしていた。

そして、義父の「この先こういう離れ離れという場合の方が多くなるのだから、慣れるということも必要かもな」という一言で、兄様は切れた。

「アルバが参加するのに、俺が参加できないなんてアリか……！」

「落ち着けオルシス。口調が乱れているぞ」

「アルバのキャンプをサポートできないなんて最悪だ！　締め切り後の参加は容認できないなんて、数は多い方がより安全だろう⁉」

「高等学園でのキャンプは自由参加とは名ばかりで、素行不良者は強制参加だからすぐ枠は埋まるからな」

「ブルーノは僕に素行不良になれと……⁉」

「そんなことは言ってない」

ブルーノ君にすら食って掛かる兄様は、普段は見られない程荒れていた。みんなでゆったりするはずの部屋では、ブルーノ君と義父が床に座り込み頭を抱える兄様を、珍しいものを見る顔で見ている。

でもそんな荒れた兄様もとてもワイルドでカッコいいです。

誰かの配慮か、新しい教室は保健室からほど近い教室だった。去年はこんなところが三学年の教室ではなかったはず。

首をかしげていると、保健室のドアが開いて、リコル先生が顔を出した。俺の姿を見つけて、おはようと挨拶をしてくれる。

「いつもながら早いですね、アルバ君。時間まで保健室で温まっていきませんか？　教室は寒いでしょう」

「ありがとうございます」

通い慣れた保健室に入り込むと、別世界かと思うほどに部屋が暖まっていた。

まだまだ外は寒く、時折強い風が吹く。

冬用コートを着るのを躊躇(ためら)ったせいで後悔していた俺には、この暖かさは天国だった。

もしかしてリコル先生は俺を迎え入れてくれるためにこんなに暖かくしてくれていたんだろうか。

温もりに感動していると、リコル先生が頭を下げた。

「まずは、進級おめでとうございます。アルバ君が無事三年生になれたこと、とても嬉しく思います」

そう言いながら手渡してくれたのは、淹(い)れたばかりの薬草茶。身体が温まる成分が入っている物だ。

「そのお茶はブルーノ君自ら育て、乾燥し、私に渡してくださった物です。アルバ君が飲みなれているから、と」

兄様とブルーノ君なんて無二の親友だ。殿下も気軽に遊びに来ては、ブルーノ君に実験台にされている。アドリアン君なんて愛称を呼ばれるほどだ。タンデムもしているし。

そう考えると、もしかして。

攻略対象者同士でもワンチャン宝石に魔力を満たすことが出来るんじゃなかろうか。絆なんて、恋愛じゃなくても育つし。何より友人ルートがあったくらいだから。

難しい顔をしながら朝ご飯を食べて、新学期の学校へと向かう馬車に乗り込む。兄様と一緒の時に眉間にしわを寄せているととても心配されるので、必死で普通の顔をしているけれど、気付くとまた険しい顔をしてしまう。時々兄様の指が俺のしわを伸ばそうとする動きが可愛すぎて悩みを忘れるけれども。

あれからずっとアドリアン君は馬で馬車の護衛をし、兄様と共に俺を中等学園の教室まで送ってくれている。

俺は馬車から降り、ピシッと制服をかっこよく着こなした兄様の横に立った。

俺もひとまわりだけ大きな制服に袖を通し、ちょっと長い袖は詰めてもらって、新三年生のクラス編成のわかる場所に向かった。

「今回もジュール君が一緒のクラスです」

嬉しいな、と顔を綻ばせると、兄様が「よかったね」と一緒に喜んでくれた。

セドリック君は隣のクラスに名前が載っていた。

新しい教室まで送ってもらって、兄様たちに別れを告げる。

「ブルーノ君が」

「ええ。淹れ方を教えていただいたので、アルバ君好みの味になっていると思います」

「いつも飲む大好きな美味しいお茶の味です。ここでも飲めるの、嬉しいです。ありがとうございます」

嬉しい贈り物に、俺も頭を下げ返す。

そう、実は新学期から、兄様たち四人と約束したことがあるんだ。

サリエンテ公爵家の者たちの作ったものじゃない限り、口にしないこと。

それが新たな約束だった。

セドリック君の家からの差し入れが、思わぬ波紋を広げていたようだ。

俺は、あの時のことを特に家族には言わなかったんだけれど、セドリック君からわざわざ義父宛に、母親が迷惑をかけたという手紙が届いたんだ。

二学年の時、セドリック君の家で開催されたお茶会で兄様がセドリック君のお母さんに目をつけられてしまって、ミラ嬢との婚約を打診されたんだ。

それはしっかり兄様がお断りしたんだけれど、セドリック君のお母さんは陛下を巻き込んで何かを画策していたらしく、第二王子殿下に気をつけてと注意を促された。

ついでにアドリアン君を護衛につけられた後に、中等学園にセドリック君のお母さんからいきなり差し入れがあったんだ。

それはセドリック君が機転を利かせてくれて口に入れることはなかったんだけど。

その手紙を読んだ義父が兄様たちを集めて緊急会議をし、改めてアドリアン君の護衛の継続と、セネット公爵家や王家の動向を見守ることを決定した。そしてその中で出て来た案により、先程の約束が成立してしまったということだ。だいぶ大事になってしまった。

もちろんリコル先生は信頼できるので、先生のお茶や薬は問題ない。

幸いにも俺はまだ今年十三歳。夜会とかに出ることはないし、お断りも体調がすぐれないというだけで納得してもらえるので、気楽と言えば気楽だ。

兄様は高等学園に入ったからある程度の付き合いは必要だと、軽いパーティーなどには公爵家当主代理としてたまに参加させられているらしい。俺は夜会に向かう正装の兄様を見掛けたことがないので本当に行っているのかはわからないけれど。見たい。見たすぎる。兄様の正装姿。

そんなわけでお茶をゆっくりと飲んでいると始業の時間になったので、リコル先生にお礼を言って、俺は教室に向かった。

既に生徒の多い教室に入っていくと、ジュール君が俺の顔を見るなり急いで近寄って来た。

「アルバ様、おはようございます。今日は体調がすぐれないのかと心配しておりました」

いつもは俺が一番くらいに教室に来てたからね。ジュール君に心配させてしまった。

申し訳なく思いながら挨拶を返す。

「理事長先生のご配慮か、保健室が近くになったので、そちらで温まっていました。まだまだ寒いですよね。ジュール君は体調大丈夫ですか」

ポーっと見惚れていると、ブルーノ君がこっちを向いて、「アルバ、このブチ切れた男を何とかしてくれ」と辟易した声を出した。

兄様もこんなになってしまう程俺とキャンプがしたかったんだっていうのが伝わって、ふくふくと胸の中に喜びが芽生えていく。

けれどここで幸福に浸っている訳にはいかない。

兄様には笑っていてほしいんだから。クールでワイルドな『俺』兄様を堪能するのはほどほどにしておいて、笑顔になってもらわないと。

俺は兄様に近付くと、ぐっと握られている大きな手に自分の手を重ねた。

「兄様、おうちでキャンプしましょう」

俺の一言に、皆の動きが停まった。俺は義父を見上げて言った。

「父様、テントってうちにもあるんですか？」

「あ、ああ。あるよ」

キレた兄様の状態を見てちょっと驚いていたらしい義父は、俺の質問で我に返った。

「今からお借りしてもいいですか。キャンプってテントを張ってそこで夜を明かすんですよね。よければお庭で、兄様にテントの張り方を教えてもらいたいです」

「かしこまりました。少々お待ちくださいませ、アルバ坊ちゃま」

すかさずスウェンが返事をして、サッと消えていった。

すぐに戻って来たから、きっと誰かに指示を出したんだろう。

「兄様、お願いしてもいいですか？」

「あ、うん。もちろん」

「じゃあ、用意してもらったらお庭に行きましょう」

目をぱちくりさせている兄様の手を取って、ちょっと引っ張る。その驚いた顔がとても素晴らしい可愛らしさです。心のアルバムに収めておかねば。

兄様の手を引いて庭に向かいながら、キャンプの内容を訊く。

どうやって寝るのかとか、食べ物はどうするのかとか。

学園の生徒って皆貴族の子息令嬢だから、自分の手で野外料理とか作らないと思うんだよ。でもキャンプって言ったら自分たちでカレーを作ったり、飯盒でご飯を炊いて焦がしたりするものっていうイメージが俺の中にはあるから、こっちで言うキャンプがどういうものなのかまったくわからないんだ。夜は魔物も出るだろうし。

冷静になった兄様は、この世界でのキャンプについて一つ一つ丁寧に教えてくれた。

あまり前世とイメージは変わらないもののようで安心する。

同時に、ちゃんと自分たちでご飯を作るんだということに驚いた。兄様は経験済みってことだから野営ご飯を作れるってことだよね……？　テンションが上がってしまう。

うきうきと庭に出る扉を開けると、既にそこには作られる前のテントが用意されていた。とても大きい棒が見える。

「これは……二人用じゃない……？」

下手したら小さな部屋になるくらいの大きさのテントだった。

これ、二人で組み立てられるのかな。

後ろには興味津々で付いてきた家族たちと、護衛の皆さんが並んでいる。

「アルバ、このサイズだと十人ほどが中で休むことが出来るよ。流石に二人で組み立てるのは難しい。全員で協力して組み立てるのが普通だよ」

義父が教えてくれた内容に頷いていると、「これが、学園で使うキャンプ用テントと同じものだよ」と追加情報をもらった。

成程。そこまで踏まえてこれを用意してくれたってことか。

流石スウェン。

「じゃあ、早速組み立てましょう」

気合を入れて腕まくりをすると、わかった、という返事が複数から上がる。

早速兄様と義父とブルーノ君が動き始め、スウェンが手を挙げた瞬間、周りにいた義父の護衛さんもサッと参加し始めた。

「おいでアルバ」

兄様に呼ばれて急ぎ足で近寄ると、兄様は一本棒を手にして、俺にも持つよう指示した。それに倣(なら)って二人で一緒に棒を支えると、背の高い騎士さんが中央にまとまった棒を何かの道具でひとまとめにしてしまった。反対側にも同じようなものを作り、二つを一本の棒で固定すると、ブルーノ君が魔法を使ってくれる。地面が盛り上がると、そこから蔓が伸びて棒を固定してしまう。

兄様はその様子を見ながら俺に囁いた。

「こうやって、地属性の魔法が得意な生徒が地面に柱を固定して、テントを立てるんだよ」

「成程。確かにしっかりしてますね」

ブルーノ君が固定した棒は、かなり頑丈な感じで立っていた。揺らそうとしてもほぼ揺らがない。そこに二人掛かりで厚めの生地の布が掛けられて、テントが仕上がった。とても立派なテントだった。中は、確かに十人入っても狭くないほど広い。

ルーナがはしゃいでブルーノ君に抱っこをせがんでいる。

暑い時期だったらすぐに快適にするのに、という兄様の呟きに、「じゃあ夏にもこれを作りましょう」とワクワクした顔で答えると、皆が「いいね」と返事をした。

またテントを立てる気満々だ。

嬉しくなってしまって、周囲を見回す。

「寝袋と、ランプと、後は何が必要でしょう。お家の庭なので、見張りはいらないですよね」

折り畳みテーブルなんかをテントの中に設置すれば、もうここで暮らしてもいいんじゃなかろうか。

そう呟くと、義父がえっと目を見開いた。

冗談です。お家が快適すぎるので、きっと俺ここでは暮らしていけません。ふかふかベッドに馴染みすぎて、贅沢になり過ぎて無理です。

でも今日一泊ぐらいは……

「アルバ坊ちゃま、こちらを。オルシス坊ちゃま、明日の朝食はいかがいたしますか。こちらに用意いたしますか」

そんなことを思っていると、スウェンが寝袋を二つテントに運び込ませて、にこやかに訊いてくる。今日俺がここに泊まろうとしているのはバレバレのようだ。スウェンが有能すぎて頭が上がらない。

「スウェン、ありがとう。朝食はここで。煮炊きするのもアリか……僕が作ります」

兄様の答えに、俺は嬉しさのあまり変な声が出てしまい、空咳をしてごまかした。

兄様の朝食！　兄様の朝食！

スウェンは俺の様子を見てわずかに微笑むと、一礼して言った。

「では、明日こちらに朝食用の器具などをご用意いたします。アルバ坊ちゃま、明日は普段より早起きになりますが、大丈夫ですか」

「兄様が煮炊きする姿を見ないで寝こけてなんていられません。きっちり起きます」

キリッと答えると、スウェンが目をスッと細めて微笑んだ。

義父も俺がはしゃいでいるのを見て嬉しそうに微笑んでいる。

「具合が悪くなったらすぐにオルシスに言うんだよ」

「はい」

義父は俺の返事を聞くと頭をひと撫でし、兄様に向きなおって口を開いた。

「オルシス、アルバを頼む」

「言われなくてもしっかりやります」

そんなこんなでひとしきりテントを堪能した皆は、お家の方に帰っていった。

残ったのは、俺と兄様の二人。テントの片隅には、キャンプで使われる道具がたくさん置かれていた。スウェンがどうせだから雰囲気を味わったらいかがですかと用意してくれた物だ。

地面だった足元には、立派なラグが敷かれている。本当はこういうの敷かないだろ。敷くの？なんか、貴族だから敷くのが普通な気がして来た。

兄様は早速キャンプ道具を手にして、俺を手招きした。

「どうせだから、外で湯を沸かしてお茶でも飲もう」

「はい！」

「寒いからしっかりと上を羽織ってね。毛布も持って」

「大丈夫です！」

二人分の毛布を抱えて兄様と共にテントを出ると、普段見慣れているはずの庭が全然違うものに見えてきた。

空を見上げると、いつの間にか星が光っている。

星があるってことは、ここも惑星だってことで。それなのに地面は魔力で支えられているとか、不思議でならない。

ちなみにこの世界に世界地図――別の国を表示した地図なんてものはほぼなく、他国の地理情報はあまり出回ってこないらしい。いとも簡単に国が建ち、消えていくから。

今まさにこの国もピンチ状態で、消えゆこうとしているんだと思う。そこで踏ん張れるかどうかで国の存続が関わってくるって。だからこそミラ嬢は、本人の意思をまるっと無視してまで公爵家なんて大層な家柄の貴族に引き取られて、その力を、魔力を欲されてしまった。

個人的に考えたらよくないことなんだけど、きっと国一つまとめる王様からしたら、一個人の事情と国の存続なんて天秤にかけるまでもないのかもしれない。それが正しいんだっていうのはわかる。だけどミラ嬢がそんなことを粛々と受け入れるとも思えない。彼女が怒ると家がなくなるってセドリック君が青くなっていたし。

「どうぞ。熱いから気を付けて」

兄様にカップを渡される。受け取ると、いい香りが鼻をくすぐった。

ふぅと冷ませば、湯気がとても暖かくて、だからこそまだ気温はそこまで高くないんだということを教えてくれる。

小さな椅子に座って毛布にくるまっていると、兄様がさらにもう一枚俺に毛布を掛けた。

慌ててその毛布を兄様に差し出しなおす。

「それ、兄様の分ですよ」

「僕は寒いのは苦手じゃないから、この格好でも平気なんだよ」

「僕だけまんまるです」

「それも可愛いよアルバ」

兄様はふふっと笑うと、一口お茶を飲んだ。それから少しだけ、顔を曇らせる。

「僕が騒いだばっかりにアルバにこんなことをさせてしまって、ごめんね」

「何がですか？」

「テントのことだよ。我ながら大人げなくて恥ずかしい……夜はちゃんと部屋に戻って寝ようね」

小さく溜息を吐いた兄様に、俺はストップをかけた。

「ダメです！　今日はここでお泊りするんですよ！　部屋に戻さないでください！　このワクワクをどうしてくれるんですか！　テント泊したいです！　兄様と並んで寝袋で寝たいです！　夜更かししておしゃべりするんですよね！　たくさん兄様の話を聞きたいです！　最近馬車の中でしかお話出来ていないので、今日は僕が兄様を独り占め……っ、ひとり、じめ……？」

兄様と！　二人っきり！

ようやくその事実が実感できて、動きを止める。

最推しを。

独り占め。

はい、変な声が出ました。

大興奮の俺です。

その大興奮を見抜いて、サッと兄様が俺の口にブルーノ君飴を放り込んでくれなかったら、部屋に逆戻りだったんじゃないのか、ってくらいに、満天の星空の下、兄様と二人きりという事実にパニクっております。

「アルバ、落ち着いて。さっきまでの冷静なアルバはどこ行ったの」

「に、に、兄様と二人きりで冷静になんていられないです……ひとつ屋根の下で、お隣でその寝姿を、その天使のような寝顔を見ることが出来るなんて……」

「そんなのいつでも見られるから。よければ僕の部屋にお泊りに来てもいいし。はい、深呼吸」

スーハー、と深呼吸して、ようやく俺のテンションは少しだけ落ち着いた。

あくまで少しだけ。今日は興奮で寝れないかもしれない。

冷めたお茶を口に含むと、既に入っていたブルーノ君飴と混じってとても甘く感じられた。美味しい。

俺は息を整えてから、別の質問をする。

「どうして合同キャンプに参加できるのは高等学園二年生と中等学園三年生だけなんでしょうか」

「中等部の一年、二年はまだ幼く、四年五年になると、今度は歳が近すぎて身分の高い中等学園生に高等学園生が教えるのが難しい、だったかな。丁度いいのが、総会にも参加し始める三年生だって事を先生から聞いた事があるよ」

「成程。納得しました。確かに、すぐ下の相手だと逆にやり辛いかもしれないですね」

「身分ってのはちょっと面倒だね。僕が言っても説得力がないけれど」

兄様は苦笑すると、俺の頭をわしっと撫でた。

「セドリック君も、学園で公爵家に取り入ろうとして差し入れをたくさん貰うのは困る、と辟易していました。僕はセドリック君の後ろに隠れているので何ともないですが、兄様はきっとあんな感じで苦労したんだろうなと思うと、やっぱり身分って面倒だなって思います」

「僕の場合は殿下がいたから、それこそ殿下の後ろで隠れていたよ。アドリアンも前面に立っていたからね。僕とブルーノが逃げ回るのにはとても適した状態だったよ」

「でも兄様、学園に入った時はかなり苦労していたじゃないですか」

まだ中等学園生だった兄様が毎日疲れた顔をして学園から帰ってくる様は、見ていてとてもやきもきした。

自分には何も出来ないのかと落ち込んだこともある。

ぐっと奥歯を噛み締めると、兄様がちょっとだけ拗ねたような顔をして、口を尖らせた。

「あの時のことは忘れてほしいかな。アルバに情けない姿を見せてしまったから。まだまだ僕も子供だったんだよ……さっきの態度も、子供だけれど」

恥ずかしい、と少しだけ赤くなったように見える頬を片手で隠す兄様に、俺の目が釘付けになっていた。

拗ねた兄様も照れた兄様も可愛いかよ！　なんなんだよこの可愛さ！　ああ、これぞまさしく女神が作りたもうた究極の癒し……

感動しながらただただ兄様を見つめていると、兄様は俺の視線が突き刺さったのか、大きくて綺麗な手の平で、俺の目を隠した。

「……うぐぅ……」

そんな可愛いことをされたら、変な声が出ても仕方ないと思う。

お茶を飲み終えた俺たちは、外を片付けて、テントの中に入り込んだ。

兄様が何か道具を弄ると、ホンワカとテントの中が温かくなった。どうやら何かの魔道具らしい。広々としたテントに寝袋を二枚並べて、兄様と共に入り込む。何かの皮で出来た寝袋は、とても温かかった。そして、中の毛皮がふわふわで気持ちいい。

兄様とたくさん話をしようと意気込んでいた俺だけれど、その寝袋の心地よさには抗えず、いつの間にやら睡魔に支配されていた。興奮して寝れないと思っていたのは、杞憂だった。

そんな俺の寝顔を見て、兄様が途轍もなく優しい顔をしていたことを、残念ながら既に安らかな眠りについていた俺は知ることが出来なかった。

次の日の朝。俺は、うっすら差し込む陽の光で目を覚ました。

テントの布が光を通すらしい。眩しくはないけれど、身体が活動を開始するにはもってこいの日の光を通すテントだ。優秀すぎる。

思った以上に快適な睡眠を摂ることができた。

寝袋から身体を出すと、既に隣にあった兄様の寝袋は片付けられていた。でも兄様が昨日つけてくれた道具はまだ健在で、テント内はとても温かい。

布団から出られないなんてことのない、この心地いい気温がとても素晴らしい。

一つだけ悔やまれるのは、兄様の寝顔がまったく見られなかったことだ。

端っこに置かれていた寝袋の形状を再現するように見よう見まねで自分の寝袋を畳んでから、テントの入り口を開ける。すると、昨日お茶を飲んだ場所に座って、兄様が何かをしていた。

ブルーノ君もスウェンもいる。

ちょっと手櫛で髪を整えてから、俺は皆に声を掛けた。

「おはようございます」

その声に、兄様たちが振り返る。

「おはようアルバ。よく眠れた？」

「はい」

うなずくと、ブルーノ君に頭をもふられる。

「おはよう。調子はどうだ」

「絶好調です」

「アルバ坊ちゃま、お顔を洗いになられますか」

「はい。ありがとうございます」

スウェンに返事をしながら近付いていくと、そこでは兄様が野外用の携帯調理器具を使って朝食を作っていた。

小さな鍋にスープが出来ており、横の火には串に刺された肉が焼かれている。

キャンプだった。

うちの庭先なのに、まごうことなきキャンプだった。

そんなキャンプ料理を、兄様が……！

「兄様、お料理出来るんですね……！」

手際よくスープを作っているのを感激しながら見ていると、兄さんとブルーノ君が同時に苦笑した。

「仕方なく覚えたんだよ。高等学園になると、森での行動が多くなるから、もし森の中で遭難した場合の対処として、授業で習うんだ」

「そうなんですか！」

もう少しで出来上がるからね、と言われて目を輝かせて待っていると、程なくしてお肉の串焼きが手渡された。

スウェンが、兄様が作ったスープをカップに入れて俺たちに渡してくれる。

「スウェンも一緒に。キャンプは上下関係なしに火を囲めって教えられたから」

兄様は、スウェンが一通り給仕をし終えるのを見計らって、スウェンの分のスープもカップに注いで手渡した。

スウェンはそれを受け取ると、目を細めて、とても嬉しそうに微笑んだ。

「まるで、オルシス坊ちゃまの中等学園生の時のようですな。私めがご一緒させていただき、至上の喜びでございます」

「ああ、あの時はサロンでだけはスウェンも一緒に食べたからな」

「アルバ坊ちゃまのお優しさに、私はあの時とても感動いたしました」

笑顔のスウェンと目が合って、俺もつられて笑う。スウェンが喜んでいる姿を見るのは俺も嬉しい。

皆でそんな素敵な朝食を取り、早速テントの片付けを体験する。とはいっても、スウェンの合図ですぐさま護衛の人たちが来てくれたので、すぐにテントはしまわれた。

「これを生徒たちだけで組み立てて片付けるって、かなり大仕事ですね」

俺は空っぽになった地面で、ふう、と息をつく。

何せ俺は棒一本支えるのも辛かったから。力のなさに落ち込む。

しかし、そんな俺をひょいっと抱き上げると、兄様が微笑んだ。

「大丈夫だよ。皆で協力すればすぐだから。僕たちの時は一班で一つを組み立てるんじゃなく、二班が合同で二つを組み立てたから、簡単だった。皆それぞれ知恵を出してどうにかしているから、そこまで心配することないよ」

「近頃の女性は力も馬鹿に出来ないからな」

「ブルーノ、それを女性の前で言ったらその馬鹿に出来ない力で首を絞められるぞ」

「違いない」

そんな軽口を交わしつつ、学園に行くための着替えをしに、俺達は部屋まで戻った。

すっかり気分は浮上して、合同キャンプ頑張ろうと気合いを入れ直す。兄様に助けてもらわなくても、ちゃんとできるところを見せたい。

気合を入れて学校に行く準備を整え、玄関に出ようとしたところで、義父に呼び止められた。

そして渡される綺麗な文箱。

「父様、これは?」

「オルシスもブルーノも参加しないなか森に行くのだから、備えは必要だと思ってな」

フッと微笑む義父から渡された箱を開けてみると、俺が作り溜めていた魔術陣と、魔術陣用の紙やインクがたくさん入っていた。

「自分の力で用意した物ならば、持ち込んでも大丈夫だからな」

「魔術陣を自力で用意して持っていく人もいたんですか？」

「そもそも中等学園生で魔術陣を描ける者はいないよ。だから、大丈夫」

前例がないし、自分の力で用意した物だからね。とウインクをくれた義父に、俺は規則の抜け穴を垣間見てしまった気分だった。

二、最推しのいない合同キャンプ

さて、そんなこんなでキャンプ当日。メノウの森まで、生徒たちは班ごとに分かれて馬車で向かう。

「今日はよろしくお願いします！」

「アルバ様、こちらこそよろしくお願いします」

ぺこっと頭を下げると、ジュール君がわずかに微笑んだ。

俺の班には班長としてジュール君が一緒にいてくれる。班を決めるときにジュール君から声を掛けてくれて、ちょっと嬉しすぎて目が潤んだのは内緒だ。心強すぎる。

「「よ、よろしくお願いします！」」

他には伯爵家のご令嬢エリン嬢と子爵家の令息のアーチー君。アーチー君は、前にも隣の席になったことがある生徒だ。ちょっとでも話したことがある子が同じ班でホッとする。

俺は二人にも頭を下げた。班分けは、ある程度生徒に任されているけど、同じような家格に偏りすぎないように調整されているらしい。

何かがあった時に、身分ある者たちがどういった行動をするのかを学ぶ場でもあるんだそうだ。家格で言えば俺が一番上なので、ちょっぴり身が引き締まる。

このキャンプで、魔物と対峙した場合の指揮権、合同作業時の行動等の指示など、自分の立場を考えて動くことを身に付けるんだそうだ。もちろん、身分を笠に着て下位貴族をこき使ったり、魔物の盾にしたりなんかは絶対にしちゃいけない。

ちなみにこれはリコル先生に教えてもらったんだけれど、もしも参加した高等学園生が、中等学園生の悪い見本になるようなことをしていたら、かなり評価が下がる。

それに自由参加を謳いながらも、高等学園生は貴族として、民を将来率いるものとしての自覚を身に着けるために学園内で身分関係の問題を起こした生徒は有無を言わさず参加させられるんだそうだ。そういえばそんなことを兄様がぶち切れた時にブルーノ君が言ってた気がする。

万が一、キャンプでさらなる失態を晒したら停学退学を視野に入れることにもなる、いわゆる最後の砦なんだって。

兄様たちの学年は殿下がいたこともあって、強制参加させられるような人はほとんどいないらしいけれど、その前後の学年にはかなり傲慢な生徒もいて、募集人員の三分の一が強制参加になった時もあったらしい。

今回、殿下は強制ではなく、そういう行事とか総会とかは王族は参加してこそだよね、みたいなノリで参加したそうだ。王族も大変だね。

アドリアン君も心身を鍛えるため、というようなことを言いながら参加したというのをブルーノ君から聞いた。

兄様たちは今までと同じように忙しいからと参加せず。もうそれが当たり前だったので、先生たちも軽く流したらしい。それが今回仇になって、後から参加したいと言っても「規定人数を大分超えたし、二人とも忙しいなら無理するな」と取り合ってもらえなかったんだって。難しいね。

俺の班には、特別にリコル先生が補助として入ることになっている。それを了承してくれた生徒を選りすぐって出来た班が、俺たちの班だ。

なお、不正をなくしたいという理事長の意向で、そもそも高等学園のサポートメンバーを選ぶことが出来ないようになっている。だから、もし兄様が一緒にキャンプに申し込んでいたとしても、一緒の班になれる確率はかなり低かったということだ。

皆と共に馬車を降り、今まで散々繰り返された注意事項をここでも聞く。

魔物が出たら無理をせず周りに助けを求めること。高等学園生は大抵魔物を倒すだけの技量を持っているから、別班だとしても助けを求めるのは問題ないこと。つまり、別の班同士が協力し合って何かを成すのは問題ないのだ。ただ、どちらかの班が一方的に命令をした事が発覚した場合ペナルティーが科される。

「家格が下の者でもちゃんと報告義務があり、脅されて、無理強いされたことについて口を噤んだ場合は脅した方も脅しに屈したほうも点数が下がる。弱者になるな」

先生の話にちょっと感銘を受けながら、俺は肩にかけた荷物を直した。

ただ、結局重い物はリコル先生が持ってくれている。皆は自分で持っているから、と断ろうとしたけれど、他のメンバーが是非持ってもらえと勧めてきたので、断り切れなかった。きっと倒れたりしたら後が大変だからだろうなとは思うけれど、自分の弱さが情けない。

それぞれ指定された場所まで歩きながら、たくさん持たされたブルーノ君飴をポケットの上から確認する。

義父に渡された数種類の自作魔術陣はそっとカバンの中やポケットに忍ばせているけれど、使えるかはわからないからあえて皆には言ってない。

いざ出した時、使えない単なる落書き状態だったら恥ずかしいなんてものじゃないから。

息を切らしながら森の中を進んでいく。

高等学園の生徒たちと合流するのはキャンプ地に着いてかららしい。今高等学園の生徒たちは、魔物を間引いているそうだ。ここでしっかりと魔物の数を減らしておかないと、俺たち中等学園生の安全を確保できないから、頑張ってくれているのだという。だから、道を歩いていても魔物は出てこない。

それでも魔物が怖くて、つい辺りをきょろきょろしてしまう。昔兄様と来た時は、あれだけ安心感があったのに、あの時の兄様よりも年上になった今、ちょっと心細かったりするのはなんでなんだ。リコル先生だっているのに。リコル先生もちゃんと鍛えればめちゃつよになるのに。鍛え方によっては杖で殴る物理回復キャラになるという美味しいとこどりキャラになるんだ。今現在は回復特化だけれども。

思わぬ心細さについ呟く。

「森の中を歩くのは、ドキドキしますね」

「大丈夫ですよ。ここら辺に魔物は出てきませんから」

「それより私はアルバ様の発作が心配です。無理なさらずにね」

「その時はなんでも言ってくださいね。僕たちが出来る限り頑張りますから」

俺の一言に、ジュール君始め皆が励ましてくれる。

最後のアーチー君の一言に慌てて首を横に振った。

「今の所、絶好調です。ありがとうございます。僕たちのサポートメンバーはどんな方がご一緒するんでしょうね」

にこやかに返すと、アーチー君がそうですね、と口を開いた。

「僕の兄が今年高等学園に入学したのですが、兄が中等学園生の時はとてもサポートが素晴らしかったとべた褒めしていました」

「そうなんですね。僕の兄様は二班合同でテントを二組組んだそうで、とても楽だったと教えてくれました」

「ああ、第二王子殿下の学年はちょっとした語り草となっているそうですよ。サポートよりも優秀な中等学園生が多くて、その歳のサポートメンバーの点数も軒並み高かったとか。中等学園生に負けていられない、と先輩の皆様もとても頑張った年だったんだそうです」

「それは……」

ある意味高等学園生はやりにくい年だったんですね、という言葉を呑み込んだ。兄様は優秀だからね。ブルーノ君も。二人とも一桁台の歳から研究とか大人顔負けでしていたから。精神的にもとても自立していたし。凄すぎる兄様マジ神だよ。

そんな話をしていて、ふと前を向いて気が付いた。

周りの班が、既に大分先に行ってしまっている。

もしかしてジュール君もアーチー君もエリン嬢も、俺に合わせてゆっくり歩いてくれているんだろうか。

俺が邪(よこしま)な気持ちで参加したいと言ったばっかりに、全体のスピードを落としてしまっているなんて……

「ごめんなさい、僕遅いですよね」

そう呟いて、足を速めようとすると、ジュール君がちょっとだけムッとした顔になった。

「アルバ様、そこはごめんなさいではないです。謝るくらいなら、楽しいと思ってくださることが大事です」

思わぬ言葉に目を瞬かせる。ふいと目を背けるジュール君に、ふくふくと嬉しさが沸いてきた。

「あ、ありがとう！　精いっぱい楽しみますね。夜中の寝袋で恋話とかすごく楽しみだったんです」

顔が緩むのをこらえながら前世の修学旅行のイメージでそんなことを口走ると、ジュール君がびっくりした顔になった。

「なんですかそれは……。恋の話って、僕はそんな話できないので、アーチー君にお任せします」

「えっ、僕も……その、初恋もまだなので、ちょっと難しいです。じゃあ、エリン嬢にお任せします」

「女性にそんな話を振らないでくださいませ。だったら、交換条件で意中の殿方の情報をいただきますからね。生半可な情報では納得しませんよ。たくさん私に有利になるような情報を頂けるのでしたら、私の心の内をお教えして差し上げます」

荷物を持って、ちょっぴり息は切れているけれど流れるような言葉。

俺とジュール君、アーチー君が目をまん丸くする。

「え、ええと、遠慮しておきます。ごめんなさい」

「わかればよろしいのです」

にこやかに歩くエリン嬢にやり込められて沈黙する俺たちに、前を歩くリコル先生が一生懸命笑いを堪えているのが見える。

実はエリン嬢はとてもヤリ手なのかもしれない。

そんな感じでゆっくりではあるけれど楽しい会話をしながら目的地に着くと、既にそこには今日使うための資材と道具類と高等学園生たちが揃っていた。

残念ながら殿下とアドリアン君はこの広場にすらいなかった。

セドリック君も森の反対側のキャンプ地が拠点となっているみたいだ。

きっとセドリック君ならなんでも難なくこなすと思う。

「君たちが僕たちと一緒にキャンプをする中等学園生かな」

そこで、とても身体つきの整った上級生に声を掛けられて、俺たちは頷いた。

ここについたのは俺達が最後だ。つまりもう他の皆はサポートメンバーと一緒にいるから、彼が待っていたとしたら、俺たちの班のはず。

ジュール君が一歩前に出て、すぐに彼に向かって頭を下げる。

「はじめまして。今日はよろしくお願いいたします。ヴァルト侯爵家次男ジュール・アン・ヴァルトと申します。この班の班長を務めさせていただいております」

きっちりと挨拶するジュール君に、高等学園生は満足そうに眼を細めた。

班長が一番初めに挨拶して、次は家格順に挨拶していく。俺たちが一通り挨拶を終えると、今度は高等学園生たちが挨拶をした。

「私が高等学園生第五班班長のヴォルフラム・サン・ブレイドだ。出来る限り君たちのことを守るので、この非日常を楽しんでもらえたら嬉しい」

名前を聞いて、ハッとする。サンっていうのは王族に連なる人物につくミドルネームで、王家から降嫁した者や養子として出された者は改名を余儀なくされるほど、特別な名前だ。

つまり、彼が兄様と同じ学年だという、王弟殿下のご子息なのだろう。

アーチー君たちもちょっと驚いたような表情だから間違いない。

初めて見た、と思わずマジマジ見てしまう。ダークブロンドの髪を襟元にかからない程度に短くし、瞳は第二王子殿下と同じまるで海のような青。体つきは兄様たちよりも大きく、アドリアン君ほどではない、いわゆる細マッチョだ。

確かに義父に教えてもらったように、前にちらりと見た王弟殿下の姿にとてもよく似ている。王家とはいえ、第二王子殿下たちとは系統の違う美丈夫だった。


さて、そんなヴォルフラム殿下指導の下、俺たちは皆で力を合わせてまずはテントを張る場所の整備を始めることになった。

生徒自身の力を重んじる行事だから、こういう時リコル先生は見ているだけになる。ただし、俺が具合悪そうにしていたら即俺の作業を止める役目を担(にな)っているので、目を離しはしてくれない。

高等学園生が地面を均(なら)すと、今度はヴォルフラム殿下がテントの支柱を手にする。俺たちも指示を出されて、テント組み立てに参加した。

家にあったテントとまったく同じ作りのテントだったので、オロオロすることもなく支柱を押さえるという仕事を全うすることが出来た。高等学園生が地属性魔法でテントを固定するのを見てから、ホッとしつつ手を離す。

周りも同じようにテントの組み立てに入っているけれど、そこいらじゅうで注意の声が飛んでいる。

俺たちは注意されることなくスムーズにテントを張ることが出来たけれど、それはヴォルフラム殿下の指示の上手さによるところが大きかった。

それからも、野外料理や森の探索、全てにおいて、ヴォルフラム殿下はその采配の手腕を発揮した。

皆の能力をすぐに把握したヴォルフラム殿下は、中等学園生組には、出来ることだけを指示し、難しそうなものは高等学園生にガンガン振っていった。「君なら出来る」の一言と共に。皆「仕方ないな」と苦笑しながらも、指示されたことを全うしていく。

そんな中、俺が指示されたのは、薬草を摘むこと。キャンプ地の近くに薬草が生えているので、夜の料理に使う分だけ摘んでほしいというものだった。

俺のサポートには、ヴォルフラム殿下自らがついてくれた。

「私の役目は、木の枝を集めることだから、アルバ君と共にいると効率がいいんだ」

そう言うと、ヴォルフラム殿下は足元に落ちている枝を少しずつ拾いながら、薬草の生えている場所に案内してくれた。

他の人たちは水場からの水の運搬や、魔物ではない小動物を一匹掴まえることなどを言い渡されている。エリン嬢も少し奥まったところの木の実を入手するよう指示され、高等学園生と共に森に入っていった。

俺だけちょっと仕事が楽なんじゃないかと思うけれど、世間では俺は病弱であり、ひとたび発作が起きれば命が危ない立場だから、面倒な指示を出せないのかもしれない。

俺は粛々と地面に視線を向けて、薬草を探した。

「ほら、そこに薬草が生えている。薬草の形は二年で習っているはずだから、わかるだろう」

「はい。夕食分だと、十枚程でしょうか」

「ああ、無理に取らなくてもいい。私が集めよう。枝と一緒に集められるからね」

「でも、僕の仕事は」

「無理をしなくていいから」

ヴォルフラム殿下は優しげな笑顔を浮かべると、枝を拾うよりも先に薬草を取ってきて、俺の手に握らせた。

「これで君のノルマは終了だよ、お疲れ様」

「え……」

これは完璧、お客様対応なのではないだろうか。

渡された薬草を呆然と見つめながら、もしかしたらこれから先、何もさせてもらえないのかもとちょっと不安になる。

そして、材料集めの時に浮かんだ不安は的中し、ヴォルフラム殿下は夜になっても俺以外の人たちにばかり作業を割り振っていった。料理の材料を切る事なんて俺も出来るのに、ナイフには触らせないし、物を持たせない、火のそばに近付けない。

そんなお客様対応がずっと続く。

流石にここまで何もできないのはつまらないし、不甲斐ない。

かといって、気遣ってもらっているのはわかるので、文句を言うこともできない。

もし俺がやりたいからと無理やり仕事を奪って、万が一にでも倒れたりしたら、全てヴォルフラム殿下の失点になってしまう。

だから、事情は分かるのだけれどどうしてもモヤモヤする。俺がほぼ何もしていないのはジュール君たちも気にしていて、仕事を振られると申し訳なさそうな視線をこっちに向けながら作業を始める始末だ。

いっそのこと、「アルバ君だけ仕事してませーんずるーい」って言ってもらった方がこっちとしても気が楽なのに。

そこそこに美味しい夕食を皆で食べて、後始末もヴォルフラム殿下が指示をした。

俺が割り振られた仕事は、空になった鍋を火の消えた竈(かまど)から下ろすこと、だけ。仕事は仕事だけど、一瞬で終わる。しかも中が入ってないからそこそこ軽い。力なんてほぼ使わないのに。

他にはなにをすれば、と声を掛ければ、優しい笑顔で「お疲れ様。後は休んでいていいよ」と言われて口を噤(つぐ)むしかなくなった。

ここまで来ると、気遣いがちょっと辛い。

兄様たちの場合は、基本俺が好きに動けるようにしていて、何かをするときになってやりやすいように手を貸してくれたり、難しかったらそれとなくサポートしてくれたりするような状態だ。だから全面的に俺の代わりに何かをしてくれるヴォルフラム殿下のやり方は、どうしていいのかわからない。

リコル先生も、俺に無茶な仕事を振る場合は止められるけれど、こうして気をかけてくれる場合は注意することもできず、困り顔でいる。

ぼんやりとしている間に、テント内に入る時間になってしまった。

俺たちがテントに入ってから、高等学園生はもう一度周りを警戒し、夜中の見張りの順番を決めたりするんだそうで、一時間ほどはテント内で中等学園生だけになる。俺たちは中心で休みながら、顔を近づけた。

ジュール君が溜息を呑み込み、俺に気遣うような視線を向けた。

「アルバ様、つまらなくなかったですか」

「正直……もっと色々何かをやってみたかったです」

そう言うと、エリン嬢がこっくりと頷く。

「ヴォルフラム殿下、お優しいんですけど、アルバ様は普段もっと生き生きした顔をしておられますわよね……」

「気遣いしてくださるのは素晴らしいと思いますが、あれではアルバ様がキャンプに参加した意味がなくなる気がします」

皆同じようなことを思ってくれていたらしい。けれど、酷使されるわけじゃなく、俺のことを慮(おもんぱか)って作業を軽微にするというのは、怒るに怒れない。ありがたい、と思わなければいけない。

辛い。

　正直、皆が分かってくれていただけで随分救われた心持ちになった、というのもあって、俺は笑顔を作って首を横に振った。

「ありがとうございます。でも、参加させてもらえただけで嬉しいので、僕のことは気にせず作業してください。それよりも、僕がやらないといけない作業を皆さんに振り分けられるっていうことは、皆さんに負担がかかるんじゃないかっていうのが心配で……」

「あれくらいなら、なんの問題もないですわ。そこらへんはお気になさらず」

「ヴィルフラム殿下はその負担も考えて、無理ないように差配しているようです。あの手腕は正直素晴らしいと思います。ですが……」

「正直言いまして、僕がもし何もしなくていいよと言われたら、途方に暮れると思います。何か作業をしてこそ皆で力を合わせたと思える気がしますから」

　アーチー君がチラリと俺を見ながらそう零す。俺も同じ意見だよ。文句を言える立場じゃないけれど。

　しかも高等学園生たちのほうも、最初から言い聞かされていたように、俺が何かをしようとすると「いいから、僕がやってやるから休んでろよ」とか「無理するなよ」とか皆が気遣ってくれるんだ。誰か一人でも文句を言えば、俺の作業が増えるのに。すごくありがたいんだけど、ジレンマ。

　俺たちがそんな不満をひそひそと話している間、リコル先生は聞かなかった風を装って、持ってきていた薬品類を整理していた。

そんな感じで精神的にちょっと辛い一日目は終わった。

眠い目を擦りながら起き出し、寝袋をしまう。皆はまだ寝ているようだ。外はようやく明るくなり始めた所のようだ。

高等学園生たちも見張りの人以外は寝ている。

テントの外に行くと、リコル先生とヴォルフラム殿下が座ってお茶を飲んでいた。

二人とも俺がテントから出てくるのを見て、驚いたような顔をしていた。

「まだ寝ていなくていいのか。起床時間までもう一刻程寝られるが」

「大丈夫です。目が覚めてしまって」

「具合は」

「元気です」

心配げな顔をしたヴォルフラム殿下は、今リコル先生とちょうど俺のことを話していたらしい。

リコル先生が温かいお茶を俺にも渡してくれる。ふわりと香る匂いから、ブルーノ君から渡された薬草茶だというのがわかった。

「先生、それは」

ヴォルフラム殿下も自分のと違うお茶だとわかったのか、俺の手元に視線を向けた。

リコル先生は微笑んで、ポットを持ち上げる。

「これはブルーノ君が調合した薬草を配合したお茶です。アルバ君はこれで体調を整えているのですよ」

「そうなんですか。ヴァルトが。彼は……素晴らしい知識を持っていますからね」

「ええ。薬草知識は私よりも上ですから」

ヴォルフラム殿下の言葉に、思わず笑顔になる。

そうだよ、ブルーノ君は凄いんだよ、と思いながら薬草茶を口にする。

そこへ、森から同じ班の高等学園生が戻って来た。

「森の方は大丈夫そうでした……と、オルシス様の弟君。起きてて大丈夫なのか？」

「はい。昨日は僕の分まで色々してくださってありがとうございました」

「いやいや、いいよ。こういうのは雰囲気を味わうだけでも普段と違って気分転換になるだろうからな。でも無理はするなよ」

ニカッと笑う高等学園生は、「リコル先生、俺にもお茶」と催促して、リコル先生を苦笑させた。

高等学園生皆が気遣ってくれている。

ありがたいんだけれど、と俺はそっとヴォルフラム殿下に視線を向けた。

ヴォルフラム殿下も、ちょうど俺を見ていたらしく、目が合った。

「今日は、僕も、もう少し何かをさせてもらえないでしょうか」

意を決して、俺はヴォルフラム殿下に直談判した。

俺の言葉に、ヴォルフラム殿下は少し目を細め、リコル先生に視線を向ける。

「先生、アルバ君はどれほど動けますか」

「学園では私が付きますが、剣技の授業は受けています。魔法は完全に禁止ですが、過度の運動でなければ、推奨しています」

「成程。では、先生が想定する過度の運動とは、この森の探索は含まれますか」

「戦闘はもちろんさせられません。が、学園長先生は、高等学園生の力を信じ、私が付くことでこのキャンプへの参加を許可されました。もちろん、アルバ君の体調を考慮した上で、です。ですから」

「成程。では、今日の森の散策は連れていってもいいということですね」

「もちろん。殿下の力も知っていますし、私も付いています。生徒がやるべき作業に私が手を出すことは禁じられていますが、戦闘は別です。私がしっかりと守りましょう」

「それを聞いて、安心しました。では私は他の後輩たちをしっかりと守りましょう。ただアルバ君」

いきなり話を振られて慌てて「はい！」と返事した俺に、ヴォルフラム殿下は、昨日も見せた優しげな笑顔を見せた。

「君のやる気は非常に嬉しい。ただ朝食は、我々高等学園生の仕事なんだよ。朝食の支度については、中等学園生は見ているだけなんだ。見ることも勉強になる、ということを、この合同キャンプで学んでほしい」

「高等学園生の仕事……ですか」

「そう。昨日は皆で力を合わせて夕食を作っただろう。でも、朝食作りはちょっとした見せ物だ。楽しみにしていてくれ」

「はい……？」

何がどう見せ物なんだろう、とチラリともう一人の高等学園生とリコル先生に視線を向けるけれど、二人とも何も言わずに口元だけを緩めていたので、楽しみにしていることにした。

それにしても、見ることも勉強になる、か。

これはあれだよな。

ヴォルフラム殿下は、俺が何も仕事が割り振られなくて不満に思っていたこともわかっていたんだろうな。

ああ、と溜め息が出る。

「ヴォルフラム殿下……」

「なんだい、アルバ君」

「あの……僕、ものすごい我が儘で申し訳ありませんでした」

これはあれだ。小さい子が危ない作業をやりたいやりたいと駄々を捏ねて親や周りの人を困らせるのと同じ事を俺はしていたってことだ。

恥ずかしさと申し訳なさが腹の奥底からぐわっと湧き上がってくる。

思わず顔を隠すように俯くと、ポンと頭に手が置かれた。

ヴォルフラム殿下の手だった。

「謝るようなことを君はしていないだろう」

優しい目が、何やらヴォルフラム殿下の器の大きさを感じさせた。


「さあ、今日は中等学園生たちの森歩きだ。何事もないといいが」

「さっきデカいのをアドリアン様が倒していたから、ここらへんは小さいのしかいないと思います。角兎は間引かず残してますから」

「私たちの班はいざという時リコル先生が付いていてくださっているからいいけれど、注意だけは怠るなよ」

「言われなくても」

リコル先生にもう一杯お茶を頂いて飲んでいた俺は、高等学園生二人の会話を聞いて、事前説明会を思い出した。

二日目は、森の中を探索するんだ。そして、魔物を一班で一体倒すのが目標。出来る限り中等学園生だけで倒すことが望ましいけれど、もし強い魔物が出て来たら、高等学園生に任せて中等学園生は逃げること、と注意されている。要するに高等学園生たちの足手まといになるなってことだと思う。そうは言われなかったけれど。

ジュール君もアーチー君も普通に剣は使えるから、角兎くらいは倒せると思う。けれど、兄様たちのずば抜けて凄かった剣技を見ていたせいか、ちょっとだけ心配になる。

隅っこで一人素振りしているので、皆の動きはよく見えるんだ。

誰も怪我をしないといいな、と思いながら、俺はお茶を飲み切った。


起床時間になると、広場は活気に包まれた。

皆でテントをしまい、一ヶ所にまとめると、高等学園生たちが煮炊きを始めた。

火属性を持っている生徒が火をつけて、水属性の生徒が鍋を水で満たす。

昨日の夜は水を汲んで、火を道具で熾していたので、その違いと魔法での調理の速さに驚くとともに、本当に見せ物だったと感心した。だって野菜すら風属性の生徒が魔法で切ってしまうんだ。

皆で息を呑んで手際の良い高等学園生たちの動きを見ていると、ヴォルフラム殿下が説明してくれた。

「これは高等学園生の魔法制御の練習でもあるんだ。自分の属性の魔法がどう使われるかを見て覚えるのが、中等学園生の仕事だ」

だからしっかり見ておくように、と言われて、皆真剣に頷いた。

高等学園生たちの力作の朝食は、とても美味しかった。


「各班魔物を一体以上狩ること。もし力及ばなかった場合は高等学園生たちが援護してくれるから、安心してほしい。もし狩れなかった場合は後日追加課題が待っている。追加の課題もそこまで難しい物ではないので、あまり気負い過ぎるな。そして、高等学園生でも苦戦する魔物には自ら向かっていかないこと。高等学園生班長の指示は必ず守ること。魔物が強いと感じたら、すぐさま高等学園生に助けを求めること。怪我をするのは本意ではないので、突っ走ることのないように。わかったな、中等学園生」

「「「はい！」」」

その後、広場の中央で、森歩きへの出発前の注意を先生が声高に伝える。皆いい返事をして、班ごとの解散になった。ルートは二種類で、時間差をつけて出発するらしい。

俺たちの班の代表であるヴォルフラム殿下は、俺たちを集めると、魔物が現れた際の指示を一人一人に出した。

俺はとことん距離を置き、リコル先生が護れる範囲内にいること。そうすれば高等学園生たちも負担なく中等学園生を守れるどころか、余裕が出来るらしい。

俺が頷くと、ヴォルフラム殿下はまた柔らかい笑みを浮かべた。

「余裕があれば、色々と採取も教えられる。森で遭難した時に食べられるものと食べられない物を知っているだけで、生存率が格段に上がるからな。もちろん、今回のこの校外学習ではぐれることはないと思うが、何事にもアクシデントは付いて回る。最悪を想定して、その対処をしておけば、生存できる可能性が上がる」

ヴィルフラム殿下の話を聞きながら、魔物討伐か、と軽く緊張しているのを誤魔化すように呟く。

前に湖で見た魚たちも魔物化していたし、小さい頃森で義父の騎士さんたちが魔物をサクサク倒していた。

だから魔物自体を見たことがないわけではないけれど、普段は学園と家との往復しかしていないから、いざ魔物と聞くと落ち着かなくなる。戦闘手段が本当に何もないから余計に。

「では、行こうか」

ヴォルフラム殿下の声と共に、先頭に立った高等学園生が歩き始める。朝も周りを警戒してくれていた人だ。とてもサクサク動く人だったけれど、今は俺たち——主に俺に歩く速さを合わせてくれているらしく、結構ゆっくり進んでくれている。

周りを警戒しつつ、ヴォルフラム殿下が様々な素材について説明してくれる。木から垂れさがっている紫の実は皮に毒があるから食べてはいけないとか、そこのギザギザの葉は傷薬になるとか。

講義を聞いているみたいで、とても楽しい。

ジュール君は胸に忍ばせたメモを開いて、その都度メモしている。流石。

ジュール君がメモ帳をしまったところで、先頭に立っていた高等学園生がサッと手を上げた。

魔物がいる合図だ。

「中等学園生、戦闘準備開始。アルバ君はすぐリコル先生の元へ」

俺たちはすぐに指示されたように動いた。リコル先生のすぐ近くで足を止めた俺は、剣を手にするジュール君たちに小さく頑張ってとエールを送った。

ジュール君が足を踏み出す。エリン嬢は詠唱を始め、アーチー君は剣に炎を纏わせていた。

出てきた魔物は、動きは遅いけれど防御力が高いと言われているスチールタートルだった。

HP自体は低いし動きも遅いけれど、剣も魔法も効き辛く、ゲーム内の序盤ではなかなか苦労する魔物だ。確か、ゲームでは毒系の状態異常でコロリとやっつけられたはずだけど、ここに状態異常を発動できる人はいるのかな。

キン、と金属音が響く。見れば案の定、二人が剣を弾かれていた。

エリン嬢の飛ばした魔法も、ほぼ効いていないようだ。

思わず俺は叫んでしまう。

「その魔物は状態異常がよく効きます！　毒系の魔法を使える方はいますか！」

手は出せないけれど、口くらいは出してもいいはずだ。

リコル先生が驚いたようにこっちを見ているけれど、気にしない。俺の言葉に、ジュール君がすぐさま詠唱をして、何やら色のついた水を魔物に浴びせた。すると暫くの間魔物がもがき、やがて、動かなくなった。

「一体討伐。課題はクリア、だな」

ヴォルフラム殿下の言葉に、皆がホッと息を吐く。

俺も胸をなでおろした。

ゲームと同じ弱点で良かった。何度繰り返したかわからないくらいアクションパートをやったから、魔物の情報は大分覚えている。前に湖で見た魚はまったく知らなかったけれど。

そんな俺にジュール君が駆け寄ってくる。

「アルバ様、助言ありがとうございました。どこで魔物の知識を？」

それから真面目な顔で訊かれて、ちょっとだけ視線を泳がせてしまう。前世大量に倒しましたなんて言えない。

そんな俺を見て、リコル先生が苦笑しながら、助け舟を出してくれた。

「ジュール君、アルバ君はずっとベッドの上にいた時に、たくさんの本を読んでいたんです。その中には魔物の情報が載った書物もありました」

「それは素晴らしいですね。流石勤勉です、アルバ様」

ジュール君はリコル先生の言葉を疑いもせず目を輝かせていたけれど、実は魔物の本なんて見たこともない。

むしろあるならぜひ見てみたい。どこまで詳細に書かれているのか本気で見てみたい。今度義父の書斎を探してみよう。

倒れた魔物の素材を剥ぐ高等学園生たちを見ながら、俺はそっとそう心に決めた。

二体目の魔物は、シルバーウルフという狼系の魔物だった。ゲーム内のシルバーウルフはとても素早く、必ず先手を取られる。ただ、第一撃目を受ける相手として盾か小手を着けたキャラを先頭に立たせると、ほぼノーダメージで自分たちのターンになるので、ゲームでは苦戦はしない魔物だった。

しかし銀色の毛皮を纏って赤い目をギラギラさせた姿は、ゲームとは迫力が違う。

俺は、ビビり散らかしつつギュッとリコル先生の裾を握りしめて、深呼吸をした。

情報を求めるようにこちらを見るアーチー君とジュール君に頷く。

「首に一撃目が必ず来るので、避けるのは難しくない、はずです。防御力は高くないので、カウンターで合わせれば大抵一撃で倒せます」

「はい！」

俺の言葉に頷くと、アーチー君が華麗に攻撃を避け、綺麗にカウンターを入れた。攻撃力は高くなさそうな一撃だったけれど、綺麗に口に剣が吸い込まれていったので、一撃で魔物を倒すことが出来た。ホッとする。

一匹魔物が出るたびにこんなにハラハラするなんて、我ながら情けない。ようやくリコル先生の服を離すと、そこがちょっとしわになってしまっていた。手汗が凄い。

「ジュール君、アーチー君、エリン嬢、大丈夫ですか。怖くないですか」

歩きながらそっと訊くと、三人は「全然」と平然と返してきた。

「アルバ様がちゃんと助言をくださるので、冷静に対処できます」

「ええ。知識が素晴らしいです」

「本当に。たくさんお勉強なさったのでしょうね。私も見習わなければいけませんわ」

三人がとてもキラキラした目で俺を見てくる。ううう、そんな目で見られると困る。俺のはチートのような前世の知識だから。でもかといって知識を出し惜しみして誰かが怪我するのも嫌だし。

諦めて大人しく三人の視線を受け取る。

道中にある薬草やら木の実やらを教えてもらいながら歩いていると、いつしか、前に兄様と来た崖の近くの道に出ていた。

そう言えばこっちルートの広場に割り当てられていたな、と思いながら、開けた崖の方に視線を向ける。

流石に崖のすぐ横の道を歩くわけではなく、その横の細い獣道のような所を進む。高等学園生たちがこっちの方が崖より安全だと判断したからだ。俺もそう思う。特に手すりもない崖の道は、少しでも足を踏み外すと崖に真っ逆さまだ。

小さい頃に見た崖の下の風景を思い出し、足元からぞわりと冷たい何かが体の中を走る。そうだった。高いところはダメだった。想い出してもダメだった。

崖の方を気にしながら皆についていくと、先頭の高等学園生がサッと手を上げて俺たちを止めた。

「中坊、全員退避……！」

切羽詰まったような声が聞こえるのと同時に、俺はリコル先生に持ち上げられた。

リコル先生が一息に後ろに跳ぶ。ジュール君たちもこっちに走り寄ってくる。

高等学園生たちは一斉に剣を手に、即座に魔法を展開した。

なんだ!?　何が起きたの!?

「皆、殿下たちのことは考えず、走れ！」

その声と共に、リコル先生が俺を抱えて走り始めた。

俺が状況を把握する前に、俺たちは戦闘現場からの逃避に成功した。……はずだった。

でも、チラリと後ろを見た俺の目に飛び込んできたのは、いつか見た最推し隠しルートに出て来た魔物、アビスガーディアンだった。レベルマックスじゃないととてつもなく苦戦する大型魔物だ。

さっきまで倒していた魔物の比ではない。

俺は必死に叫んだ。

「先生、殿下たちが危ない……！」

「ですが私達があの場に居れば、余計に彼らが不利になります……！　幸い、後続にも何組かいますので、合流を目指します！　君を置いたら私も援護に戻りますから！」

リコル先生の言葉に、自分たちで走っている皆が頷く。

けれど、遠目からでも、ヴォルフラム殿下たちは苦戦しているようだ。

「お前たちも逃げろ！」

その時、ヴォルフラム殿下の声が聞こえてきた。

お前たち、というのはあの場に残っている高等学園生のことだろうか。まさか、ヴォルフラム殿下一人であの魔物と対峙するってこと……？

そんなの無理に決まってる。ゲーム内ですらあのハイスペック最推しと、主人公がレベルマックスになってようやくボロボロになりながら倒した魔物だ。しかも回復薬は捨てるほど持っていたのに終わったらほぼ空で、超レアアイテムの復活薬まで使ってようやく倒したぐらいなのに。

「でんか……！」

「アルバ君、いいですか、今は、全力で逃げる時です……！　私も、あんな強大な魔力を持った魔物は、倒せない……！」

リコル先生の顔が、今までになく苦しそうだった。

無力な自分が不甲斐ない、という小さな呟きが聞こえてしまったので、生徒たちを置いて逃げる自分のことを責めているのかもしれない。しかも俺をしっかりと守るという約束をしてしまっているから、戻るに戻れないんだ。

俺が無力なばっかりに。

いや、魔物の知識だけなら俺でも役に立てるはず――

そう言って、リコル先生に下ろしてもらおうとして口を開きかけた時、それは起こった。

ヴォルフラム殿下がいた辺りから、青い炎の柱が、ゴォォォォという轟音と共に上がったのだ。

俺はその青い炎を見たことがある。

「あの炎……闇属性の」

隠しキャラの青い炎。そこでようやく、俺はゲーム内の隠しキャラが、ヴォルフラム殿下だったということに気付いた。

その呟きは、リコル先生の耳にだけ入っていた。

程なく他の班の人たちと俺たちは合流できた。

すぐ後に、俺たちの班の高等学園生たちが所々怪我しながらも、合流を果たした。

でも、ヴォルフラム殿下はまだ残っているようで、この場にいない。

大きな青い炎の柱は、他の生徒や先生にもよく見えたようだ。うちの班の高等学園生が、自分たちではあの魔物に手も足も出ない、と泣きながら悔いる生徒たちを宥め、ヴォルフラム殿下を助けに走ろうとする生徒を止めている。それを視界の隅で見ながら、スッと身体の血の気が下がるのを自覚した。傍にいたリコル先生の服を思わず掴んでしまうと、焦燥を浮かべたリコル先生が俺の魔力暴走気味の状態に気付いてくれた。

——目の前に現れたのは、血まみれで倒れ伏すヴォルフラム殿下。それはそう遠い未来じゃなく、もしかしたら今現在もうその状態になってしまうかもしれないという臨場感たっぷりの映像だった。

一気に持っていかれる魔力に、指先が冷たくなる。

「あ……っ」

残酷な映像に震えが来た瞬間、肩を掴まれて、口の中にブルーノ君飴が突っ込まれた。

途端に映像が霧散する。でも、見てしまったからには何もしないでいることなんてできなかった。

幸い、動けなくなるほどの魔力が減ったわけではない。

俺はハァ、と大きく息を吐くと、リコル先生に小さくお礼を言いながら、ポケットを探った。

用意した魔術陣があったはず。すぐに使えるようにと鞄じゃなくてポケットに入れておいたもの。

発動してほしい、切実に。

俺は、ポケットの中で魔術陣をぐっと握り締めると、今見えた映像の場所を念じた。

ハッと気づくと、目の前には、あの大きな魔物がいた。

俺の足下すぐ近くで倒れ伏しているヴォルフラム殿下を、今にも爪で真っ二つにしようと腕を振り上げている。

「アルバ君……っ！」

すぐ横からはリコル先生の声も聞こえてくる。

ああ、肩を掴まれていたから、一緒に来ちゃったのか。

でも、今は、そんなことは気にしていられない！

俺はヴォルフラム殿下に手を伸ばし、既に意識のない彼の手を掴んで、もう片方の手でもう一枚の紙を握りしめた。

——一番安全な場所へ。

——俺が、一番安全だと思った場所へ。

そう願った。

「アルバ！」

——幻聴だ。

——早くヴォルフラム殿下を治さないと。早く安全な場所に行かないと。

「アルバ！　何があった！」

ガッと身体を掴まれ、足が浮き上がる。俺は咄嗟にもがいた。

魔術陣が発動したのかしてないのか。俺は魔物に捕まったのかそうじゃないのか。

混乱の中目を開けると、そこには最推しの顔がドアップになっていた。

「に、様……？」

「――ヴォルフラム殿下！　ダメだ、意識がない。リコル先生、早く治療を！」

「――わ、わかりました……！」

目の前に兄様がいることに訳が分からなくなっていると、ブルーノ君とリコル先生の声まで聞こえてくる。

なんで、と答えると、兄様が物凄い形相でそれはこっちが聞きたい！　と思いきり抱き締められた。

「どうして合同キャンプのはずのアルバがここに⁉　そして、どうして殿下が血塗れになってるんだ……！」

ここに、と言われて改めて見回すと、そこはうちの温室だった。

ああ、と身体の力が抜ける。

一番安全な場所だ。

魔術陣は無事、発動したんだ。

兄様の顔と声、そして馴染みの場所と無事発動した魔術陣、全てがようやく理解出来て、俺の涙腺は決壊した。

「ギャンブ中に大ぎなまものが出で、ぼくがにげだぜいで、でんががひどりでどめでで、ちまみれのすがだがみえでぼぐまじゅつじんでどっざに……」

拙い言葉。涙と、ぐちゃぐちゃな気持ちのせいで順番も崩れたその言葉を、確かに兄様は聞き取ってくれた。

「……そうか、それでここに来たんだね。よくやった、アルバ」

ぐず、と鼻を啜ると、兄様がハンカチで俺の鼻を拭いた。ああ、ハンカチが鼻水塗れに。

「でもまだ魔物がそのままなんです……！　アビスガーディアンが……！」

思い出しただけでも震えが来る。

どうしてあんな間近で対峙したのにちゃんと逃げられたのかわからないくらい。

カタカタと震える身体を、兄様がギュッと抱きしめてくれた。

「ここは……どこだ。大型魔物は。私は、生きているのか……」

ふとヴォルフラム殿下の声が聞こえて来たのでそっちを見ると、ヴォルフラム殿下が身を起こしたところだった。

ブルーノ君とリコル先生がホッとした顔をしている。

よかった、治してもらえたんだ。

切り裂かれた服の間から見える肌に多少の赤みはあるけれど、既に傷がふさがっているようだ。

流石回復特化の二人。

こっちに来ようとして立ち上がり、ふらりと倒れそうになったヴォルフラム殿下を咄嗟に支えて、ブルーノ君が注意をする。

「殿下、リコル先生の治癒と俺の回復薬を使ったとはいえ、流れた血は戻っていません。必要最低限の血が戻るまでは絶対安静です」

「しかし、あの大型魔物がまだ森に」

行かなければ、と声にならない言葉を発したヴォルフラム殿下の前を、ひらりと氷の蝶が飛んでフッと消えた。

それを見て、ブルーノ君が首を横に振る。

「ほら、今オルシスが騎士団に要請したので、殿下が行っても足手まといにしかなりません」

その言葉に、ようやくヴォルフラム殿下の焦点があった。ハッとした表情になって、周囲を見回す。

「ここは、どこだ」

「サリエンテ公爵邸宅敷地内の温室の中です」

「どうしてそんなところに……！」

「アルバが転移の魔術陣を使って、殿下を救ったようですよ」

「そうか……」

血が足りなくて眩暈（めまい）がするのか頭を押さえながら、ヴォルフラム殿下がこっちに視線を向けた。目が合うと、ヴォルフラム殿下は少しだけ顔を顰めた。けれど、しっかりと俺に頭を下げた。

「助けてもらったみたいだな。ありがとう」

「僕はただ、魔術陣を使っただけです」

慌てて首を横に振る。しかしヴォルフラム殿下は律儀に、もう一度胸に手を当てて頭を下げた。

「それでもだ。魔術陣を使ってくれなければ、私は命を落としていただろう。魔物に切り裂かれた時点で、ダメだと諦めたから」

ヴォルフラム殿下が視線を落とし、自分の胸元を見る。

殿下の衣類は、魔物にがっつりと切り裂かれており、回復魔法が使えなかったら一発で致命傷になっただろうとわかるおびただしい量の血が染み込んでいた。今更ながらヴォルフラム殿下が魔物に付けられた傷の深さを思い出して、再び震えが来る。

もう少し深かったら、心臓を真っ二つにされていて、即死だったと思う。

あれが左肩だったらアウトだった。

思い出しただけで眩暈がする。

あんな傷ができたのになんでヴォルフラム殿下はまた魔物の所に行こうとしているんだ。怖くないのか。俺は怖い。

兄様の腕の中にいて、ようやく正気を保っていられる状態だ。

ふるふると首を横に振り続けていると、兄様が俺を見つめてから、ブルーノ君に言った。

「ブルーノ、殿下とアルバを頼めるかい」

「行くのか？」

「今頃ツヴァイト殿下とアドリアンが魔物を抑え込んでいるだろう。流石に放置するわけにはいかない」

「「ダメだ」」

「ダメです」

兄様の言葉に、俺とブルーノ君とリコル先生と、何故かヴォルフラム殿下までが反対した。

俺は必死になって兄様の服の袖を握る。

だってあれは、ゲーム内の最推しと主人公がレベルマックスでもギリギリの戦いを余儀なくされた相手だ。

一度は死んでしまって必死で生き返らせて、最推しを殺そうとしたこいつ絶許！　と奮起して倒した魔物だ。

どうしてそれが今ここに出てきたのかはわからないけれど、兄様をそんな相手のところになんて絶対に行かせるわけにはいかない。

だって俺は今、復活薬を持っていない。手に入れることも出来ない。

そんな状態で兄様があの魔物と戦ったら、そして最悪のことが起きたら。

考えただけでも息が止まってしまいそうだ。

ヴォルフラム殿下も、まっすぐに兄様を見つめて言う。

「先程、アルバ君はあの魔物をアビスガーディアンと言ったな。だったら、死ぬぞ。やめろ。私の魔法がまったく効かなかった。たとえオルシスでも、ツヴァイトでも勝てるとは思えない」

その言葉にハッとした。

「殿下はアビスガーディアンがどういう魔物か知っているんですか」

「神話に出てくる伝説の魔物の名称だ。学生では荷が重すぎる……私も、本物を見たのは初めてだが……国の終焉に厄災を運んでくると言われているモノだ」

「厄災……」

ぞくり、と背中を冷たい汗が流れる。

確かに今、この国はギリギリの状態で、誰かが回復させないとそのまま滅亡するかもしれない瀬戸際だ。

だからこそ魔物も強くなっていて。それの具現化があの魔物だったら。

あんなのが次々増えていくんだとしたら、土地が枯れる前に、人間たちは全滅してしまうんじゃないだろうか。

そんなことになったら、最推しが。兄様が。健やかに生きていく国がなくなってしまう。

「そんなのは絶対にダメです」

目の前の大切なぬくもりにギュッと抱き着きながら、呟く。

何も出来ないかもしれないけれど。

俺も、この大切な人が笑顔で生きていける国を少しでも守りたい。

俺は顔を上げて、兄様に向かって言った。

「兄様、僕は、ちょっと行ってきます。何も出来ないけれど、助言くらいなら出来ると思うので」

必死で戦ったアビスガーディアン戦。結構な時間を費やして、たくさんのアイテムを費やした。

そんな中で見つけた法則性。弱点ともいえない弱点。それを戦う人たちに伝えることくらいはできる。

まだ宝石に魔力を込めていない。これから兄様と誰かが守護宝石に魔力を込めて、この国を救うのに、その前にあんな魔物に潰されるわけにはいかない。

最推しと主人公たった二人で討伐出来たくらいだ。あの場には殿下もいるし、アドリアン君もいる。兄様が義父に蝶を飛ばしてくれたから、義父たちだって駆けつけてくれる。きっと、誰かはやっつけてくれる。

俺の言葉に、兄様は一瞬驚いた顔をして、すぐに返事をしてくれた。

「アルバ、じゃあ、僕が行くから、僕にその助言を教えてくれる？」

「兄様が行くのはダメです。いなくなったら僕が生きていけません」

「大丈夫、僕が強いのは知ってるでしょ」

「でも」

「アルバが行って帰ってこなかったら、僕が生きていけないんだよ。気持ちは一緒。だから、ね」

お願い、と言われて、心が揺れる。

兄様にお願いされたら断れないのを知っていて言ってるよね。

そういう計算高い兄様も最高にぐっとくる。尊すぎか。

俺はこくりと頷いて、兄様にアビスガーディアンの弱点を伝えた。

「……アビスガーディアンは、とても体力が高いんです。ちょっとやそっと魔法をぶつけたくらいじゃ倒れません。そして、闇属性には強く、光属性に弱いです。ツヴァイト殿下かミラ嬢の攻撃だったら大分効くはずです。それと、体力が半分以下に減ったら、物理攻撃だけじゃなくて、闇属性の魔法攻撃も多用してきます。ファイアボールみたいな闇魔法を五個くらいずつ。避けるのは難しくないんですけど、被弾すると一撃でやられるくらい威力が高いです」

俺の説明に、兄様たちは険しい顔のまま頷いた。

「それだけじゃないです。さらに体力を減らすと、今度は動きが鈍くなるけど、さらに強力な魔法攻撃だけをしてくるようになります。そうなると範囲魔法を使って来るので、逃げるのがとても大変になります。光属性の防御魔法を使わないと大ダメージです。あと、氷魔法で大きな氷山を作れば、それにあたって跳ね返って霧散します。氷が攻撃を反射させるので、氷属性の相性は悪くないはずです」

出来る限り、思い出せる限りのあの最推しルートの裏ボス戦攻略パターンを伝える。

あと、回復薬はたくさん必要だ。回復魔法も確実に必要。

二人だからあれだけ苦戦したけれど、皆いるなら、もしかしたら——

兄様を見上げると、フッと目を細めて、俺の身体を離した。

「やっぱり僕は必要なようだね。じゃあ、行ってくるよ」

後はよろしく、と言っている途中で兄様が消えた。

もしかして、兄様も転移の魔術陣を持っていたんだろうか。

呆然と兄様を見送って、皆が兄様を止めるために呼んだ声でハッと我に返った。

確かに弱点は伝えたけど、タイミングを読まないとだめなんだ。タイミングがずれると途端に攻撃が効かなくなることに何度苦汁を飲まされたか。

最推しを一度は殺した魔物。絶許……

兄様が消えてしまった場所を睨みつけながら、あの時の気持ちがふつふつと湧き上がってくる。

兄様だけをあの厄災の前に立たせてはいけない。

背中にあった荷物を下ろして、俺は中から用意した様々な魔術陣を取り出した。俺が描いたものでもちゃんと使えることが分かったので、もう怖くない。

何種類かの魔術陣をポケットに突っ込む。でも、最後に転移の魔術陣を取り出した瞬間、ブルーノ君に捕獲され、手にしていた魔術陣をスルリと抜き取られてしまった。

「アルバはだめだ」

「行かせてください！　あの魔物は、本当に攻撃のタイミングが難しいんです！」

「ったく、どこからそんな情報を……」

「俺なら知ってる！　だから！　オルシス様を死なせるわけにはいかない！」

一人だけでは、絶対に勝てないんだ。二人でもギリギリだったから。殿下とアドリアン君が合流出来たら何とかなるかもしれないけれど、兄様一人だけでは。

何をしてでも、どう暴れたって行ってやる、という気持ちでブルーノ君を睨む。すると、ブルーノ君はわずかにため息をついてから俺の頭を撫でた。

「じゃあ、俺も行くべきだな」

「――ブルーノ君？」

「俺だったらオルシスの魔法を強く出来る。魔法効果を増幅できる」

ブルーノ君の言葉に、俺は動きを止めて、目を瞬かせた。

「強く、出来るんですか」

「ああ。既に実証済みだ。だから、俺が行く。アルバはダメだ。何一つ身を守る術を持っていないからな。俺なら自分自身を自分で護れる」

「ずるい」

「は？」

ブルーノ君の話を聞いて、口から飛び出して来たのはその言葉だった。

護る術があることも、力を増幅する術があることも。何より、兄様と肩を並べて様々なものに対峙出来るのも。

「……僕も、そういう位置に立ちたかった」

そんなことを言ってる場合じゃないと分かってる。でも、俺は何も出来ないから。貰うばかりで。

そう呟くと、ブルーノ君は俺の頭をわしわしと掻き混ぜた。

「アルバは、もう立ってるよ。っていうか俺よりオルシスの近くに立ってるだろ。自覚しろ。ただ少し立ち位置が違うだけだ。お前はオルシスの一番ぶっとい支えだよ」

ぐしゃぐしゃになった俺の頭を見てフッと笑うと、ブルーノ君は俺の描いた魔術陣を使ってパッと消えてしまった。

「――僕も行かなきゃ」

「ダメだ」

呟いた瞬間、今度はヴォルフラム殿下に止められた。

顔が盛大に顰められている。

「君はどうして私を助けた。助けてもらったことには感謝するが、助けるということは、あの厄災に近付いたということだ。無茶しすぎだ」

「でも、殿下が……！」

「私が倒れたのがわかったのなら、逃げるべきだった。もし、魔術陣が発動しなかったら、もし、発動が間に合わずあの爪にやられていたら、もしあの場で君の発作が起きていたら？　考えたら切りがない程、君は危ない橋を渡った。その膝が真っ赤なのは、私の血のせいだろう。私などよりも、自分の事をもっと大事にすべきだ」

殿下は、大きな身体を屈めて、俺の目を覗き込んできた。

顔つきは厳しく、口調は怒りさえ含んでいるように感じるのに、何故か俺にはヴィルフラム殿下が泣きそうに見えた。

「君は、私なんかよりもよほど重要な人物なんだ。この国の希望なんだ」

「希望……？」

どうしてヴォルフラム殿下がそんなにも俺のことを高く買っているのかわからない。首を捻っていると、ヴォルフラム殿下はそんな俺を見て深い溜息を吐いた。

「『ラオネン病』を発症しながら十三歳まで生きていられた子供は、君が初めてなんだ。王家どころか他国も君の動向に注目している。もちろんヴァルトの新薬もだ。君が生きているだけで、ヴァルトの株も上がる。他国から注目されれば、外交にも有利になる。新薬を欲しがる国はたくさんあるから。だから、私なんかより、君が無事でないといけなかったんだ。何事もなく済んだからいい。でも、私なんかより君の方が大事だ」

わかったか、と肩をガシッと掴まれて、その眼力に負けそうになる。

でも、とても立派で王族の威厳すらあるヴォルフラム殿下の、闇の一端が見えた気がした。

そうだよ。この人、暫定隠しキャラだった。

ってことは他のキャラと同様、どこかに鬱屈があるはずなんだ。この人、「私なんか」って何度も言っていた。もしかしてそれが、この人の闇の部分なのかもしれない。去年の学園祭で見たあの青い炎スチル。ああなった理由はわからないけれど、あの表情は忘れられない。

じっと顔を見ていると、ヴォルフラム殿下は返事をしない俺に焦れたのか、さらに眉間にしわを寄せた。

そんな顔をしても、これだけは言わせてほしい。見殺しになんてしたら、兄様にもう顔向けできないんだ。

「僕は貴方を助けたことが悪いことだなんて絶対に思いません。きっと兄様もよくやったって褒めてくれます。だから」

ヴォルフラム殿下から一歩下がると、殿下の腕が俺の肩から外れた。

「出遅れちゃったけれど、僕は兄様の元に行きます！」

距離が開いたのをいいことに、ポケットに入れ直した魔術陣の一枚を取り出して、改めて兄様の元へと念じる。

ヴォルフラム殿下の驚いた顔が目に入った。

そして、一瞬後には、俺はまたあの恐怖の場所に戻ってきていた。

兄様とブルーノ君は剣を手に、大型魔物と対峙している。

そして――

「なんでアルバ君が来ちゃったの!? 危ないから逃げなさい！」

ミラ嬢が、俺を見つけて即座に叫んでいた。

三、最推しと裏ボス戦

魔物の周りにいたのは、兄様とブルーノ君、ミラ嬢、第二王子殿下、アドリアン君だった。

他の生徒は先生がちゃんと引率して森から退避しているところらしい。近くには他の生徒は見当たらない。

当たり前だよね。だって厄災って呼ばれるほどの魔物だよ。

あのゲームの中で一番ってくらいに強かった。最推しがやられたのは後にも先にもあの一回だけだったくらい。

くそ、そう思うとこの目の前の魔物がさらに憎らしくなっていく。

俺は魔物に視線を向けた。

まだ爪で攻撃をしているから、まだまだ元気ってことだ。

ええと、魔術大会の時は、ミラ嬢がガンガン光魔法を使っていて、兄様とほぼ互角の強さだった。

だったら、ミラ嬢が攻撃の主体になればダメージが……

魔物との戦い方を考えていると、ふわりと足が浮いた。

「アルバ！」

振り返ると、兄様が俺を抱きかかえて、怒鳴っている。

珍しい兄様の怒鳴り声。怒った声も胸にずしんと響いてカッコ良すぎか、と感激する。

「なんでここに来た！」

「どうしてもあれを倒したくて！」

「だからって何もここに来ることはないだろ！」

「あの助言は、大雑把なものです。タイミングが合わないと絶対に勝てない魔物なので、来てしまいました」

俺の言葉に、兄様が目を見開く。

「アルバなら、そのタイミングが読めるのか？」

「読めます」

俺は大きく頷いた。何せ倒すのにかなりの時間を費やしたから。

パターンを読むまでとても苦戦して、読めたと思ったら次の段階に入ってしまっての繰り返し。

何度プレイキャラクターを瀕死から回復させたことか。今は回復薬がまったくないけれど、魔力が膨大な攻略対象者がかなり揃っている。

兄様は俺を下ろすと、俺の後ろに視線を向けた。

「リコル先生、アルバをお願いします」

「わかりました。もし危ないようなら一時退避を。私が回復しましょう」

後ろから抱き留められ、リコル先生も戻ってきていたことに気付いた。

その横には、ブルーノ君に絶対安静と言われたはずのヴォルフラム殿下もいた。

「……君はとても大事な身なんだと言っただろう。どうしてわかってくれない」

「そんなことわかりません。でも」

俺がいなくても、このメンバーだったら倒せるかもしれない。ゲームと違って二人じゃないから。

それに俺が攻撃パターンを読むことで少しでも有利になるなら、それだけでここに来た意味はあると思いたい。

攻略対象者全員と主人公、豪華メンバー勢ぞろいだ。

だって、厄災なんて呼ばれるくらいの魔物を倒した経験があるのはきっと俺だけだ。ゲームでだけど。

他の魔物が同じパターンで攻撃してきていたから、きっとあの魔物もそうそう変わりないはずーー

俺は、手始めにずっと魔物の攻撃を魔法でさばいているミラ嬢に声をかけた。

「ミラ嬢、アドリアン君の剣に光属性の魔力を纏わせることは出来ますか？」

「無理！　私、攻撃しかできない！」

返って来た答えに思わず「潔すぎる」と呟くと、リコル先生がゴホッと咳をした。

俺の言葉に、アドリアン君が敏感に反応する。

「俺の剣に光魔法をかけるとどうなるんだ！」

「攻撃が通るようになります！」

「だそうだ、殿下、かけてくれ！」

「任された！　ついでに防壁もかけておこう」

第二王子殿下が詠唱すると、皆の前に次々と光の壁が出来上がり、アドリアン君の剣が光る。

アドリアン君は即座に爪攻撃をかいくぐり、魔物に斬りかかった。

「おお、斬れる！」

喜びながら後ろに跳んだ。人間の跳躍可能距離を大幅に超えているんだけどどういうことなんだ。

兄様は、ブルーノ君と並んで地属性と氷属性の連携魔法を放っている。カッコいい！

ただ、カッコいいけれど、あまり効いているようには見えない。

氷魔法は、魔物が闇魔法を使い始めた時に氷で跳ね返せるということが最大の利点だ。何が作用しているのかはわからないけれど、氷に当たると魔法が逸れるのを発見した時は興奮した。最推し大活躍かよ！　って。

だから、兄様の出番はまだ今じゃない。今はミラ嬢とアドリアン君に頑張ってもらわないと。

「兄様は魔法温存で！　魔物が魔法攻撃を仕掛けてき始めたら、氷がとても強い防壁になりますから！」

「わかった！　殿下！　こっちにも」

「やれやれ、人使いが荒い」

兄様が取り出した剣に、殿下が苦笑しながら光魔法を纏わせる。

魔法温存は、兄様にとっては物理攻撃をするってことらしい。体力温存はないのか。

その間もミラ嬢の攻撃特化の魔法はガンガン魔物に効いている。

魔物はそれが煩わしいのか、ミラ嬢へ攻撃することが多かった。

ああ、サバイバル訓練でミラ嬢が活躍したって言うのがよくわかる。これは、ミラ嬢が歩くとぺんぺん草も残らないタイプだ。

そして、見ている限り、第二王子殿下は防御の方が得意らしい。

光属性の防御壁が消えては現れてを繰り返しているから、魔物の攻撃タイミングを見てしっかりと防壁を張っているようだ。あれだけ正確にできるのは凄いと思う。でも防壁とかバフ掛けで忙しいみたいで、攻撃はほぼしていない。

アドリアン君は炎魔法が効かなかったのか、剣でしか攻撃していない。抜きんでて強いのは人外にしか見えない動きでわかるけれど。

リコル先生は俺をガードしながら、誰かが爪で攻撃を受けた瞬間に水魔法を飛ばして回復させている。

ブルーノ君は地属性の魔法で魔物の動きを悪くしていた。

ブルーノ君も攻撃は苦手だって言っていたから、防御とかデバフ――相手の能力を下げることに特化しているのかもしれない。魔物の足元だけ地面を沈ませて、その場から動けないようにしているみたいだ。

そんな中、ヴォルフラム殿下は、まだ回復していない身体に歯噛みしているみたいだ。

剣で攻撃をしようにも今の状態では足手まとい以外の何物でもなく、魔法はほぼ効かない。

踏み出した身体はふらつき、リコル先生にも止められ、自分でも足手まといを自覚しているみたいだった。

俺の隣で座り込んだ姿を見てハッとする。

こういう時には回復の魔術陣がいいかもしれない。

俺は、無造作に詰め込んだ魔術陣をポケットから一枚取り出した。ちょっとしわくちゃになっているけれど、さっきも使えたから皺があっても大丈夫なはず。

「ヴォルフラム殿下。これを身に着けていてください。回復の魔術陣です」

「回復の、魔術陣……？　君は一体何枚魔術陣を持っているんだ」

「残り五枚です」

キリッとそう返すと、ヴォルフラム殿下は少しだけ呆れたような顔になった。

けれど、俺が差し出した魔術陣を慎重に手にして、描かれている陣に手の平を当ててくれる。

するとちゃんと回復しているのか、魔術陣に触れているヴォルフラム殿下が、少しだけエフェクトがかかったようにキラキラし始めた。さっきからピカピカと魔法が飛び交っているから、目立たないけれど。

兄様とアドリアン君が連携で魔物の手を片方切り飛ばした瞬間、魔物が威圧の込められた咆哮を上げた。

これは、と拳を握りしめる。

身体に不快な圧がかかってピリピリと肌が震える。瞬間的に恐怖が沸き上がったけれど、リコル先生がすぐさま魔法をかけてくれたお陰ですぐに震えが収まった。今の魔法はどんな魔法なのかちょっとだけ気になる。

俺は声を張り上げた。

「今度は魔法主体の攻撃になります！　兄様は氷魔法で防御壁を築いてください！　ミラ嬢、魔力は大丈夫ですか！　殿下は魔法威力の底上げが出来るなら、兄様とミラ嬢に！　ブルーノ君は魔力回復をしておいてください！　ボールみたいな魔法が五個くらい来ます！」

俺が言い終わるか終わらないかのうちに、魔物の頭上に闇魔法が数個浮かぶ。

間を置かずにそれが次々皆に飛ぶ。

ついでにこっちにも飛んでくる。

それを回復の終わったヴォルフラム殿下が持っている剣で打ち落としてくれた。

兄様たちもそれぞれ退けているけれど、あの魔法は次々飛んでくるから、それをかい潜って攻撃しないといけない。

俺はまた、声を張った。

「兄様！　氷の剣を使ってください！　跳ね返りますから！」

氷魔法のかかった剣を用いれば、そこに跳ね返った魔法がそのまま魔物に当たってＨＰを減らしていく仕様だ。微々たるものだけれど。

やっぱり攻撃の一番の要は、光属性なのだ。

でも兄様は俺の言葉を聞くなり、手に持っていた剣を地面に捨て、魔法で剣を作り出してくれた。

とても美しい透明な剣は、兄様の美しさをさらに上乗せする。

「はわあああ……」

それを見た瞬間、変な声が出てしまう。兄様最高に神々しい。剣と兄様がミラ嬢の光魔法に照らされて、さらに神々しい。もう神でいいんじゃないかな。

兄様に見惚れていると、奥で、魔物の尻尾が立ち上がるのが目に入った。

あの状態になると、魔法にブーストがかかってしまう。

俺は慌てて、皆に向かって声を張り上げる。

「倍の数の魔法が来るから気を付けて！」

気を、と言った辺りですでに魔物から魔法が飛んでくる。アドリアン君が被弾していて焦ったけれど、すぐにリコル先生が回復してくれていた。

俺に飛んできた魔法は、これくらいならば、とヴォルフラム殿下が全て闇属性を纏った剣で消し去ってくれているので、今のところ俺とリコル先生に危険はない。

兄様は氷の剣で飛んでくる魔法を切り、そのまま魔物を切りに行く。魔法の剣は切れ味も抜群のようで、魔物の身体には無数の傷がついていた。けれど、その傷はすぐに塞がっていってしまう。切り飛ばされた手だけは再生することはないけれど、傷自体は既に塞がっている。再生能力が半端ない。

でも魔物も体力を消耗しているようで、皆の猛攻によりだんだん動きが鈍くなってきた。

ブルーノ君が毒草で魔物を搦めとり、兄様が斬ったところにすかさず毒攻撃をしたせいか、状態異常になったみたいだ。

第二王子殿下は攻撃には一切参加せず、ずっと防御魔法とバフ魔法に徹している。とてもいい連携だった。

魔物の持ち上がっていた尻尾がだらりと下がる。

アドリアン君が人間の身体能力ではありえないほどの跳躍をして、その勢いで魔物の顔を縦に真っ二つにしたことで、魔物が唸り声を上げた。

縦半分に切られた魔物の顔は、すぐに再生されたけれど、零れた紫色の血液は口からまだ垂れ続けている。

ああ、第三攻撃形態に移行した。

ここからは、声に出していては間に合わない。

俺は気を引き締めるべく、ポケットの中の魔術陣を取り出して握りしめた。

――第三攻撃形態では、魔物は咆哮と同時に広範囲に状態異常を与える闇魔法を展開してくる。

口から火を吐くように、闇を吐いて。

これだけは氷魔法でも跳ね返せなかったはず。持っててよかった魔法防壁（大）の魔術陣。

ぐっと握りしめて魔術陣を展開すると、兄様たちと魔物の間に大きな魔術陣の紋様が展開された。

その紋様の向こうでは、魔物の口からモヤモヤとヤバいモノが吐き出されているけれど、無事防壁に阻まれていた。

よかった、ちゃんと効力が発揮されている。

魔物の闇魔法は、そんなに長い時間ではないはずだから、魔術陣はもつはず。

しかし、見た目でわかるこの恐怖。皆を見まわすと、全員が青い顔をしている。

「この魔術陣はあと一枚ありますから！　安心してください！」

応援するようにそう呼びかける。それと同時に黒いモヤモヤが宙に消える。

魔術陣は役目を果たしたようにフッと消えていった。

よし、ギリギリセーフだ。

「兄様は大きな氷の山を構築してください！　そこの裏からミラ嬢が魔法攻撃を！」

「任せて」

「任せなさい！」

俺の言葉に、兄様とミラ嬢が前に飛び出す。

俺は視線をその後ろに向けた。

「アドリアン君、もう剣は効きませんので、魔法攻撃か下がって防御を！　闇魔法で全体攻撃をしてくるので、兄様の氷の陰でしのいでください！　あ、兄様は、出来れば向こうが見えるほどの透明な氷を！」

無茶なことを言っているのはわかっている。スマホ画面の中では、氷の山があっても横スクロール状態だったから、敵が何をするのかよく見えた。けれど、今は真正面から対峙しているから、氷に隠れたら向こうが見えなくなってしまって、かなり危ないんだ。

俺の指示に、兄様が視線を横に向ける。

「ブルーノ！」

「わかった！」

兄様の呼び声に、ブルーノ君が応える。

声に出さずとも、二人の息はピッタリだった。

ブルーノ君がよくわからない草を生やしたところから、向こうがしっかりと見えるほどの綺麗な氷の柱が出来上がっていく。それが、至るところに数本ずつ。しかも武骨な感じじゃなくて、何やら遺跡を思わせるような途轍もなくカッコいい四角い氷の柱。

「流石兄様……出来上がる氷まで美しすぎる……」

俺の目の前にも一本出来上がったけれど、しっかりと向こうの魔物が見えている。

流石だ。

それに、動き回るはずの魔物が動けないのは、ブルーノ君の魔法が効いているからのようだ。

足元が地面に半分埋まっている。

俺のすぐ横にいたリコル先生も、目の前に出来た氷に感嘆の声を上げた。

「ここまで透明度が高いとは、まったく不純物が入っていないということでしょうか……。きっとブルーノ君の魔法で取り除いたんですね」

下を見れば、氷を押さえるように芝生のような草が生えている。二人の魔力増幅効果か、これだけたくさんの魔法を使っても、兄様は平気そうな顔をしている。

でも、まだここからだ。氷の裏からでも、魔物が尻尾と残った片腕をあげて魔法を構築しているのがわかる。空気がビリビリとして、肌が痛いくらいだ。

無防備ともいえるその格好でミラ嬢の魔法を受けても、魔物はびくともしない。数発お腹に当たったのに揺るぎもしないことに背中に冷たい汗をかく。

アドリアン君も隙あらば剣で攻撃していたけれど、爪の一撃を受け止めただけで剣が折れてしまった。それでも足掻くように、さっき兄様がやったように炎の剣を作り上げて攻撃をし始めるが、あまり効いていない。

第三段階になると、全体攻撃に加えて、魔物のステータスもだいぶ上がってしまうんだ。まるでどこぞの有名漫画に出てくるラスボスのように段階的に強くなっていく魔物に、ここらへんでかなり泣きたくなったもんだ。

俺は必死で脳をフル回転させた。ミラ嬢の魔法であれってことは、他の人の魔法はさらに効きにくいってことだ。

ここまでは皆たいした怪我もなく、回復も間に合っていたけれど、これからは持久戦になる。ミラ嬢の魔力と兄様の魔力が鍵となるだろう。

だって他の人を使ってこの魔物を倒したことはないから、他はわからないし。

「アルバ君は……その知識をどこで」

うーん、とこれからの皆の動きを考えていると、ヴォルフラム殿下が俺を見下ろしていた。

「厄災の魔物のことをここまで詳しく知っているのが、本を読んだおかげだというのは流石に納得がいかない」

「あ、はは」

ですよねー。リコル先生が誤魔化してくれたけれど、こんな状態じゃそうなるよな。

でも知識の出し惜しみなんてしていたら、多分王都はこの魔物に壊滅されてしまうだろうし、そうなると、この国はいよいよ最後を迎えてしまう。

こんなのが世に放たれたら、大変なんてもんじゃないから。

だから今は追及しないでほしい。

そんな願いを込めてヴォルフラム殿下を見上げれば、ヴォルフラム殿下は眉間に皺を寄せ、持っていた魔術陣を俺に差し出した。

「……今訊くことではなかったな。すまない。体調はもう万全だ。その魔術陣、とてもよく効いた。しかしそんな貴重なものを自分に使わないでどうする。後ほど、相応の物をお返ししよう」

俺がそれを受け取った瞬間、魔術陣は先程の防壁の魔術陣と同じように消えていった。

貴重って……自分で描いた拙(つたな)い魔術陣の一枚なのにそんな風に言ってもらっていいんだろうか。

見上げたヴォルフラム殿下の顔色は、大型魔物と対峙する前と同じくらいには血色が良くなっていた。

「私にも、何か出来ることはないだろうか」

ヴォルフラム殿下が剣の柄に手をかけながら訊いてくる。

俺はわずかに首を横に振った。

「僕、殿下がどのような魔法を使うのか、まったく把握していないのです」

「闇属性の魔法ならほぼ体得している」

「闇属性の魔法……」

闇属性自体ほぼわからないんだよな。

闇系炎が出せたのはわかるし、闇の魔法が飛んで来たら難なく消し去ったのは見たけれど。

「ん……消し去る？」

先程剣で闇の魔法球が消え去ったことが、俺の何かに引っかかった。

兄様は、剣で弾いて切っていたけれど、消し去るって。

「もしかして、ヴォルフラム殿下は、闇を吸収したり消滅させたりできますか……？　そんな魔法があるのかわからないけれど」

何せ魔法初心者なもので。そう付け加えると、ヴォルフラム殿下は真面目な顔で「出来ないことはない」と答えた。

「魔力が回復しているのであれば、先程の魔法くらいどうということはないから、安心してくれ」

既にふらつくこともなくしっかりと立っているヴォルフラム殿下は、そう言ってフッと笑った。

流石隠しキャラ。兄様には負けるけれど、違う系統で顔がいい。攻略対象者なんだから確実に膨大な魔力を持っているはずだし。だからこそ、触れれば即死しそうな魔法の球を難なく消し去ってしまうんだ。末恐ろしい。

でも俺、闇属性の魔法、ほぼ知らないんだよ。そこらへんに関しては、通常の授業で習った程度の知識しかない。ということは、ヴォルフラム殿下の最上の活用法をまったくわからない。中等学園生でしかないヘッポコだ。

こんな会話をしている間にも、ミラ嬢の魔法は魔物にクリーンヒットしている。ブルーノ君の地魔法が魔物の足止めに一役買っているし、兄様はブルーノ君と共に氷が壊れたらまた次を構築している。

そして、防御の要である第二王子殿下は、ヴォルフラム殿下の状態が目に入ったのかこっちに駆けてきた。

「ヴォルフラム！　立っていて大丈夫なのか⁉」

バン、と背中を叩くと、ヴォルフラム殿下の表情がフッと緩む。その顔を見て、第二王子殿下の張りつめた雰囲気も和らいだ気がした。

「ブルーノに状態を聞いていたんだけど……元気そうだな」

「皆の尽力で回復した」

「その尽力ってどういうのかすっごく気になる」

「ブルーノの回復薬、リコル先生の魔法、アルバ君の魔術陣だ」

「うっわ最強の布陣だ。そっかよかった。アレ、どうする」

アレ、と軽く言われて、ヴォルフラム殿下もあっさりと答える。

「倒すしかないだろうな」

「簡単に言ってくれる。厄災だろ」

「そうだな、厄災だな」

第二王子殿下が苦笑すると、ヴォルフラム殿下がしかめっ面をする。

その顔のまま、二人は俺の方を向いた。

「我らが可愛い参謀殿は、僕たちをどう使う？」

いきなりそんなことを言われても、と戸惑っていると、ヴォルフラム殿下が氷の柱越しに大きな魔物を一瞥した。

「なんでもいい。先ほど魔法の吸収について言っていたが、他に何か少しでもアレを倒せる確率を上げたい」

確かに助言くらいなら出来るとは言ったけれど。

あの魔物を倒したのは、兄様だからなあ。

「氷であの魔物の魔法を跳ね返してダメージを与えるっていうのは、知ってるんですが……」

「跳ね返して」

「なるほどな」

二人は、俺の言葉に納得したように頷いた。今の言葉のどこに納得したのかわからなかったけれど、二人は顔を見合わせて、手をこつんとぶつけている。そういえば二人は従兄弟だった。仲は悪くないらしい。

「ヴォルフラムが闇属性で、これほどよかったと思ったことはないね。魔法威力増幅」

「ツヴァイトが補助魔法得意だったのも、救いだな」

二人ともに似たような顔でニヤリと笑うと、同じ動きで氷の柱から身を躍らせ、同時に魔法を放った。

とても激しい青い炎に、眩しい光が弾けている。

こんな魔法初めて見た。

呆然と見ていると、隣にいたリコル先生が、「連携魔法です」と教えてくれた。

「魔法というものは、お互い苦手な属性がある、というのは教えたことがありますね」

「はい」

「同じ属性の場合は、そういうものが一切ありません。ので、単純に魔力の強い、威力の強い魔法が打ち勝ちます。きっと、最初にあの魔物と遭遇してしまったときは、ヴォルフラム殿下の魔法が打ち負けたのでしょう。ですが」

リコル先生が言葉を止める。

そして、魔法を撃ち続けている二人を見据えた。

「今は、ツヴァイト殿下の魔力が相乗されているので、あの厄災と呼ばれる魔物に、打ち勝っています」

二人の前に迫る、アビスガーディアンからの魔法は打ち消され、一本の道のようなものが出来上がっている。

それどころか、魔物の魔法は二人の魔法に絡まるように消えていく。その度、二人の魔法はさらに強くなっているように見える。

二人の連携魔法は、魔物自身の魔法の力を吸収して、魔物の体力を確実に着実に削っていった。

分が悪いと思ったらしい魔物が他の人たちに魔法を飛ばしても、兄様が魔法の氷で防いで殿下二人をサポートし、ブルーノ君がそんな兄様の補助をする。

リコル先生は少しでも力になればと、魔力回復の水薬を飲みながら水魔法で皆に最大限の回復をしている。

ずっと攻撃魔法を撃っていたミラ嬢と、剣のなくなったアドリアン君は、歯がゆそうにしながら氷の陰で身体を休めて、魔力の回復をしていた。

それからしばらくして、とうとう魔物が膝をついた。
次いで、魔物をそこまで疲弊させた殿下二人も膝をつく。
そこへ、ミラ嬢が氷の柱に隠れている間ずっと練っていた特大の光魔法を放ち、それを浴びたアビスガーディアンが、うめき声を上げながら、地響きを立てて倒れていった。

兄様も氷に寄り掛かるように立っていて、ブルーノ君はもう息も絶え絶えな状態だ。

皆はまだ魔物に全神経を集中させているけれど、でも、既に皆の魔力が尽き掛けているのもわかる。

結構な時間、アビスガーディアンとの死闘を演じていたから、動ける人はほとんどいない。

しかし倒れた魔物の喉からはまだグルグルと音が聞こえてくる。生きている証拠だ。

止めを刺さないと。そうしないと、魔力欠乏で倒れそうな兄様にゆっくりと魔力を渡すことが出来ない……！

そう考えてしまったら、自然と身体が動き出した。

倒れ伏していても、よく見ると魔物は怖い。牙をむき出しにして唸っているし、今でも眼光は鋭い。爪は余力で動かされただけで俺なんか真っ二つになると思う。

でも、足は止められなくて、俺は兄様の投げ捨てていた剣を拾った。重い。

「止めを――」

「刺すのは悪いが俺な」

剣を持ち上げるのにすら苦労していたら、まだ余力のあったらしいアドリアン君が俺の手から剣を奪い、一気に近づいて魔物の頭に突き立てた。

地の底から湧き上がるような重低音の咆哮が上がり、魔物の頭がアドリアン君の手によって地面に縫い付けられた。

とんでもなく硬い毛皮と頭蓋骨を難なく剣でぶっ刺してしまうアドリアン君の筋力はやっぱり人間離れしていて、いつ人間やめたんだろう、なんて場違いなことを考えてしまう。

そして次の瞬間、ブワリ、とアビスガーディアンの身体から大量の黒い煙のようなモノが湧き出した。

思わず後ずさる。

しかしそれは風と共に宙に消え去り、後にはただ地面に縫い付けられた剣と、大きな足形の穴二つが残った。

「……倒した」

それは誰の呟きだったか。

聞いた瞬間、俺の足は兄様のところに向かっていた。

そして、背中を氷に預けたまま辛うじて立っていた兄様の胸に飛び込んだ。

抱き返してくれる腕は、力ない。

見れば、ミラ嬢と殿下お二方とブルーノ君とリコル先生は魔力切れでへたり込んでいる。兄様も同じくらい魔力を使ったはずなのに立っていたので、きっと兄様が優勝だと思う。アドリアン君は、そもそも魔力を剣の構築でしか使っていないからこそ動くことができたんだ。でもそのおかげで最後止めを刺すことができたから、結果オーライ。

「兄様！　兄様大丈夫ですか！」

「うん……大丈夫……アルバは」

「あああその力ない声もまた心を抉る程に魅力的ではありますが……！僕は兄様が元気な時のお声が一番大好きなので、早く元気になってください！」

俺は兄様に抱き着いて、魔力を手から流し込む。

「アルバ、ダメ」

「ダメって言われてもダメです！」

俺の魔力が減るのは慣れてるからいいけれど、兄様は元気でないといけない。俺から兄様への魔力譲渡はやっぱり下手くそで微々たるもの。もっとガツンと回復できるやり方は……

そういえば前に湖で兄様が魔力を回復した時は、どうやったか。

確か、舐めた……

舐めた。そう、舐めた。

あの時の記憶がよみがえって、一瞬で身体を固くする。

ええとええと、魔力を回復する簡単な手段は。

兄様は何を。

舐めた。

ダメだ、思考が停止する。

な、な、舐めさせればいいんだろうか。

何を。ナニを？

なんでもいい。兄様が元気になるなら。

「ににに兄様。あの、な、な、舐め」

手っ取り早い回復手段が、自分から「舐めてください」と言わなければいけない羞恥プレイだと気付いた俺の頭は、パーンと弾けた。

口に出すのはダメだ。

舐める、何を。前は確か、涙だった。今、泣いてない。けれど羞恥で泣きそうではある。泣いたとして、それを兄様の口にこすりつけろと。

待って。俺は変態か。

涙がダメなら何がある。

鼻水も出ていない。

ってことは、涎（よだれ）か。

涎（よだれ）を舐めてもらうとか、どんなプレイ。

最推しにそんなことをさせるわけにはいかない。

そんなことをグルグル考えている間にも、兄様の身体から力が抜けて、少しずつ重くなっていく。

本格的に気を失う寸前なのかもしれない。

そりゃそうだ。こんな大きな氷の柱を、壊されても壊されても瞬時に作り続けていたんだから、魔力もなくなるよ。

やっぱり早く回復させないと。

そして、思考は冒頭に戻る——ってなるんだよ！　羞恥プレイなんだよ！

「アルバ……ごめん、潰しそうだから、離れて……」

「嫌です！　僕が回復します！」

最推しの弱々しい声に、羞恥が吹っ飛んだ。

涙で回復するならきっと唾液だって回復する。舐めてもらうのが恥ずかしいなら、俺が直接舐めればいいんだ。

思考が一周回ってそこに辿り着いた俺は、肩に乗っている兄様の麗しい顔を、俺の方に向けた。

ううう、最推し、最高に顔がいい……！

そっと兄様の頭に腕を回すと、兄様の眉がへにょりと垂れる。

疲れた顔つきがまた眩暈（めまい）がするほどにいいけれど、そこでダウンしちゃだめだ。

「アルバ……？」

いつもよりも怠（だる）そうな声が、耳のすぐ近くで聞こえて、心臓が破裂しそうになる。

口が。

兄様のとても形のいい芸術のような口が目の前に。

でも、兄様を回復させるにはこれしかない！

俺は、ペロッと兄様の口を舐めた。

瞬間、兄様が弾かれたように身を起こした。

今までの怠そうな姿が嘘のような俊敏な動きに、俺の方が固まってしまう。

え、今ので回復した……訳じゃないよね。

兄様は勢いあまって地面にしりもちをついていた。

口元はしっかりと手でガードされている。

「アアアアアルバ？　一体、何を」

「魔力を」

「でも今……」

「だから、魔力を回復しようと思って……！　あ、もしかして、逃げる程嫌悪感がある、とか」

「そうじゃないけれど……！」

シュンとすると、兄様の口から「くっ……」と苦しそうな呻き声が聞こえてきた。

「まだ辛いなら、少しだけ我慢していただければ」

僕が回復させます、と続けようとしたところで、後ろから口を塞がれた。

顔を上げると、そこには兄様そっくりの麗しダンディが。

「父様」

「アルバ？　君は何をしているのかな？　オルシスの救助信号を受けて急いで騎士を連れて来てみれば。厄災と対峙した生徒たちは死屍累々、そして私の可愛い息子は貞操の危機」

「貞操の危機……」

義父の言葉に、愕然とした。

もしかして、俺が兄様を襲っているように見えた、とか。

兄様を襲って……おそ……

頭の中に、アドオル本のあどけない最推しの肢体がぱっと浮かび、一瞬で顔が茹で上がる。

お、俺が、襲う。

だめだ。最高に滾る。けれど、滾っちゃだめだ。だって兄様はあんなに怠そうなのに最後の力を振り絞って俺から逃げるほど嫌だったようだから。

「ちちち違います！　これは、純粋な魔力回復……！」

「魔力回復にしても、皆が見ている前ではどうかと思うよ……オルシス、後で、詳しく教えてくれないか」

「わかりました……っ、父上、ありがとうございます」

「はぁ、そこでお礼を言っちゃうんだね……」

「ええ。ちょっと想定外のことで、動揺してしまいました……」

「あはは、オルシスでも動揺するんだな」

義父が俺の横から兄様に手を差し出すと、兄様はその手を取って自分の足で立ち上がった。

兄様は義父の肩に頭を預けて、とても安心したような顔をしている。

や、やってしまった。

魔力回復させるはずが、仄かに滲み出てしまった邪な気持ちに気付かれてしまった。

き、嫌われる。

これじゃ兄様に嫌われる。

やってしまった後悔と、湧き上がる絶望感に、目頭が熱くなる。

これは最悪の失態ではなかろうか。っていうかなんであそこで舐めるということしか頭に浮かばなかった、俺。

まるで変態だ。いや、まるでじゃない。まごうことなき変態だ。しかも傍から見ると兄様を襲っていたように見えたとか。

絶望で身体の力が抜けて、その場に膝をつく。

だめだ、もう生きていけない……

そう思った瞬間、身体が浮いた。

慌てて顔を上げると、そこには麗しの兄様の顔があった。

近い！　近すぎる！　こんな変態にそんなお顔を近付けてはいけない！　無防備すぎる！

その場から逃げようとじたばたするけれど、思った以上に兄様の腕には力が戻っていた。

「アルバ、どこか調子が悪いの？　それとも僕に魔力を渡したからアルバが魔力足りなくなった？

皆、無事父上の騎士たちに連れられて学園に戻ったよ。後は僕たちだけだ。行こう」

「こ、こんな兄様を襲おうとした変態に近付いてはいけません！」

「変態……？　へ……？」

俺の叫びに、兄様が困惑した顔をする。

だって、貞操の危機！　下心満載で兄様の口を、舐め……、舐め……！

ううう、と唸っていると、兄様が困った表情のままで首を傾げた。

「あ、さっきの魔力回復のこと、かな……。ごめんアルバ。ちょっと僕の気持ちが収拾つかなくなりそうだったから……確かにあんな風に邪険に扱われたら不機嫌になるよね。でもありがとう。アルバのお陰で動けるようになったよ」

茹で上がっている俺を、兄様がギュッと抱き締める。まるで子供に対するような抱っこが、より羞恥心を刺激した。

「……アルバがペロッて舐めるの、可愛すぎてどうしようかと思ったよ」

兄様の小さな呟きが、俺に致命的なダメージを与えたのは言うまでもなく、俺は兄様に抱えられたまま、ずっと顔を両手で覆っていたのだった。

恥ずか死ねる……。嫌われてなかったのは、良かったけれど。

忘れてほしい。切実に。

後日、兄様と義父が王宮に呼ばれた。俺も呼ばれていたんだけれど、あの後熱を出してしまって、行くことは禁止された。色々説明が難しかったので、ちょっとホッとしたのは秘密だ。

さて、兄様の救援要請を受け、義父はあの後すぐに騎士団の出動を求めたらしい。
けれど、今までありえなかった厄災の魔物の出現に、王宮はすぐに許可を出すことが出来なかっ

たそうだ。王族も二人魔物と戦っていたのに。

　そもそも、王家での会議が始まるまでの時間が長くて、怒り心頭となった義父は、自分の私兵を動かし、大量の転移魔術陣でメノウの森に皆を運んだらしい。

　後で使った転移の魔術陣を補充しよう。俺が描いた物でも使えるのはわかったから。

　そして駆けつけた時には、既に厄災は消えており、魔力枯渇で気絶者多数。そして目に入る俺の痴漢行為……。心労かけて申し訳ない。

　戦っていた皆は、気絶するほどに魔力がなくなっていたから、義父への状況説明はまだ意識を保っていたリコル先生と余力のあったアドリアン君がしてくれたらしい。俺は兄様に拉致されてお家に戻ってから、すぐに熱が出てしまってお布団まっしぐらだったからその後はノータッチ。多分許容範囲外の羞恥による知恵熱だと思うけれど、恥ずかしすぎるのでそれは言わない。

　ちなみに次の日、殿下二人とアドリアン君、そしてアーチー君までお見舞いに来てくれたのでさらに居たたまれなさ倍増だった。

　そして翌日、俺達は王宮に呼ばれた。

　ブルーノ君の解熱薬とリコル先生の回復の魔法のおかげで、熱も下がっていたんだけれど、俺は義父から外出禁止を言い渡されたのでありがたく自宅にいることにした。ちなみに学校はあんなことがあったのでしばらく休みになっている。母とルーナが監視として俺の部屋で寛いでいたので、そのまま義父用の魔術陣製作に勤しんでいる。

　あの時魔術陣は、大防壁魔術陣一枚、少しずつ体力が回復する魔術陣二枚、そして、炎の初期魔法を飛ばせる魔術陣が二枚と、めぼしい物は残っていなかった。魔術陣の炎魔法なんて、あのアビスガーディアンにとっては蚊に刺されたくらいのダメージしか受けないのは知ってるから、使う羽目にならなくてよかった。

義父から貰い受けて描き溜めた魔術陣は殆ど使い果たしてしまったので、また紙とインクを仕入れないと。

多分あと二枚くらいしか描けない。

兄様たちは王宮でどんな話をしてるのかな、と想いを馳せながら魔術陣を描き込んでいると、目の前に座っていた母が、「凄いわねえ」と呟いた。

基本、俺の好きにやらせてくれる母は、兄様を含め、子供たち全員を包み込むように愛してくれている。

それは男爵家にいた時からまったく変わらず、少なからず安心した。ルーナを産んだ時も、ルーナだけを可愛がるのではなく、兄様までも可愛がってくれた母はまるで聖母のような人だ。

義父を上手く操る腹黒いところもある聖母だけれども。

「アルバがこんなにたくさん色々なことを出来るようになるなんてね……あの時諦めないで良かったわ」

「あの時……？」

「ええ。あの時」

いつのことだろう、と首を捻っていると、母は少しだけ遠い目をして、口元を緩めた。

「アルバが三歳の時よ。それまでで一番酷い発作に襲われて、お医者様にも諦めるように言われたの。あなたの実のお父様が亡くなってすぐだから、皆がもう頑張る気力もなくなっていてね。お金もなくなりかけていて、薬も買えない。毎日魔力を少しずつアルバに流しながら、もうこの手を離して、皆で旦那様の後を追おうかと真剣に話し合ったわ……でもねえ」

母は俺をじっと見て、俺が紙を押さえている方の手に、自分の手を重ねた。

「貴方がね、辛いのに、笑うのよ。いつもありがとうって。もう大丈夫だから、お薬はいらないよって。全然大丈夫じゃないのによ。三歳の子の気遣いじゃなかったわ。その時ね、この子を亡くしてはいけないと思ったのよ。だから、アルバの病ごと引き受けようと言ってくださった旦那様についてきたのよ」

「母様……」

「それが、今はこんなに元気になって。私はね、アルバがしたいことなら、応援したいの。もちろん悪いことをする気なら身体を張って止めるけれど、きっと私が納得したらなんでも応援しちゃう。だから、元気に大きくなって、たくさん好きなことをしてちょうだい。旦那様をたくさん翻弄するぐらいに元気になってね」

「僕もう、凄く元気ですよ」

「もっとよ、もっと」

「母様」

「だからね、もし、アルバがオルシス君とどうしても一緒になりたいって言うのなら、私は応援するからね」
とても慈愛に満ちた顔で言う母の言葉に、俺はぴたりと動きを止めた。
オルシス君と一緒になりたい。
ちょっと……意味がわからない。
一緒になりたいって言うのはあれでしょ。結婚する的なアレでしょ。
待って、母様待って。
「……え？」
――にいさまと、けっこん。
その言葉が、脳内を一周した瞬間、俺の頭はパーンと破裂した。

幕間　贖罪と褒賞（side：ヴォルフラム）

王宮の奥まった一室に呼ばれたのは、厄災の魔物と対峙した私達生徒、及びリコル先生と学園理事長、そして、独断で彼の私兵である騎士を動かしたサリエンテ公爵だった。

円卓の正面には陛下が座り、その向かいにツヴァイトを中心とした私達生徒が座る。陛下と私たちの間にサリエンテ公爵、父である王弟殿下、宰相、近衛騎士団長、そして学園長とリコル先生が腰を下ろした。

皆が席に着いたのを確認すると、陛下がおもむろに口を開いた。

「この度の厄災の魔物討伐、ご苦労だった。無事皆が生還できたこと、とても誇らしく思う」

「ありがたき幸せ」

それぞれが苦い思いを胸に秘めながら頭を下げた。

本当はまったくありがたくないと私は思っているし、きっと他の者たちも思っているだろう。特にオルシス。あの『ラオネン病』のアルバ君まで巻き込んでしまった身としては、私も溜息を禁じえない。

「して、状況の詳細な説明を求めるが、ツヴァイト、ヴォルフラム、頼めるか」

陛下に指名され、私とツヴァイトが立ち上がった。

視線を交わしてから、私が口を開く。

「最初に厄災の魔物を見た瞬間、終わりを覚悟しました。それほどにあの魔物は強大で、驚異的で、圧倒的でした。班の者たちに逃げるよう伝えましたが、正直皆無事に逃げられるとは思えず、少しでもこの身体で押さえられたらという一心で剣を抜きました」

あの時の恐怖は筆舌に尽くしがたい。

魔法を撃ってもまったく効いた様子もなく、剣は歯が立たず。ただ皆が早く逃げることだけに神経を向けていた。

最初の一撃は辛うじて避けることが出来たけれども、その動きは目で追うのもやっとという素早さで、爪の攻撃で身体を抉られ、皆がここから離れる前に斃れることを悔やんだ。

次に目を開けた時には、目の前にリコル先生とブルーノがいた。

「意識を失った私を転移の魔術陣で助けてくれたのは、サリエンテ家の次男、アルバ君でした。気付いたときにはサリエンテ家の温室で寝かされており、リコル先生とブルーノが私の治療をしてくれました」

私がアルバ君のことに触れた途端、サリエンテ公爵とオルシスの表情が抜け落ちる。

正直あの時は何が起きたのかわからなかった。けれど、アルバ君が手持ちの転移魔術陣で私を助けに来たと聞いたときは、なんてことをしたんだという憤りと、深い後悔が私を襲った。

私ごときの命と、これからの希望であるアルバ君の命、天秤にかけるまでもない。あの時アルバ君は私を助けに来てはいけなかった。

ぐっと手を握りしめて、落ち着くために一度口を閉じたところで、ツヴァイトに脇腹を突かれた。

そのことで、こわばっていた肩の力が抜ける。

ふむ、と陛下が頷く。

「アルバ・ソル・サリエンテとはハルス公の所の子供だったたな」

陛下に話を振られ、サリエンテ公爵が軽く頷く。

「我がサリエンテ家の次男にございます」

「次男か。『ラオネン病』と聞いている。そのような難病に冒されていながら学業や学園行事に参加させたのか」

陛下がじろりと保護者たちを見回すが、サリエンテ公爵は気にせずそっと手を上げ、発言の許可を取った。

「あの子の病は、我が息子オルシス、宰相閣下のご子息ブルーノ、主治医として動いているリコルの尽力により、人並の生活を送れるまでに安定しております」

「では、今サリエンテ公爵家で手掛けている物は、結果が出ているということか」

「はい。まだ完成ではないので、広く発表することはありませんが、『ラオネン病の薬』はこれからも安定的に供給していこうと思っております」

「ふむ。だったら、此度の活動も頷けるか」

「は。今まで大半をベッドの上で過ごしてきた我が子が少しは皆と同じように楽しめればという親心が発端でした。……このような予想外のアクシデントがない限りは」

サリエンテ公爵が、アルバ君のことをしっかりと我が子と発言したことに私はわずかに目を瞠る。

彼と、アルバ君に血の繋がりはないはずだ。けれど、オルシスもサリエンテ公爵も、そんなことは一切感じさせない程の愛情をアルバ君に向けていた。そして、アルバ君も二人に全幅の信頼と愛情を向けているのは、あの短い時間でも十分理解できた。

……羨ましい、と思ってしまった自分が情けない。

「わかった。では、続きを頼む」

陛下の言葉に、今度はツヴァイトが口を開いた。

私がサリエンテ邸に運ばれてから、すぐにツヴァイトはあの場に駆けつけたらしい。だから以降の説明はツヴァイトの方が適役だった。

「俺のもとに魔物の報せが来てすぐ、近くで作業をしていたアドリアンとミラ嬢と合流して現場へ向かいました。が、一目魔物を見ただけでこれはダメだと理解しました」

「ダメだ、とは」

「相手の力量が俺たちよりも上過ぎて、ここで逃げてもすぐにこの国が潰されてしまうと本能で理解したのです。――父上も対峙してみればすぐわかりますよ」

　ニヤリと口角を上げるツヴァイトに、陛下が呆れたように首を振る。

　いつも通りのツヴァイトの声と言葉に心の重しが減った気がしてホッと息を吐く。今度はくらりと小さな眩暈（めまい）が襲ってきた。心労のためか、本調子ではないのか。

　それでも姿勢を崩すことは出来ず、努めて背筋を伸ばして陛下をまっすぐ見つめる。

「正直、ここにいる誰一人が欠けていても、俺たちがここにいることはかなわなかったでしょう。あれは王家に伝わる伝承通りの恐ろしい魔物でした」

「そうであったか。皆が無事で、本当によかった。ヴォルフラムも、よくぞ無事帰ってきた」

　陛下に視線を向けられ、ぐっと奥歯を噛み締める。

　どうにも陛下の言葉は、私にとってはとても軽いものに聞こえてしまう。

「私は一度、あそこでこの命を落としました」

　溜息と共に零してしまった言葉は、陛下及びその周りに陣取っている大人たちの顔を歪めることに成功した。

　私もツヴァイトも、剣の腕はそこら辺の騎士には負けないと自負している。それはアドリアンやオルシス、ブルーノもそうだ。しかし、魔力がずば抜けて多く、魔法に長けた私たちがいてもなお、アルバ君の助言がなければ、誰もここに立ってはいなかった。そんな思いを込めた言葉だった。それは通じたようで、陛下は苦いものを呑み込んだような顔をして、私とツヴァイトに着席を促した。

あの時、サリエンテ公爵が自分の騎士たちを独断で動かし、駆けつけた時には、王宮ではまだ厄災の魔物対策会議を開くための招集をかけたところだったという。

どう動くかではなく、どう動くかを話し合うことすらしていなかった。

迅速に動いたサリエンテ公爵ですら、我らが厄災の魔物を倒した後にあの場に辿り着いたのだ。王宮で会議を開こうと席が埋まった時には、既にサリエンテ公爵の指示によって森にいた生徒たちは皆安全な場所まで避難を終えており、魔力切れで力尽きていた私達も速やかに保護されていた。

会議が始まる時には、既に終わっていたのだ。

陛下も初動が遅いのは感じていたらしい。けれど、想定外の対策はあまりしていなかったようだ。まさに、戦のない平和な世だからこその弊害だ。

陛下は俺の言葉に溜息を吐いてから、こちらを見つめた。

「此度の我らの動きが遅かったこと、謝罪する。我らの代わりに動いてくれたハルス公、恩に着る」

「謝罪と礼よりも、今後の対策の方をお考えください」

サリエンテ公爵にやんわりと注意され、陛下が小さく頷くと、ツヴァイトが手を挙げた。

「魔物の対策や弱点などはあとでまとめて騎士団の方に提出するので、もし今後同じ魔物が出た時の対策をしましょう。あと連携魔法について魔術師団に効率的な練習法を提出します。宰相、これから非常時の連携方法をもっと考えた方がいい。いちいち会議してからでは効率が悪すぎます」

「確かに……会議をしている間に国が滅んでしまったら元も子もないか……」

陛下の呟きに、ツヴァイトは満足そうに頷いた。

「それにしても、いくら魔力が膨大とはいえ、学園生だけで厄災の魔物を倒してしまうとは……」

その呟きに、私の頭の中にアルバ君の顔が浮かんだ。

あの戦いは、アルバ君がいなければ成り立たなかった。あの肌が粟立つような魔力の塊を防ぐ精緻な魔術陣や、的確な指示。皆の特性をよく知っているかのような采配。

まるであの魔物と戦ったことがあるのではないかと思う程の動きの読み。

しかし、ツヴァイトは、戦闘の説明の中で一切アルバ君の名を出さなかった。

サリエンテ公爵も、オルシスも、アルバ君を可愛がっているのなら、ここで我が子が一番活躍したと訴えてもおかしくないものを、ただひたすら黙っている。

皆があえてアルバ君について口を噤んでいるというのはツヴァイトの説明を聞きながらわりと早く気付いていた。

……あの聡明で小さな子が、病の他に何か重大なことを秘めているのではないか。

ただ話を聞きながら、自分のその考えはきっと外れていないと確信していた。

『ラオネン病』なのに必死で生き抜いているから、少しだけ手を貸してやってくれと学園長から頼まれた時は、私が護らなければと思ったけれど、あの小さい子はただ守られるのを享受できる子ではない。

それは、キャンプの時に上級生であり、王族である私に直訴してきた姿を見ればよくわかった。

だからこそ、この役立たずの闇属性の私を助けるために、泣きながらであっても、あの恐ろしい魔物の目の前に跳んできたのだろう。

そして、そんなアルバ君だからこそ、サリエンテ公爵もオルシスも必死で護っているのだろう。……あらゆるもの、権力や王家からも。公爵たちの苦労は想像に難くない。

「――厄災の魔物は討伐された。そなたらに国を救ってもらったのだ。出来る限りの望みを叶えよう」

陛下の声に落としていた視線を上げる。

出来る限りの望み。

それはとても心を揺さぶられる言葉だった。

願ってもいいのだろうか。こんな中途半端な立場から解放されることを。

「ツヴァイト」

「はい。私は、学園を卒業した後の臣籍降下の確約を」

いつも通りのツヴァイトの声に、思いは同じだったことを知り、溜息を呑み込む。

膨大な魔力を持つ王族を二人とも手放す愚を、陛下が了承するわけがない。

陛下はツヴァイトの真剣な表情を見ると、肩をすくめた。

「あの話は本気だったのか。ハルス公、そなたがツヴァイトの後ろ盾になるということは非公式に聞いていた。それはツヴァイトをサリエンテ公爵家に取り込むということに相違ないか」

「取り込むわけではありません。私がこれ以上の地位を望んでいないのは陛下が一番知っているではありませんか」

「そうであったな。では、わかった。確約しよう。その代わり、王家の大事には必ずその力を惜しまぬこと、それだけは約束してほしい。宰相、書面を用意してくれ」

陛下の言葉に早速宰相が動き始める。ツヴァイトはその動きに満足そうに口もとを緩めた。

陛下とツヴァイトとの間には、親子の情というものはほぼ見られない。むしろよく遊びに来る私と父との方が家族らしい関係を保っている。ツヴァイトの歳の離れた二人の兄姉は、ツヴァイトを目の敵(かたき)にしており、やはり兄弟の情などまったくなかった。

そんなツヴァイトが生家でもある王宮で心休まる場所などなく、何かあれば父の住む離宮に逃げ込んできていた。

これでツヴァイトが王宮を出ることは約束された。

ホッとしたと同時に、少しだけそのことに嫉妬する。

「では次、ヴォルフラムは何を望む」

陛下に問われ、私は静かに息を吸いこんだ。

却下されることは目に見えているけれど、口に出さなければそれこそ望みはかなわない。

ゆっくりと瞬きすると、私はツヴァイトの瞳と同じ色をした陛下の瞳を見つめた。

「私も、ツヴァイト殿下同様、城を出たく思います」

四、最推しとこの世界の結婚事情

家で過ごすこと数日。学校が休みなせいで、兄様と二人きりになることも多い。

母様におかしなことを言われて以来、俺は兄様を今までと違った意味で意識してしまっている。

兄様に触れると顔が熱くなり、ハグをされるとやっぱり顔が熱くなる。

あまりの挙動不審に、義父にこっそり呼び出されてしまった。

義父の執務室の豪華な椅子にちょこんと腰を下ろすと、義父がお茶を手に目の前に座った。

「アルバ、最近どうしたんだい？　体調がすぐれないのかい？　それとも、厄災の魔物の瘴気にあてられたとか」

厄災の魔物が出たことは本当に大きな事件だったようで、家には毎日お見舞いの品が届いている。

でも、俺自身に体調不良が起きているわけじゃない。

慌てて義父に違うと答えると、義父は兄様そっくりの顔を少し困惑気味に曇らせた。

「ではどうしたんだい？」

「ええと……魔物の瘴気にやられるほどそばに寄ったわけではないので、厄災の魔物関係ではないのです。ただ……母様が」

そこで口ごもる。

兄様と俺の結婚を視野に入れていたようです、とは口に出せない。

未だにそんなことは信じられないし、どうしていいかわからない。俺はただ、兄様をずっと推して愛でていたいだけだ。

兄様が誰かと結婚したとしても、ただただ兄様を愛でたいだけ。ちょっとそのことを考えただけで業腹で胸中ブリザードだけれども。

俺の言葉に、義父が目を見開く。

「フローロがどうかしたのかい？　彼女はそうそう無理なことは言わないだろう」

「いつもは無理なことなんか全然言われないんですけど……」

『アルバがオルシス君とどうしても一緒になりたいって言うのなら、私は応援するからね』

これは、無理なことだろう。

何度頭で反芻しても、訳がわからない。

俺と兄様は兄弟で、男同士で、応援なんてしてもらうような間柄じゃない。それに兄様の気持ちもある。むしろそこが一番重要。兄様が幸せであることが一番重要。俺の気持ちはもうこの際どこかに置いておいていい。

俺は組んだ手の上に頭を乗っけてから、深い溜息とともに呟いた。

「……やっぱり応援されるのは違う気がするんです」

「ん？　応援？　ええと、フローロはアルバを応援しているのかい？」

「はい。でも一番大事なのは兄様の幸せなので、やっぱり応援は違う気がするんです」

「待ってアルバ、待って、順番に話そうか。フローロは何を応援していると？」

混乱したような義父に、俺はいよいよ正直に母の言葉を伝えた。

途端にテーブルに突っ伏す義父。ティーカップに直撃しなくてよかった。兄様似のその顔にカップの丸い跡が残ったらちょっと業腹……いや、それはそれで可愛らしいか。

それにしても、やっぱり義父が突っ伏すほどに困るようなことを母は口にしていたのか……恐ろしや、母。

俺は落ち着くために、義父手ずから持ってきてくれたお茶を一口飲んだ。

「そもそも、僕と兄様が一緒になるなんて、あるはずないですよね」

男の、しかも弟を娶ったなど、兄様の醜聞以外の何物でもないですよね、と続けると、義父は顔を上げて首を横に振った。

「いや、同性での婚姻は別に問題ではない。後継ぎ問題なんかが持ち上がりそうな場合は同性同士で婚姻関係を結ぶなんていうのは日常茶飯事だし、愛妾を持つ場合は同性の方が多いくらいだ。しかも君たちは血が繋がっていないから……待って、アルバ。君はとても物知りだったからすっかり抜け落ちていたけれど、この国の婚姻がどのような物か把握している？」

「え、普通に男女間でするものだと思ってましたし、愛妾なんて夢物語だと思ってたんですが……なんか、僕間違えてますか」

すると、義父が一瞬額に手を当ててから、真面目な顔になる。

「男女間の婚姻が望ましいのは、跡継ぎを所望されている嫡男だね」

「はい」

「そして、跡継ぎ問題が持ち上がらないよう、次男以降は同性との婚姻が推奨されている。もちろん親が複数の爵位を所持している場合は問題ないけれどね。そうでない場合は『嫡男に跡継ぎが誕生しなかった場合以外での継承権は発生しない』という契約書を書くことになるんだ」

「へぇ……知りませんでした」

「だから、嫡男の場合は家同士の繋がりなども考慮して、婚約を結んだりもするけれど、もし好いた相手が同性の場合は愛妾として、正妻の許可があれば置くことも出来る」

「じゃあ、兄様は嫡男だから……必ずどこかの女性を娶らなければならないのでは……」

義父の話を聞いていて、俺の中で当たり前にあった男女間結婚という概念がガラガラと崩れていった。

ただ残ったのは、今までと特に変わらない認識だ。つまり兄様は必ず女性と結婚して、後継ぎを作らないといけない、ということ。

母よ、応援する場所など、一ミリたりともないぞ。むしろ応援しちゃダメなやつ。応援されたら兄様の幸せが逃げていくやつだ。

そうだよね、と肯定する心と、下に下に沈んでいく心が俺の中でせめぎ合う。

わかっていたじゃないか。それでも兄様の笑顔が一番大事、と今まで思ってきたじゃないか。

わかっていたのに、心は塞ぐ。

俯くと、義父の大きな手が俺の頭に乗った。

「アルバは、そこまでオルシスのこと本気だったんだね」

「誤解です。僕はただ、兄様の幸せを一番に想っているだけです。本気とかそんなんじゃない、必然的なことなんです。兄様が幸せであれば、僕はそれだけでもう大満足なんです。もし兄様に愛する女性が出来て、二人で寄り添った暁には、僕は心から祝福しなければなりません……！　兄様が、幸せであるために……！」

慰めとかはいらないです、と義父の手を押さえれば、これ見よがしに溜息を吐かれた。

「そのセリフが既に私には熱烈な愛の告白に思えるよ。オルシスも、もしかしたらそう思いながら聞いているかもしれないね」

「だったら……心の中で叫ぶだけにして、表には出さないよう頑張らないといけないですね」

「アルバが何も言わなくなってしまったら、それこそオルシスが不幸になりそうだよ。オルシスはアルバが兄様大好きと身体中で訴えている時が一番幸せそうな顔をするからね」

なんと。俺はハッと顔を上げる。

「……そうなんですね。明日から、兄様には過剰なほどのジェスチャーでこの思いの丈を伝えなければ」

「どうしてそっちに行くのかな」

押さえた俺の手ごと頭を掻き混ぜると、せっかくメイドさんが朝に整えてくれた髪がぐしゃぐしゃになってしまう。

柔らかいくせ毛なので、ぐしゃぐしゃになると簡単に絡んでしまって、自分ではどうしようもなくなるんだ。

「父様……髪がぐしゃぐしゃに」

「フローロによく似た髪質でとても可愛らしいよ」

「母様の髪はいつでも綺麗に整ってます。こんなぐしゃぐしゃじゃありません」

「そうでもないよ。寝起きはね、かなり凄いことになっているよ。それもまた可愛らしいけれど」

「父様はほんと、母様好きすぎますよね」

「オルシスに関してはアルバも同じだろう」

「当たり前でしょう！　兄様に嫌いになる要素なんて何一つ、ほんの少したりともありません」

ぐっと手を握って答えれば、義父は苦笑した。

「アルバは、いつまでもうちにいて、幸せになってくれたらと思うよ」

「だから、兄様が笑っているだけでもうこの上ない幸せなんです」

「そうだね。……オルシスと相談案件かな。無自覚すぎて後でオルシスが泣きそうだ」

義父はようやく俺の頭から手を離して、今度は髪を指先で整えてくれた。あまり直っている気はしないけれど、ありがとうございますと頭を下げる。

すると義父は微笑みながら、ぽんと手を打った。

「ところでアルバ。君の体調がよくなったら、ヴォルフラム殿下が会いたいと言っていたよ。改めてキャンプのお礼がしたいそうだ」

いきなりの話題転換にちょっと驚きつつ、頷く。

「わかりました。僕の体調は大丈夫です。でも、殿下こそ体調はもういいんでしょうか」

「元気そうだったよ。うちに来た時は、オルシスと共に迎えてさしあげなさい」

「はい！」

俺の返事に満足そうに頷いた義父は、「でも」と表情を改めた。

「もし殿下が無茶を言い始めても、なんでも断っていいからね。あと、必ずオルシスと共にいること。わかった？　要望があれば私を通してと言っておけば角が立たないから」

「はい」

義父の言葉に、首を傾げながら頷く。

あの真面目そうなヴォルフラム殿下がそんな無茶振りするかな、と思いながら。


さて、義父がすぐに返事をしてくれたらしく、そんな話をした翌々日に、ヴォルフラム殿下が公爵家に遊びに来ることになった。

そんなわけで俺は兄様と共にヴォルフラム殿下を迎えるため、応接室で待っていた。

ちなみに、今日の第二王子殿下はブルーノ君の温室で遊んでいるらしい。だから、出迎えるのは俺と兄様だけ。

兄様と並んで座っているけれど、今もまだ少し手とか触れるとドキドキする。

素直にそれを伝えると、兄様も同じだと言って照れたように笑ってくれた。その顔を見ることが出来ただけで胸が一杯になって、自分のドキドキなんてどうでもよくなってしまう。

「はぁ……今日も兄様が麗しくて可愛らしくて……全俺が溜息の嵐です……」

「全俺って……アルバがたくさんいるのは想像するだけで可愛いけれども」

「僕がたくさんいたら気持ち悪いですよ。兄様がたくさんいたらそれはもう天国ですけれども」

「僕も自分がたくさんいたら気持ち悪いかな。でも母上とアルバとルーナが微笑み合っていると、とても幸せな気分になるよ」

「ああ、わかります。父様と兄様とルーナがニコニコしていると、確かに拝みたくなります。僕の全財産を貢ぎたい……」

うっとりと目を閉じると、兄様に「貢いじゃだめだよ」と苦笑気味のツッコミを貰ってしまった。推しにツッコまれる幸せを享受する俺は、すっかりヴォルフラム殿下のことを頭から消し去ってしまっていた。

フッと笑う声に視線を動かすと、スウェンがヴォルフラム殿下を伴って、扉のところに立っていた。

ああ、なんか間抜けな顔を晒してしまった気がする。

ヴォルフラム殿下は笑いを収めると、部屋に入ってきた。俺たちが立ち上がって挨拶すると、そんなにかしこまらないでほしいと言って、軽い挨拶の後、俺たちの向かい側に座った。

それから生真面目な表情で、深々と頭を下げる。

「あの時はアルバ君の知識に助けられた。心から感謝する。そして今日は、私のために使わせた魔術陣への礼をしたいと思い、ここに来た」

その言葉に慌てて立ち上がる。

「いえ、一番大事なのは命ですから！　魔術陣はいつでも作れますけれど、ヴォルフラム殿下の命はたったひとつしかありません。当たり前のことをしただけなので、礼には及びません」

内心汗を流しながら、俺はヴォルフラム殿下の申し出を断った。

だって、本当に使えるかどうかもわからない、使えてよかったねレベルの自作の魔術陣たった二枚にお礼を受け取るなんて無理だ。

あれは試作品でしたなんて、口が裂けても言えない。

笑ってごまかしていると、スウェンが目の前にお菓子の皿をサッと並べてくれた。

クッキーにマドレーヌのような焼き菓子。ふんわりとした甘い匂いが、場の空気をほんの少し緩めてくれる。

「あ、もし甘いのがお嫌いでなければ、是非召し上がってください。うちの料理長はお菓子を作るのもとても上手で、絶品なんですよ」

必死で話題を転換しようと勧めると、ヴォルフラム殿下はそれに苦笑しながらも乗ってくれた。

しばし無言のまま、三人でお菓子を堪能する。

空になった皿を下げてもらうと、ヴォルフラム殿下は改めて俺に視線を向けた。

「……では、礼についてはその言葉に甘えることとして――実は、確認したいことがあって来たのだが、いいだろうか」

「それは、王家としての確認でしょうか、それとも個人としての確認でしょうか」

俺がはいどうぞと答える前に、兄様が口を開く。

ちょっとだけ挑戦的な表情をした兄様が、ヴォルフラム殿下をまっすぐ見ている。

何やら不穏な空気が、と少しドキドキしながら、俺は兄様の問いに対するヴォルフラム殿下の答えを待った。

ヴォルフラム殿下はわずかに目を見開いてから頷く。

「個人としての確認だ」

「でしたら、誓約魔法を使わせていただきます。了承してもらえたら、少しならお答えできるかもしれません」

「誓約魔法でも少しなのか。それは……余計に事の重大さを指し示しているようだが」

「そうですね。我がサリエンテ家の極秘情報ですから」

「アルバ君のことがか？」

「色々と」

……ヴォルフラム殿下が訊きたいことって、俺のことなの？

成程、義父が兄様を同席させたわけがわかった。

誓約魔法は兄様も使える。だからこそ、俺の秘密が漏れそうな時用にってことか。

兄様と一緒にお迎え出来て嬉しい、なんて能天気なことを考えていたよ。

ヴォルフラム殿下はじっと兄様を見つめた後、盛大に溜息を吐いてから、「わかった」と頷いた。

そして、早速兄様と誓約魔法を交わした。

「今日この日この場で交わした会話の内容からそれに紐づく事柄の一片たりとも口外してはいけない。文字に乗せてもいけない」

「徹底しているな。逃げ道がない。わかった。ヴォルフラム・サン・ブレイドの名に懸けて誓約しよう」

「では、質問にお答えしましょう」

どうぞ、と兄様が手を出すと、ヴォルフラム殿下は苦笑してから、真顔に戻った。

「厄災の討伐時、アルバ君はとても的確な指示を我々に出していた。あれは、どうやって学んだのか。王宮の書庫は禁書以外ほぼ読み尽くしたが、厄災の魔物についてアルバ君の指示ほど詳しく書かれている書物はなかったはずだ」

ひくっと俺の唇が震える。

一発目から思いっきりきましたねヴォルフラム殿下。

まんまとどう答えていいのかわからない質問が来た。

「厄災の魔物は、それどころか、全て物語か伝承に伝わる架空の魔物のような扱いだったはずだ」

追加して訊かれた言葉に頷く。

そもそも、ヴォルフラム殿下の問いへの答えは、兄様にも義父にもはっきりとは言っていない。

そもそも前世で、最推し隠しルートでひたすら戦い続けたんです、なんて義父にも言えない。

まだ『刻魔法で視（み）ました』みたいなほうがしっくりくる。けれど、ヴォルフラム殿下は俺がもしかしたら『刻（とき）属性』かもしれないってことをたぶん知らない。前に義父が呼び出したメンバーの中にはいなかったから、迂闊に口を開けない。たとえ誓約の魔法が効果を発揮していたとしても。

悩んでいると、兄様がそっと俺の頭を撫でた。

それから俺の代わりに口を開く。

「殿下は、特殊属性のことをどれだけ理解していますか」

「特殊属性……？　『刻属性』のことか。あまり詳しくは知らないが『刻属性』は未来視や過去視を自在に行えたり、時を止めたりできるのだろう。昔王宮で一人専属『刻魔導士』がいたそうだが、短命だったと聞く」

そこまで流れるように答えてから、ヴォルフラム殿下は口を一度閉じ、言いにくそうにまた開いた。

「『刻属性』の人間はその者以来、現れていないと言われているが――オルシス、これを訊くということは、アルバ君がその特殊属性だということを私に教えているようなものでは？」

「だから、誓約の魔法を使いました」

「ああ、それで……陛下の前では誰もアルバ君のことを出さなかったのだな……ということは、他の者はアルバ君の属性について少なからず知っている、と」

ヴォルフラム殿下が納得したように頷く。そんな殿下に兄様は懐疑的な視線を向けた。

「本当にそれが知りたいことなのですか？」

「いや、そうではない」

ヴォルフラム殿下はじっと俺を見た。

なんとなく嫌な予感がして身じろぎする。

そして、殿下の口から、ありえない言葉が紡がれた。

「アルバ君、私と婚約してくれないか。病が治るよう全力を注ぐ。君は何もしなくていい。その身体に負担にならないよう全神経を配ろう。だから私と、婚約してほしい」

——待って。

殿下ちょっと待って。

ちょっと意味がわからない。

どうしてそうなった。

だから、どうしてそうなった。

頭が一瞬真っ白になり、その後驚愕が来る。

「諦めてください」

俺が頭を真っ白にしている横で、兄様はきっぱりとそう言い切った。

ヴォルフラム殿下が顔を顰める。

「どうしてオルシスが断るんだ。私はアルバ君に訊いている」

「殿下にアルバをあげることは出来ません」

「アルバ君は物じゃない。当然、オルシスの物でもないだろう。兄弟仲がいいのはわかっている。けれど、自分の物のように手元に置くのはどうかと思う」

ヴォルフラム殿下の言葉に、兄様が少しだけ険しい顔をした。

「アルバを、自分の物だなんて思ったことは一度もありません」

「では、アルバ君への求婚をオルシスが止めるのはおかしくないか」

「そもそも！　どうしてアルバなんですか。他にもたくさんいるでしょう。殿下に釣り合う人が」

兄様の言葉に、ヴォルフラム殿下はゆっくりと首を横に振った。それから、彼は自分についてもう少しだけ詳しく教えてくれた。

ヴォルフラム殿下のお父さん、つまり王弟殿下は、陛下のスペアとして育ってきたらしい。

一歳しか変わらない二人は、仲のいい兄弟だったんだそうだ。

けれど、全てにおいて、王弟殿下の方が優れていた。もちろん、魔力量も段違いだったらしい。

陛下は最初、弟を王とする方が国が栄える、と父王に訴えたらしい。けれど、父王とその側近たちは絶対に頷かなかった。なぜなら、陛下は『光属性』、王弟殿下は『闇属性』だったからだ。

結局周りに押し切られる形で陛下が王太子となり、王弟殿下は王家の血を継ぐものとして、陛下に何かあった日のために王宮で暮らしているらしい。

そしてヴォルフラム殿下も。

「……私は、ツヴァイト……第二王子殿下に何かあれば身代わりになれるようにとずっと父に言い聞かされてきた。私の兄は魔力量が少なかったため家を出たが、私は家を出られなかった」

その言葉にぎゅっと顔を顰める。

その何かってあれだよね。王弟殿下とまったく同じことをさせられているってことだよね。王弟殿下は自分で納得していたみたいだからいいとして、子供にまで強いるのはどうかと思う。

「だが、今回の厄災の討伐で、少し風向きが変わった。一応王家を抜けることが出来るようになったんだ。でもやはり父の血が流れている私が血を残すわけにはいかない。けれど、既に父が後ろ盾になってくれる確約はしている。卒業後は騎士団へ入団する手続きも済んでいる。暮らしていくのに不安はない」

だから、とヴォルフラム殿下は希う（こいねがう）ように俺を見た。

その真剣そのものな視線に、うまく声が出ない。

すると、兄様がヴォルフラム殿下を一瞥してから、俺を腕で庇うように隠した。

「ヴォルフラム殿下、どうしてアルバなのか、の答えにはなっていないように思えますが」

冷たい声と視線。それにもヴォルフラム殿下はひるまずに答えた。

「ああすまない。私は、アルバ君がよかったんだ。命を救われたこともそうだ。でも、それだけじゃなくて……」

ヴォルフラム殿下は、少しだけ寂しそうに笑った。

「あれだけアルバ君に愛されているオルシスが羨ましいと思った。私も、あんな風に愛されてみたいと思ったんだ。その時に浮かんだのが、必死で私を助けてくれたアルバ君の顔だった。アルバ君のまっすぐなところと、一生懸命頑張る姿、そして、土壇場では誰よりも強いその心に惹かれた」

ヴォルフラム殿下の言葉に、少しだけドキリとした。

殿下、ごめんなさい。それは、吊り橋効果というものです。

ピンチに陥った時に助けてもらうと、その時の高揚感やテンションで相手を好きだと勘違いしてしまうのです。

俺は顔を上げて、彼に聞く。

「――お父様には、愛してもらえなかったのですか」

ヴォルフラム殿下は少しだけ目元を緩め、いいや、と首を振った。

「愛してはもらえた。けれど、ずっと憐憫の眼差しも付いてきた。きっと自分と同じ道を辿ってしまっている子供だからこそ、目をかけてもらえたんだと思う。兄に向ける父の目は、俺に向ける目とはまったく違っていたから」

あー、確かに、ずっと親から可哀そうに、なんて視線を向けられるのは辛い。

俺も覚えている限り、実の父親はそんな視線を俺に向けていた気がする。母は苦労をしつつもちゃんとまっすぐ愛情を向けてくれたけれど、父はいつでも視線が可哀そうに、って言ってた気がする。そんな父の方が早死にしてしまうなんて笑えないけれどね。

今の家ではそんな視線を向けられたことがないから忘れていた。

けれど、愛情をもらいたいから結婚したい、というのは何かが違う気がする。

どうしてそれが俺への求婚になるんだ。

義父は、殿下が何を言っても断っていいって言っていた。義父の名を使ってもいいって。そして、兄様と一緒にお迎えすることとって。

もしかして、義父はヴォルフラム殿下がこういうことを言い出すのをわかっていた？

王家からの打診を、そんな簡単に断っていいの？　書類とか王からの書簡とかそういうものがないから大丈夫だとか？

ヴォルフラム殿下は俺の何がそんなに気に入ったの。あの時助けた行動は、他の人だってもし転移の魔術陣を持っていたならば、誰でもやってたと思うよ。たまたまそれが俺だったってだけの話なんだけど。

余程俺は困った顔をしていたらしい。

兄様の視線はかなりクールで、でもそれをまったく意に介さないヴォルフラム殿下はまっすぐ俺だけを見ていて。

勘違いですなんて、言っていい雰囲気じゃない。

「私はそんなに困るようなことを言い出してしまったのかな」

顔色の読める男、ヴォルフラム殿下は、フッと表情を緩めて口を開いた。

「礼を言いに来たのに困らせるのはよくないな。けれど、そこまで悪い話でもないと思う。アルバ君は次男だから、婚姻相手は同性の方が無難だ。サリエンテ公爵が君をとても大切にしているのは知っているけれど、ひいては、王弟殿下の後ろ盾も付く。王族が後ろ盾になるというのは、デメリットばかりではないと思う。そして、私も君を大切にする。だから、是非この話を受けてほしい――」

「よくないと言いつつ、アルバに無理強いをするのはいいと思っているのですか。我が家ではアルバを外に出す気はありませんし、アルバにずっといてほしいと思っています」

また割って入ったのは兄様だ。

ヴォルフラム殿下の視線がまた兄様に向く。

「そうかもしれない。けれど、君だって嫡男だ。後継ぎを残さなくてはならないだろう」

「それはまた別の話です！」

少しだけ兄様の語気が荒くなる。

怒ってもクールにワントーン低い声で淡々と話す兄様が、こんな風に声を荒らげるなんて、普通はない。

眉間に寄っている皺が珍しくて、俺は思わず兄様の顔に魅入ってしまった。どんな表情でも尊いってこれはもう神の領域だと思う。

……もしヴォルフラム殿下との話が進んだら、俺はそのうちここを出て、ヴォルフラム殿下と一緒に住むようになるんだろうか。

ということは、もう毎日兄様のこのご尊顔を見ることは叶わなくなるってことで。

考えただけで夢と希望がなくなる気がした。

断る。断らないといけないのは間違いない。でも、どう返事したらいいんだろう、と考えていると、ドアがノックされた。

兄様が返事をすると、スウェンの「失礼いたします」という言葉に被せて、「僕だ僕だ」という騒がしい声が聞こえてきた。

この声は、第二王子殿下だ。

「第二王子殿下」

「やあ。ヴォルフラムが来ていると聞いて、いてもたってもいられなくてね。だってこいつ、すっかりアルバのファンだろ」

入ってくるなり、第二王子殿下はヴォルフラム殿下の隣にドカリと腰を下ろした。

その後、諦めたような顔のブルーノ君とルーナ、そしてスウェンが入ってくる。ルーナはブルーノ君と手を繋いでご機嫌だ。

「アルバ兄様！　今日ブルーノ兄様とお花を植えたのよ！」

早速飛びついてきたルーナを抱き上げると、すかさず兄様がルーナの手を拭いた。ちょっとだけ土が付いていて、ルーナがえへへと笑った。

ヴォルフラム殿下は諦めたように溜息を一つ吐くと、軽く第二王子殿下の頭を拳でこつんと叩いていた。

「いいところだったのに」

「なんだ？　もしかして告白していたのか？　オルシスの前で告白するなんて度胸があるなあ」

第二王子殿下が冗談ぽく笑うけれど、内容がまさにその通りだったから笑うに笑えない。

兄様の目がスン……となる。ああ、その遠くを見る目つき、グッときます。

兄様の反応を見て、第二王子殿下が動きを止めた。何かを察したらしい。

俺を見て、兄様を見て、ヴォルフラム殿下を見て、そして、ブルーノ君に「早く座れよ」と声を掛けて誤魔化した。

ブルーノ君も諦めたように一人掛けの椅子に腰かける。すかさずスウェンが皆に新しくお茶を淹れた。すぐにメイドがお菓子を持ってきて、テーブルに並べていく。

「こちらは、ヴォルフラム殿下からの頂き物でございます」

スウェンがにっこりと笑ってそう付け足してくれる。

並べられたお菓子類は、甘さ控えめで、兄様の食べる姿見たさについつい頼んでしまう物ばかりだった。

ちなみに、俺はもう少しだけ甘いのが好きだけれども、甘いお菓子と兄様を天秤にかけると兄様に比重が行くので、甘さ控えめお菓子ばかり頼んでしまう。

さすがヴォルフラム殿下わかってる。

俺への差し入れに兄様の好みを持ってくるなんて。

俺は、空気を仕切りなおすように頭を下げる。

「ありがとうございます。いただきます」

「ああ。たくさん食べてくれ。喜んでもらえると嬉しい」

「はい」

喜びますとも。兄様が嬉しそうに食べる姿を見られるのが一番のごちそうです。

心の中で五体投地をしながらお礼を言っていると、第二王子殿下も手を出していた。

「ほら、オルシスも食べなよ。これ、君の好きな菓子だろ」

ほらほら、と第二王子殿下は手ずから兄様の皿にホイホイお菓子を入れていく。

そんな調子の彼を、ヴォルフラム殿下が呆れた目で見ていた。

「ツヴァイト……お前はこの家でそんな態度でいるのか」

「第二の我が家同然だからな。陛下からの書状も貰ったから、僕の後ろ盾は揺るぎないんだよ」

「だったら余計に敬意を払え。仮にも王族だろ。今までの教育はどうした」

「もうすぐ抜けるし、どうせ兄上が次期国王なのだし。義姉上も無事王子を産んだから、僕は卒業と同時に王位継承権を放棄するんだよ」

「そんな大事なことを軽々しくアルバ君たちの目の前で……」

「ここの家の子達は口が堅いからね。信頼もしているし。何より、オルシスが絶対に誓約魔法を使っただろ」

第二王子殿下がニヤリと笑うと、ヴォルフラム殿下は深く溜息を吐いた。

『ラオネン病』特効薬開発の時に協力してから、第二王子殿下がかなり頻繁に遊びに来るようになっていたことをヴォルフラム殿下は知らなかったらしい。兄様に「本当にいいのか」みたいな視線を向けている。

「もちろん。しっかりと口外禁止の誓約をしました。だから、ヴォルフラム殿下」

兄様は第二王子殿下に頷くと、ヴォルフラム殿下に向けて優雅に微笑んだ。

「ここでそんなお話を出されても、外に持っていくことはできないということです。仮に王弟殿下を挟んでアルバと縁を結ぼうと思っても、誓約魔法の効果が発動し、文字に起こすことも口に出すことも出来ませんよ」

「ああ……」

兄様のセリフに、ヴォルフラム殿下は片手で顔を覆って天を仰いだ。

「そうか。これはオルシスにやられたな……アルバ君についてのことを外に漏らさないのがメインではなかったということか」

「ここまで可愛がってきたのに横からかっさらわれたらたまったものじゃないですから」

そう言って極上の笑みを浮かべた兄様は、ほらお食べ、とルーナにお菓子を差し出した。

嬉しそうなルーナと対照的に、ヴォルフラム殿下は天を仰いだままだった。

え、なに、どういうこと？

ルーナとお菓子に気を取られていたせいで、いまいち聞き取れていなかった。慌てて視線を上に向けると、ブルーノ君と第二王子殿下が気遣わしげにヴォルフラム殿下に視線を向けている。

暫く微動だにしなかったヴォルフラム殿下は、ようやく顔から手を離すと、紅茶に手を伸ばした。

一口飲んで落ち着いたのか、フッと息を吐くと、じっと俺を見た。

「アルバ君本人からは答えを聞いていなかった。君の口から、答えを聞きたい」

ええと、これは、改めて返事を訊かれてるってことだよね？　ブルーノ君も第二王子殿下もいるけど、言っちゃっていいんだよね？

確認するように兄様を見ると、深々と頷かれた。

真顔のヴォルフラム殿下から視線を離すことが出来ず、俺はちょっとだけ眉尻を下げてから、口を開く。

「……ごめんなさい」

「そうか……悪い話ではないつもりだったんだが。理由を訊いてもいいか？」

俺の言葉に、ヴォルフラム殿下はちょっとだけ肩を落として、落ち込んでいるように見えた。

この人は本気で俺に求婚していたのかと、罪悪感が湧き上がる。

けれど、だからこそ余計に軽く答えることなんて出来ない。

俺は考えながら、出来るだけ誠実に彼に答えた。

「僕が今まで生きてこれたのは、比喩でもなんでもなく、兄様がいたからなんです。発作の度にずっと手を握って、自分がフラフラになるまで魔力を分けてくれていて、それで命を取り留めたことが、何度あったかわかりません」

兄様を見上げる。兄様はいつもと変わらない表情で俺を見ている。

「今僕が愛用している薬も、ブルーノ君と兄様が学業もそっちのけでたくさんの時間をかけて作ってくれた物です。兄様がいなかったら、僕は今こうしてここで元気に話すことすらできなかったと思います。なので、僕は生涯兄様のために生きたいと思います。今はとんだ役立たずですが、血のつながらない僕を可愛がってくれた父様、兄様に報いることができるように、ここで頑張っていきたいと思っています」

そう言うと、ヴォルフラム殿下はくしゃっと顔をゆがめた。

「アルバ君自身はどうなんだ。君も、幸せになる権利はあるはずだ」

「僕は兄様が笑ってくれたらもうそれだけで幸せですから」

本気で俺の身を案じてくれていたらしいヴォルフラム殿下に、俺は本音を暴露した。

ヴォルフラム殿下は、俺の答えを聞いて、途轍もなく複雑な顔をして、兄様に視線を向けた。

「……わかった……諦めるしか、なさそうだな」

その言葉をどうして兄様の方を向いたまま言うのか。

兄様はヴォルフラム殿下の言葉に、満足そうに頷いた後、俺に向かって「アルバ」と目を細めた。

「誰が役立たずだって？」

「だ、だって、僕は全然恩を返せていないじゃないですか」

義父にも、兄様にも、母にも。

口を尖らせると、「ちょっと待て」とブルーノ君と第二王子殿下から声がかかった。

「あの大量の魔術陣はアルバが描いたんだろう？　あれだけでひと財産稼げるぞ。アルバ一人で、一晩でフローロ様のご実家を立て直せるんじゃないか？」

「え」

「あのアルバの絵は僕も一枚欲しいところだ。元気になったら正式に依頼しようと思っていた。ヴォルフラムも見ただろう、エントランスに飾られているオルシスと奥方とルーナの姿絵。あれはアルバが描いたものだ。下手したら絵だけで大成出来る」

「あの」

二人が何を言い始めたのかと驚いていると、ヴォルフラム殿下がおお！　と歓声を上げた。

「あれはアルバ君が描いたのか……！　属性のことといい、魔物の生態知識といい、魔術陣といい、成程、それだけでも公爵家にとっては宝だな」

「待っ」

「アルバが宝なのは、他でもない内面によってです。アルバがいなかったら、うちはもっと冷え切ったものになっていました。うちが今、他ではない程素晴らしい家族なのは、全てアルバのお陰ですから。魔術陣も絵も魔法も素晴らしいとは思いますが、アルバがアルバだからこそ宝なのです」

「兄様……、皆……ほ、褒めすぎです」

皆の言葉が、脳内でグルグル回る。

どうして俺こんなに持ち上げられてるんだ。

褒めたって何も出ないぞ。

ぐわわっと顔が熱くなって、もうやめてと悲鳴を上げる。

そこまで褒められるようなことはしていない。必要以上にこれからのハードルを上げないでほしい……！

ルーナを支えているせいで顔を覆えない俺は、恥ずかしさと居たたまれなさのあまり、ルーナの後頭部に顔を埋めた。

グリグリするとルーナがクスクスと笑う。兄様と同じ色で、俺と同じようなフワフワの髪質のルーナの後頭部はとても心地よい。

「ミラ嬢とアドリアンも今度正式にアルバにお礼をしたいと言っていたぞ。ミラ嬢なんかお茶会主催の練習台になってほしいと言ってたな。そのうちお呼ばれするから覚悟しておけ」

第二王子殿下に追い打ちをかけられて、俺は返事もそこそこにルーナの温かさをギュッと堪能したのだった。

五、最推しとお茶会

それから数日後、厄災の魔物の対処に追われ休校となっていた学園が再開し、俺もまた、兄様とブルーノ君とアドリアン君と共に登園し始めた。

教室まで兄様とアドリアン君に挟まれて廊下を歩く。

アドリアン君は何やら言いたげな視線を向けてくるけれど、口を開くことはなかった。

厄災の魔物について訊きたいってことはわかってるんだ。

ヴォルフラム殿下ですら気にしていたからね。

でもヴォルフラム殿下については、兄様が「特殊属性」と言っただけで納得してしまったので、詳しく訊かれることはなかった。それにその後はヴォルフラム殿下の話になってしまってうやむやになってしまった。

今から考えれば、兄様が上手く誘導したのではないだろうか、なんて思わなくもない。属性話からそっちに持っていっちゃったし。俺はそういう話術を持っていないから、本気で尊敬してしまう。流石兄様。

三学年の教室に着くと、生徒たちはかなりざわついていた。

皆興奮しているのは、久し振りの顔合わせと合同キャンプのことがあったからだろう。

「じゃあアルバ、帰りにまた迎えに来るから。ここで待っていて」

「はい」

「くれぐれも、俺たち以外のやつについていくなよ」

「行きませんって」

二人と別れて、教室に入ると、一番にジュール君が駆け寄ってきた。

「アルバ様おはようございます！　少し久しぶりですね」

「ジュール君、おはようございます。お元気そうで何よりです」

「それはこちらのセリフです！」

体調がすぐれない時に顔を出して悪化させてはダメだと、ジュール君はお見舞いを自粛してくれていたらしい。

そして、ブルーノ君と俺の容態に関してのやり取りを手紙でしていたんだとか。お見舞いの果物とかはたくさんジュール君に貰ったんだ。あと、薬草とか色々。

ジュール君らしい気遣いと、彼がブルーノ君と手紙のやり取りをするまで仲良くなったことにほっこりしていると、ジュール君が泣き笑いのような顔でしんみりと「アルバ様が元気で本当によかったです」と呟いた。

ジュール君は俺が転移の魔術陣を使ったのを見てたからなあ、と反省する。

あの時は周りを見る余裕はなかったけれど、きっと他にも俺がリコル先生と共に消えたことを、知っている人は多いはずだ。

ジュール君と無事を喜びあっていると、教室の片隅から何やら不穏な声が聞こえてきた。

「最初に逃げたのに、普通の顔して出てきた」

「仕方ないよ。養護教諭が特別に付いていていたんだし」

「特別扱いはすぐに安全な場所に逃げられて羨ましいな」

ジュール君にもその声は聞こえたらしく、不機嫌そうな顔をそっちに向けた。いつものことだから気にしないようにとそっと腕に触れると、ジュール君は不機嫌な顔のまま視線を俺に戻した。

俺が魔術陣を持って消えた時、安全な場所まで真っ先に避難したとクラスメイトから思われていたらしいのは、お見舞いに来たアーチー君に聞いて知っていた。

違うのに、と憤慨するアーチー君を宥めるのに苦労しつつ、あの時は俺のために怒ってくれることに心がとてもほわほわした。

ジュール君も同じ事を思っていたらしく、クラスメイトに向ける視線が険しい。

けれど、まあまあ悪口に慣れている俺は、ジュール君が怒ってくれるその行動が嬉しいな、くらいしか思わない。

「もうすぐ時間ですよ。席に着きましょう」

緩む頬を引き締めながらジュール君にそう促すと、ジュール君は溜息を吐いてから「はい」と返事した。

席に着くとすぐに教師が入ってきて教卓についたので、居心地の悪い時間が中断してホッと息を吐く。

合同キャンプのことを口にして皆を労わった先生は、とても疲れた顔をしていた。

行事中にあんなトラブルに見舞われて、先生たちはきっと後処理で物凄く大変だったんじゃなかろうか。

先生の話では、キャンプで出た魔物は大型の強い魔物、という話でまとまっていた。流石に伝説級の厄災の魔物なんて言えないよね。

今日からまたしっかりと学んでいきましょう、と締めくくった先生は、今度こそいつも通り授業を開始した。

お昼はセドリック君と合流し、サロンで大げさな程に無事を喜ばれながら、ランチを食べた。

セドリック君も詳細をミラ嬢に聞いていたらしく、アルバならあり得るよな、と一人納得していたらしい。

「アルバの魔物知識、どこぞで披露してほしすぎる」

「わかります。あそこまで詳細に覚えているのは、才能ですよね」

「どうだこれがアルバだ！　みたいな感じで皆にバーンとお披露目をしたほうがいい」

二人の話に苦笑しながら食後のお茶を飲んでいると、サロンの扉がノックされた。

珍しい。大抵、セドリック君がこのサロンの使用申請を出しているので、準王族の使用ということで普通の子達はあまり近づかないのに。

どうしたんだろうと振り仰ぐと、ひょこっと第二王子殿下が顔を出した。次にミラ嬢も。

セドリック君が目を見開く。

「ミラ姉様。中等学園になんてどうしたんです」

「ちょっとアルバ君に用事があってね」

「口調、気を付けてください。学園内は社交場です」

「そういうセドリックだってアルバ君の前では気を抜いてるって聞いたわよ」

「……誰にそんなことを聞いたんですか」

「んふふ、秘密。アルバ君、お邪魔してもいい？」

そう言われて慌てて頷く。というか、第二王子殿下は何を……？

その疑念が顔に出ていたらしい。第二王子殿下はひらりと手を振って俺を見た。

「僕はミラ嬢の連れだから気にしないで。身分が高い人間が居た方が何かと楽だと言われてね」

楽だから、なんて理由で第二王子殿下を連れにしてしまうミラ嬢にちょっと感服してしまう。

「どうぞ」と答えると、二人は高等学園の制服で入ってきた。

「ミラ姉様……、ツヴァイト兄上を連れなどと……」

呆れた視線でこれみよがしに溜息を吐くセドリック君を気にもせず、ミラ嬢は俺の隣のソファに腰を下ろした。

「あのね、どうやら私、公爵令嬢としてお茶会を主催しないといけないらしいの。ハハウエサマのご命令でね。だから、アルバ君来ないかなーって思って。ほら、どうせなら早い方がいいじゃない。今日学園に来ているってオルシス様から聞いたから、いてもたってもいられなくて」

「流石ミラ嬢、行動派ですね」

「褒め言葉よね」

「もちろん」

俺の返答に満足そうに頷くと、再度ミラ嬢は「どう?」と訊いてきた。

「もちろん、二度とオルシス様との婚約とかなんとかふざけたことは言わせないわ。だからそこらへんは安心して。よければブルーノ様とジュール君も。今度こそハハウエサマは排除して楽しくお茶しましょうよ」

ね、と可愛らしく頼まれて、俺は苦笑した。

ここらへんはさすが主人公。こうしていると本当に可愛い。

でも一旦魔法を使わせると魔力ゴリラになるそのギャップが楽しい。

やっぱりこの世界の彼女は嫌いじゃないんだよな、と思いながら、俺は頷いた。

「こんな僕でよければ、是非お邪魔させていただきます」

「良かった。正式に招待状を送るわね。どうせお茶会するなら、気心が知れた人とやりたいじゃない」

「ミラ嬢。橋渡しをした僕は誘ってくれないのかな?」

「ツヴァイト殿下はハハウエサマと冷戦するじゃない。アレ心臓に悪いのよ。見ていてイライラするからどうしようかしら」

「ハラハラじゃなくてイライラなんだね……物理的に大打撃を受けそうだから、誘ってもらうのはよそうかな……」

「冗談よ冗談。来てくれたら嬉しいわ。一緒に死闘を乗り越えた仲間ですもの。あの時の人たちを呼ぼうかしら」

ポン、と手を叩いたミラ嬢に、第二王子殿下はちょっと考えて、口を開いた。

「そのお茶会、オルシスに主催させてもいいかい？　それとも姉上は君が主催しないといけないと言っていたかな」

「正しくは『公爵令嬢たる者、お茶会のマナーも身につけないと社交界に恥ずかしくて出せませんわ。ミラさんもそろそろお茶のマナーを完璧にして、主催しても恥ずかしくない程にならないといけません』って言われたのよ。『私がお教えいたします』って」

口調を変えて、ミラ嬢がセドリック君のお母さんの物まねをしたことで、セドリック君と第二王子殿下が同時にお茶を噴きそうになっていた。本当に声質まで変えていたので、俺も思わず噴き出しそうになる。

「ミラ様、多芸ですね」

「ありがとう、なかなか聞けない誉め言葉で嬉しいわ」

ただ一人、感心したように呟いたジュール君に、ミラ嬢がお礼を言いつつ苦笑すると、第二王子殿下が話を引き取った。

「さて、だったら、まずは主催よりもマナーだね。ってことで、ミラ嬢。アルバの家で茶会を主催するようオルシスに相談しよう」

「どうしてオルシス様なんですか？　うちにはハハウエサマがいるから？」

ミラ嬢が首を傾げる。

俺もちょっと話の流れについていけていない。二人して首を傾げると、第二王子殿下が苦笑した。

「そのような、そうではないような。……ミラ嬢、オルシスとアルバそっくりのルーナ嬢に会いたがっていただろ。だったら、オルシスに主催してもらえばルーナ嬢に会えるよ」

「本当？　私ルーナちゃん見たい。アルバ君に顔がそっくりでオルシス様と同じ色合いなんですって？　可愛いに決まってるじゃない。見たいわ。いえ、見なくてもわかる。可愛いわ。オルシス様の主催が必要なら……やるしかないじゃない」

拳を握って力説するミラ嬢に、ルーナ可愛いよねと心から賛同していると、セドリック君がいいなあという顔で俺を見ていた。

「そのお茶会、ミラ姉様のお目付け役で僕も呼んでほしいな。ツヴァイト兄上、ダメですか？」

「いいんじゃないか。オルシスに提案してみよう」

「ジュール君も、この際呼んじゃお。決定。さ、殿下、そうと決まればさっさと学園に帰ってオルシス様に突撃するわよ」

お邪魔しました、とミラ嬢は怒涛のようにサロンから去っていった。

流石行動派。動きが早すぎて止めることもできなかった。

兄様、頑張れ。

ええと、つまり目的はちょっとまだわからないけど、とにかくミラ嬢がマナーを学ぶためのお茶会を開く必要があって、それを我が家で行うってことだよね。しかも兄様が主催で。

兄様がお茶会を主催する姿はこの目に焼き付けたい。だってホスト兄様……どう考えても素晴らしすぎるに決まっている。どんな服装をするのか今から楽しみすぎて寝れなくなりそうだ……

うっとりと兄様のホスト姿に思いを馳せていると、セドリック君に肩を突かれた。

「ごめんねミラ姉様が迷惑かけて」

「迷惑だなんてそんな」

豪快で見ていて楽しいですよ、と返すと、セドリック君は「公爵令嬢としてはそれダメなやつだからね」と溜息を吐いた。

そんなこんなで、早速次の日の朝に兄様に手ずからお茶会の招待状を貰ってしまった。

「ミラ嬢が、僕が主催の茶会と言ってきて驚いたけれど、アルバをあの家に連れていくのは嫌だからうちで開催することにしたよ」

苦笑しながらそう言う兄様に、俺は嬉しさのあまり抱き着いてしまった。

ホスト兄様が見れる！　はあ、神様は俺に何度ご褒美をくれたら気が済むんだ。こんなに俺だけご褒美を貰ってしまっていいんだろうか。それともそのうち物凄いお返しをしないといけないんだろうか。それでもいい。兄様が輝けたら、もう人生悔いなし……

「楽しみすぎて心臓が痛いです……」

思わず呟いて、兄様を慌てさせてしまった俺が、そのままベッドに逆戻りさせられてしまったのは言うまでもない。兄様に必死で大丈夫だということを訴えてベッドから飛び出し、少し遅れて登園した俺は、校舎入り口にヴォルフラム殿下が立っていることに気付いた。

ヴォルフラム殿下は俺たちに気付くと手を挙げて、駆け寄ってきた。

「おはよう、オルシス、アドリアン、アルバ君」

真面目な顔での挨拶に、俺たちはそれぞれ挨拶を返す。

どうしたんだろうなと思いながら校舎に入ろうとすると、ヴォルフラム殿下も一緒に行動し始めた。

「殿下……？　学園はいいんですか？」

「ああ。オルシスたちと行くから大丈夫だ」

「ええと、誰か中等学園生に用事が？」

「ああ。そうだな」

兄様たちが何も言わずにいるので、用事を知っているのかな、と思いながら廊下を歩く。

大きい人たちに囲まれて、少しだけ居心地悪く感じながら教室に着くと、ジュール君が挨拶に来てくれた。

そして俺の周りにいる人たちを見て、驚きの眼差しを向ける。

「ヴォルフラム殿下、もうお身体はよろしいのですか」

「ああ、この通りもうどこも問題ない」

ジュール君の問いに笑顔で答えたヴォルフラム殿下は、俺の頭にポンと手を置いた。

そしてちょっとびっくりするぐらい大きな声で言う。

「少しだけ腹に傷が残ってしまったが、それも一つの勲章だろ。アルバ君がわざわざ魔術陣を使ってリコル先生と共に駆けつけてくれたので、事なきを得たんだ」

「殿下……でも傷は残ってしまったのですね。ご無理をなさらずお過ごしください」

「ありがとう、ジュール君。アーチー君もエリン嬢も、お見舞いありがとう。今日は礼を言いたくてここまで来た」

「休園中にもいらしてくださったのに……」

最後のジュール君の一言は、本当に小さくて、近くにいる人にしか聞こえないくらいだった。

じゃあなんでわざわざ学園で？

首を捻りながら顔を上げると、クラスの皆が驚いたような顔をして、俺たちを見ている。

するとアーチー君がハッとした表情になって椅子から立ち上がり、ヴォルフラム殿下の方に走ってくる。

そして興奮した口ぶりで、でも小さな声で言った。

「アルバ様の汚名返上、ありがとうございます！　僕がいくら説明しても逃げたのだろうの一点張りで信じてもらえなかったんです。それが悔しくて……！」

「高等学園でもそのような言われ方をしたので、オルシスがキレてな。きっとこちらもそうだろうと思って来てみた」

苦笑するヴォルフラム殿下に、ジュール君とアーチー君が深々と頭を下げる。

そして俺は、固まっていた。

俺の、汚名返上……？　兄様が、キレた……？

そ、そんなもののためにヴォルフラム殿下は朝早くから中等学園に来てくれたってこと……？

そっと後ろを振り向くと、三人ともとても慈愛の笑みを浮かべて、俺を見下ろしていた。

「あ、の」

戸惑いながらも嬉しくて、なかなか言葉が出ない。

ヴォルフラム殿下程の人にここまで言われたら、きっと中等学園生たちは信じるだろう。

別に俺の汚名なんてどうでもよかったのに。

「あり、がとう、ございます」

胸がいっぱいになりながらなんとかお礼を告げると、ヴォルフラム殿下は「当たり前のことをしたまでだ」といい笑顔をくれた。

ああ、攻略対象者。三人もいると顔面偏差値の圧が凄い。

そして気になるパワーワード。

兄様が、キレた。

学園でってことだよね。どんな風にキレたのか、途轍もなく気になる。切れた兄様の顔って真顔？　天敵君とのガチギレ案件スチルは周りに陽炎(かげろう)のようなものがゆらゆらしている真顔最推しスチルだったけれど、あんな感じだったたってこと？

見たかった。

兄様を激怒させる行為は絶対したくないし許せないけれど、それはそれとして、ガチギレ兄様……見たかった……！

きっと絶対背後に厄災の魔物のような恐ろしいなにかを背負ったスチルになりそうな予感が……！

カッコいい！　想像だけでカッコいいがすぎる……！

ああああ。

一人顔を両手で覆って無言で悶えていると、横にいた兄様がギュッと俺の肩を抱き寄せた。

「もしかして、ヴォルフラム殿下に絆(ほだ)されちゃった……？」

指の間からチラリと兄様の顔を見ると、眉が垂れさがっていて、情けなくも見えるお顔がまた麗しすぎて無理すぎた。

「違います……！」

ガチギレ兄様が想像しただけでかっこよすぎて……と続けると、麗し情けな可愛い顔の兄様に華が咲いた。

「そっちに反応してくれたのか。ホッとした」

耳元でそんなことを囁く兄様の声が、麗しい。耳が幸福すぎる。

今日もたくさんのご褒美ありがとうございます。

無事、尊死しそうです……！

想像だけでも、無理。

なんとか兄様たちを教室から連れ出し高等学園に向かってもらうと、俺は火照った顔のまま席に着いた。

すると、先ほどまで俺に不審の眼差しを向けていたクラスメイトが次々謝りに来てくれた。

兄様たちが無事魔物を倒して元気に帰ってきたから、俺の評判なんて本気でどうでもよかったんだけれども。

「でもあそこで転移魔術陣を使ってヴォルフラム殿下を助けに行くなんて、誰でも出来ることではありませんよ」

アーチー君は大興奮で、集まってきたクラスメイトたちに、良かった！　と大げさに騒ぎ、俺そっちのけで当時の状況を説明していた。

とはいえ、厄災の魔物と直に対峙した訳ではないので、あの時の恐ろしい雰囲気を臨場感たっぷりにといった感じだ。聞いている俺までドキドキするような話し方をして、アーチー君の思わぬ才能に感心してしまった。

そんな大騒ぎの教室にやってきた先生は、いつもとは雰囲気の違う教室内に首を傾げつつ、ホームルームを始めるのだった。

休憩時間ごとに皆が俺の机の周りに集まって合同キャンプのことで大盛り上がりに盛り上がるので、俺は何故か一躍時の人となっていた。当の本人である俺は椅子に座って大人しく遠い目をしているんだけれども。こんな風に囲まれたことってないから、どう対処していいかわからない。セドリック君の気持ちが、ようやくわかったよ。

ジュール君までそこに混ざってキャンプ話で盛り上がっているから、楽しそうすぎて止めることも出来ない。ちゃんと年相応の顔つきで楽しそうにしているクラスメイト達なんて、なかなか見ることが出来ないから余計に。貴族が通う学園って、難儀だ。

昼時はセドリック君が呼びに来てくれたので、なんとか輪から抜け出すことが出来た。

その頃には、何故か俺が英雄扱いになっていたので、ホッとする。

いやいや、なんで俺が英雄なんだよ。剣技魔法ダメダメの病弱チビだよ。英雄要素ないよね。

ぐったりとサロンのテーブルに顔を置いていると、セドリック君がにやりと笑った。

「アルバの英雄譚、こっちまで聞こえてきたよ。だから便乗しておいた。ミラ姉様に聞いたこと、少しだけ皆にご披露したら僕のクラスでもアルバが英雄に」

「やめてください……そんなの柄じゃない」

ジュール君と共にお弁当を開きながらジト目でセドリック君を見ると、セドリック君は楽しそうに笑う。

「僕もね、アルバは一番先に逃げた卑怯者だって言われてるのが、ちょっと気になってたんだ。たかが合同キャンプで高価な転移魔術陣なんて持ってたから、やっかまれたのかなとも思っててさ。でも、それがないとヴォルフラム兄上を助けることは出来なかったんだろ」

「やっかみですか」

自分が描いた発動するかもわからない魔術陣だったんだけどね、と内心ツッコんでいると、セドリック君はふふっと嬉しそうに笑った。

「ほんと、アルバに魔術陣を持たせた公爵閣下は大正解だね。僕はその場にいたわけじゃないから、真相は知らないいし、ミラ姉様は途中参戦らしいからやっぱり詳しくわからないけれど。ジュールとアーチーとエリン嬢くらいだったんだよ、君が活躍したなんて言っていたのは。ヴォルフラム兄上、アフターフォローまでバッチリだな」

「僕としては本当にどうでもよかったんですけど」

本心を呟くと、セドリック君はわかってないなあ、と呆れたような顔をした。

「だからこそだよ。僕たちはアルバがそんなだから余計に気になってしまうんだよ」

「凄くよくわかります」

はあ、と気のない返事をすると、セドリック君とジュール君が顔を見合わせて苦笑した。

さて、そんなこともありつつ兄様主催のお茶会開催日が到来した。
きっちりめかし込んで部屋を出てみれば、俺の身に着けている服と少しだけデザインと色の違う、けれど、おそろいと言われたらおそろいかも、と思えるような服を身につけた兄様がいた。
袖からレースがチラリと見えて、ノーカラーのシャツにフリフリのタイを綺麗な琥珀のブローチで留め、胸元もレースが見えている。

ハッキリ言って華美。美麗。秀麗。目の保養。長めの銀髪を後ろできっちりリボンでまとめた首筋がセクシー。

ふわりと笑うと、その姿も相まって女神としか言いようがない。

あああ、神様。こんな芸術にもありえないような人を作ってあなたは罪な人だ。

その場に蹲(うずくま)って悶えたいところをぐっと我慢して天を仰ぐと、その女神が笑顔で近付いてきた。

「アルバ、凄く似合うよ。素敵だ」

「に、兄様こそ……最高にして至上の素晴らしさ……！　愛と美の女神ルーナグレース様をも凌ぐ美しさにもう言葉もありません……」

「うん、言葉巧みにすごく褒めてくれてありがとうアルバ。ルーナも用意が出来たらしいよ」

お迎えに行こう、と言われて、ハッと我に返って頷く。

お茶会デビューのルーナは、兄様お手製の招待状を貰って寝付けないほどに喜んで大興奮していたのだ。

そして寝坊した今日は目を擦り擦り用意をしていたはず。

うちのお姫様はどんな風に変身したのか。

兄様と共にお迎えに行くと、そこには天使がいた。

兄様が女神でルーナが天使……

この家は天国かな？

「アルバ、まだ昇天してはいけないよ」

義父にツッコまれ、なんとか正気を保つ。

「兄様たち、私、どう？」

銀の髪にとてもよく似合う薄いピンクと白基調のドレスを身に纏い、靴はゴシック系の白。リボンは紫色を使い、フワフワの髪が可愛らしく三つ編みでハーフアップにまとめ上げられ、小さな花がちりばめられている。うっすらとされた化粧はルーナの可愛らしい顔をより可愛らしく引き立たせていた。

「可愛いがすぎる……！」

「とても可愛いよ、うちの天使」

兄様にひょいっと抱き上げられ、ルーナは嬉しそうに笑った。

「絵を……絵を描きたいです……！　この目の前の天国を、是非絵に残したい……！」

悶えていると、義父に頭をポンポンとされた。

「今度また二人にこの格好をしてもらって、時間がある時に描けばいいよ」

「その時は、父様も正装して立ってくださいませんか」

俺の三大癒しですから。ぐっと手を握りしめてそう言うと、義父は兄様そっくりの優しい目を俺に向けてくれた。

「家族そろった絵を描いてほしいな。けれど、アルバは自分のことは描かないよね」

「だって僕が天使の間に入ったらちょっとアレですから」

「君も私にとっての可愛らしい天使なんだよ」

「自画像を描けないことはないけれど、自分の顔にはそれほど思い入れがないせいか、上手く描ける気がしないんです」

「ルーナの顔があと十年経った時の想像をして描くと、きっとアルバが出来上がるよ」

俺の呟きに、義父は苦笑しながら冗談を言った。


並んで皆をお出迎えする。

天気がいいし、外はとても暖かいので、今日はガーデンパーティーだ。

その後合流したブルーノ君に抱っこされていたルーナも、ちゃんと自分の足でお出迎えだ。

義父も母も並んでまずはジュール君とリコル先生を、次いでセドリック君とミラ嬢をお出迎えすると、ミラ嬢は何故か並んだ俺たちを見て成程と頷いていた。

その後殿下二人とアドリアン君を迎えて、和やかにお茶会は始まった。

「それにしても、オルシス様が言っていたことが正しかったわ」

「何がですか？」

「アルバ君とルーナちゃんがそっくりってこと。滅茶苦茶可愛い。アルバ君ってあれじゃない？美少女顔じゃない。ルーナちゃん、将来滅茶苦茶可愛くなるわよね」

ミラ嬢がルーナを見ながら笑う。

俺が美少女顔って。この人は何を言っているんだろう。

半眼になってミラ嬢を見ていると、褒めてるのよ、とミラ嬢が苦笑した。

ルーナもミラ嬢の言葉は聞いていたらしく、頬を赤くして照れながらお礼を言った。そしてブルーノ君の手を引いて、「褒められちゃったよ」と嬉しそうに報告していた。ブルーノ君もルーナが可愛いらしく、いつもよりも優しい笑顔でルーナの髪を撫でた。

その後は和やかに、通常のお茶会らしく情報の交換をしつつ、お菓子を頬張る。

しばらく経ったところで、第二王子殿下がスッと席を立った。

「和やかなところ申し訳ないけれど、ルーナ嬢はアルバと一緒に公爵夫人に僕からの花を届けてくれないか。セドリックとジュール君も姫の騎士として、よろしく頼む」

そう言うと同時に、入り口付近に立っていた侍従が近くにいたアドリアン君に可愛らしい花束を渡した。

ルーナはアドリアン君からそれを受け取って、「素敵」と目をキラキラさせている。

俺のところに来て、兄様行きましょ、と見上げてくるので、俺も席を立った。

そして振り返って、セドリック君とジュール君に声を掛ける。

「お二人とも、花を届けたら僕の部屋に遊びに来ませんか」

「もちろん！　アルバが描いたという絵を見せてほしい」

「僕も是非お邪魔します。魔物の本を見てみたくて」

二人とも高等学園生組の少し真剣になった雰囲気に気付いているようだけれど、俺の誘いに即座に乗ってくれた。

これはあれだ。俺たち中等学園生とルーナには聞かせられない、けれど王宮ではできない話が始まるってことだ。

ルーナの手を取り、皆にご挨拶して建物の中に入りながら考える。

既にゲームの展開とはまったく違う状態になっているけれど、類似しているところもある。

王国の宝石の力がなくなっているのは本当っぽいし、それに魔力を入れる役割を果たすのは、今まさにうちでお茶会をしているメンバーだ。

けれど、アプリでは授業のミニイベントや放課後好感度イベントで他の攻略対象者と絡んだり、エピソードが出てきたりするくらいで、皆でお茶会をするなんていうストーリーもイベントもどこにもなかった。

ゲーム内のキャラクターごとに発生するパーソナルストーリーでは誰と誰が仲がいい、誰と誰が揉めた、など、そのキャラにまつわるちょっとした情報が小出しに来るくらい。それがまた些細な日常を垣間見るようですごくよかったんだけれど。

兄様がとてもいい笑顔で過ごせる高等学園生になった時点で、俺にとっては大満足でやり切った感が凄いけれど、実際この世界で生きているということはそれだけでは全然だめで、これから国がどうなっていくのかが気にならないと言ったら嘘だ。でも兄様たちとの話し合いに混ざるなんて烏滸（おこ）がましいとも思う。

難しい問題だったので、俺は考えることを中断して、母様のいる部屋に向かう途中、足を止めた。

「これが、僕が描いた兄様とルーナの絵です」

義父は至るところに俺の絵を飾ってくれているから、家の中を歩けば大抵見せることが出来るのだ。

「とはいえ、これはルーナが生まれてすぐの絵で、僕が九歳の時の絵なので、まだまだ拙いですけれど。もう少し行くと、去年描いた兄様と父様の絵が飾ってあります」

「うわ……え、嘘だ……」

「ほ、本格的ですね……もしかして、この館に飾ってある絵は、全て……」

「あ、はい。多分僕の絵だと思います。僕は描いたら全て父様に差し上げているので、父様がいいように飾ってくださるんです」

「アルバ兄様の絵はとても素敵なのよ」

ルーナもニコニコと褒めてくれるので、俺も嬉しくて笑みを浮かべてしまう。

同級生にこうして見せるのはちょっと気恥ずかしいものがあるけれど、セドリック君が素で驚いた顔を見ることができたのはちょっと面白いな、と思いながら足を進める。

二人はまだ半分口を開けながら、絵を見上げている。

「……思った以上に、す……っごかった。アルバ、これは誇っていい。むしろ描いてくれ。うちにあるどの絵より素晴らしい」

「本当に。アルバ様の才能はブルーノ兄上にある程度聞いていましたが、誇張などなく、むしろ兄上は控えめな表現をしていたようです」

「ブルーノ殿はアルバのことをなんて？」

「非凡でありえない才能を持つ子供だと」

非凡でありえない才能。

ブルーノ君が言うと、褒め言葉に聞こえない気がする。むしろ呆れが滲んでいるような。

そういうブルーノ君だって非凡でありえない才能を持っているのに。自分のことを棚に上げてとはこのことだ。

凄いです、と顔を紅潮させて興奮しているジュール君に苦笑すると、母が待っているので行きましょう、と二人を促した。

無事母の元にルーナと花束を届けた俺たちは、早速俺の部屋に向かった。


それから、第二のプチお茶会が俺の部屋で開催された。

同級生だけのとても気楽なお茶会なので、ちょっと楽しい。

二人とも俺が持っている本に興味津々で、落ち着きなく部屋を歩き回っている。

「アルバ、この魔物の本、見せてくれないか。うちでは見たことがない」

「はい。いいですよ。なかなか面白かったです。魔物分布図も、数年前の物ですがそこまで違いはないようなので、ためになります」

「アルバ様は、これを見てあれほど的確に指示を出せたのですね」

「う……そうですね、それだけじゃ、ないんですけど……はは」

笑ってごまかしながら、改めて淹れてもらったお茶を飲む。

ブルーノ君の薬草茶が、身体に染みわたる。緑茶みたいな味ですごく落ち着く。

セドリック君はジュール君と共にパラパラと本を覗くと、パタンと閉じて、本棚に戻した。

「僕にはこれを全て覚えるなどという芸当はきっと出来ない……」

ふぅ、と溜息を吐いて、席に着く。

ジュール君は本好きのようで、まだ本棚の前で視線を動かしていた。

「魔術陣の本まであるんですね。これの言語って独特で難しいですよね」

「でも慣れるとなかなかに面白いですよ」

何せ綺麗な装飾文字だから、見ているだけで楽しいんだ。

そう言うと、二人とも俺に変な視線を向けた。

ジュール君は遠い目をして、セドリック君と同じように溜め息を吐くと、テーブルに戻ってきた。

どうしてそんな顔をするんだろう。

不思議な気持ちでいると、セドリック君がおもむろに口を開いた。

「ところで、兄上たちが僕たちを追い出してまでしたい内緒話、どんな内容だと思う?」

とても気になるんだ、とセドリック君は真顔で俺たちを交互に見た。

心なしか、声が潜められている。部屋の隅にはメイドさんがいるから、俺たちの話は全て聞かれていると思っていい。そしてそれは全てスウェンへと通じ、義父に行ってしまう。

ここは気を利かせてメイドさんを部屋から出したほうがいいんだろうか。

考えていると、セドリック君は身を乗り出すようにして、「もしかしたら」と小声で囁いた。

「この間の魔物騒ぎの話だろうか。僕は大型魔物としか説明されなかったけど、アルバは目の前で見たのだろう。あれだけお強いヴォルフラム兄上を傷だらけにする魔物だ。それはもう恐ろしかったんだろう？　ジュールは、見たか？」

「見ました。でも、ちらりと見ただけで、情けない話、怖気づきました。逃げるだけで精いっぱいで……」

あの時のことを思い出したんだろうジュール君は、両手で身体を抱き締めると、少しだけ震えた。

確かに怖かった。本気で怖かった。恥ずかしいけれど、本気でちびりそうになったし、兄様の顔を見た瞬間ガチ泣きした。あれほどこの家が安心する場所だと実感したことはなかった。この家というより、兄様のそばが。

「アルバは。どうだった。ミラ姉様がとても気になることを言っていたから」

「気になること、というのは？」

「アルバが、とても素晴らしい指揮官だったと。アルバの言っていることには間違いがなく、指示に従ってガンガン魔法を撃てばいいだけだったから、前に住んでいた村の人たちと狩りに行くよりむしろ楽だったと言っていた。何を考えてるんだと思ったけれど、ツヴァイト兄上もヴォルフラム兄上も同じことを言っていたから気になって」

「指揮官……楽って……」

そんなことを思いながらあれだけ魔物に攻撃魔法を撃っていたのか。ミラ嬢怖い。あの魔物が楽って、もしかしたらミラ嬢の方が怖いかもしれない。

あははと笑ってごまかそうとすると、ジュール君は「わかります」と真顔で頷いた。

「キャンプの時にも思いましたが、アルバ様の指示はとても的確です。魔物の動きもよく読んでいて、指示通りに攻撃をすれば魔物は簡単に倒すことが出来ましたから。あれは自分の実力と勘違いしそうになります」

思わず顔を上げる。

「魔物を倒せたのは間違いなくジュール君の実力ですからね!? 僕は剣が下手くそですし! むしろ口だけ参加で申し訳ないとすら思ってましたから」

「僕の今の実力では、魔物を屠るのは難しいです」

真顔で俺の言葉を否定するジュール君は、こんな時でも真面目さを発揮していた。ごまかせないのが辛い。

セドリック君はふむ、と言いつつお茶を一口飲んだ。

「関われば関わるほど、アルバは興味深いな」

興味持たないでください。単なる病弱モブ弟なんだから。

しかし、俺のジトっとした目も気にせず、セドリック君が真面目な顔に戻る。

「まだ学園が休みの時に聞いた話なんだが、他のところでも大型の魔物が現れたとか。たまたま廊下を通りかかった時に、執務室から父とシェザール騎士団長の声が聞こえてきてな。ああいうのは防音魔法を使うべきなのに、たまに父は抜けているというかなんというか。でも、もしかしたら他でも魔物が活性化しているのかもしれない」

「活性化、ですか」

ジュール君がキュッと眉を寄せる。

確かに、宝石の力が減ってくると魔物は強くなるし増えていくけれど、こんなに一斉に国内で魔物が出始めるのはおかしいのでは、と俺も顔を顰める。

兄様たちはまだ二学年。ゲーム内ならば、卒業に合わせて事件が起きるのだから、まだ猶予はあるはずなのに、そうも言っていられないような感じがするのは、気のせいか。

三年間みっちり授業や魔物討伐をしてレベルを上げて、魔力を上げて、それで二人の力で宝石を復活させるはずが、こうも前倒しだと皆が十分に力をつける前に王国の崩壊が来てしまうんじゃないか。

少しは情報を持っているだろう義父と兄様は、俺には情報を流さない。

当たり前だ。俺は中等学園生でしかなく、ほんの少しだけ情報を知っているだけのなんの力もない子供。

それに、たとえ情報を貰ったとしても、俺には解決策がない。ゲームの流れは知っていても、それを補助できるような助言を渡すことが出来ない。

セドリック君がカップをテーブルに戻して溜息を吐く。

「うちの領地もいつ大型魔物に襲われるかわからないから、父にとっても他人事じゃない。サリエンテ公爵領は騎士団がとても優秀だと聞くから、不安はないかもしれないけれど」

「いえ、騎士団でも、あの魔物を倒すのは大変だと思います。睨まれただけで動けなくなるくらい恐ろしかったですから」

うちの領地ってあの祖父母がいるところだよね。義父はずっと王都で暮らしているけれど。

もし本気で魔物が強くなっていたら、義父の領地だけじゃなくて国中が大変だから不安だらけだ。

どれもこれも、あの宝石が無事魔力を取り戻せば終わることなのに。

それが一番難しい気がする。

「後でそれとなくミラ姉様から情報を引き出すか……ジュールはブルーノ殿から情報を引き出せるか？」

「僕は無理です。兄上から情報を引き出すなんて、きっとアルバ様のテストの点数を上回ることよりも難しいです」

「そんなことは簡単だと思いますけどね……」

確かにブルーノ君を言い負かすジュール君を想像することは出来ない気がする。兄様ですらブルーノ君には口で勝てないから。

でも、これはあまり二人は関わらない方がいいかもしれない。

「危ないことには、あまり首を突っ込まない方がいいかと」

「そうも言っていられないだろ」

思わず忠告すると、セドリック君は溜息交じりに首を振った。

「僕は王家の血が流れている公爵家の跡取りとして、この国を支える柱にならないといけないんだ。

それは宰相閣下を父に持つジュールも同じだ。ブルーノ殿が後継ぎを辞退してアルバの家に入ったから、侯爵家、そして宰相の地位はジュールが背負うことになる」

セドリック君は普段学園では見せないような真顔で、紅茶に砂糖を入れてかきまぜた。

「僕もジュールも将来国政に関わらないといけない。そして僕たちはもう中等学園生だ。国政を身体に叩き込まないと間に合わない時期に来ているんだ。だから、本当だったら兄上たちのところに乗り込んでいきたいくらいだ。大したことは出来なくても、何か小さなこと一つくらいは出来ないといけないし、出来て然るべきだ」

さらっと答えたセドリック君は、既に公爵家嫡男としての心構えが出来上がっているみたいだった。

普段の雰囲気とは違っていて、こくりと唾を呑む。

そうか。二人とも跡取りか。俺は一人気楽な立ち位置だから、あまりそんなことを考えてもいなかった。

「――お二人は、凄いですね」

心構えからまず俺とは段違いだ。思わず尊敬のまなざしを送ると、二人ともちょっと照れたように笑った。

俺はそんなことを考えもせずに甘やかされるまま兄様を推し続けていただけだ。

不甲斐なさに俯くと、そっと肩に二人の手が触れた。

「凄いのはアルバだよ。『ラオネン病』に罹りながら今まで生き延びてるんだ。僕は正直、その話を初めて聞いたときは信じられなかった。あの病は大抵の子が一桁の歳で天に召されてしまうから。

僕の中ではアルバは色々な意味で『奇跡の男』だよ」

実はもう兄様たちが病を治してくれたのです、とはまだ情報公開出来ないので少し申し訳なく思いながらも、セドリック君の「色々な意味」のところに多分に含まれた何かを感じた俺は、思わず半眼になってしまった。

「一番衝撃的だったのは、座学の点だけでトップに追随する成績を取った時かな。頭の中どうなっているんだろうって思った。そして、その割に本人はポヤポヤしているし、アルバのギャップに振り回されて僕の心はまるでブリザードが吹き荒れたようだよ」

「それまったく褒めてないですよね」

はぁ、とわざとらしく溜息を吐きながら胸を押さえるセドリック君に半眼のままツッコむと、今度は真顔のジュール君がセドリック君を肯定した。

「アルバ様は本当にお身体が弱い以外は全てが天才だと思います。かといってその才能に驕らず、ただずっと前を見て進む姿勢がとても素晴らしいです。勤勉なところは見習わないと、と心に活を入れられますし、僕の目標です」

「そ……んなことを言われると照れます……」

「僕の時と全然反応が違うじゃないか」

ジュール君の言葉に頬が熱くなって思わず目を伏せると、ムッとしたセドリック君の声が聞こえてきて、少し笑えた。

それにしても、ともう一度お茶を淹れてもらいながら思う。

ただただ兄様が良ければ全てがいい、なんて頭お花畑になっている俺ってまずは心意気からして終わってないか。

そもそも、俺は兄様のために全力を出せているんだろうか。

いや、ない。

兄様のためになるのはどういうことだろう。

これは、ブルーノ君の飴を舐めている場合じゃないかもしれない。

早く魔力制御を向上させて、折角の属性魔法を活用しない手はないんじゃないか。いつまでも弱々しいままでいていい訳がない。

よし、今日から全力で魔力制御を頑張ろう。

魔法を思いのままに使えるようにして、兄様を支えよう。

……兄様の嬉し可愛い昔スチルとか美麗スチルとかを『刻(とき)属性魔法』で脳内ゲットしたいとかは全然思ってないいんだからね。

六、最推しと魔力制御

「というわけで、魔力制御に力を入れたいと思います！」

「誰か、オルシス君とブルーノ君を呼んできてください」

俺の魔法制御の先生であるリコル先生に訴えた瞬間、兄様を呼ばれてしまった。

「アルバ君。体調はどうですか」

「変わりありません」

いつも通り不調はないということを伝えると、リコル先生は盛大に溜息を吐いた。

「アルバ君は厄災の魔物との戦い以降、あまり魔力が回復していないのは自覚していますか」

「通常の体調に戻ったので、いつも通りに戻ったんだと思ってました」

「でしたら、なぜ私が魔力制御の勉強を停止しているのでしょうか」

「先生が、忙しいからだと……」

真顔で返すと、リコル先生はもう一度盛大に溜息を吐いた。

今は学園ではなく、俺の家。リコル先生は定期的にうちにも来て、勉強及び体調を見てくれている。

まさか俺の魔力が回復していないなんて。

学校も再開したし、魔力制御の練習をしていくにはうってつけ、だと思ったんだけど……

「でも、立っていても歩いていても、走っても、今はフラフラしませんよ」

「そうですね。そこまでは回復しています。けれど」

そう言うとリコル先生は詠唱した。俺の身体をスキャンする系の水魔法の詠唱だ。

じっとしていると、リコル先生はおもむろに、隅に控えていたメイドさんに空のグラスを一つ持ってくるよう声を掛けた。

メイドさんにグラスを渡されたリコル先生は、今度は魔法でそのグラスの半分より少し少ないくらいに水を入れた。

それから俺を見て言う。

「通常のアルバ君の魔力はだいたい、これくらいですね。私が見る限り、このコップが満ちるほどアルバ君の魔力が溜まったことはありません。そして、あの戦いの後、アルバ君はオルシス君に魔力を分けていましたよね。あの時は体調を崩したでしょう。それは、極度の緊張と、魔力の減りによるものです。あの時のアルバ君は——」

そう言うと、リコル先生は魔法を使って、グラスの中の水を底から指一本分の辺りまで減らした。

「これぐらいの魔力しかありませんでした。目に見えるとわかりやすいでしょう」

「はい」

成程。こんなに魔力が少なかったのか。そして、これくらいだと寝込むのか。

可視化されることで、ストンと理解できる。

「そして、今のアルバ君の魔力はこれくらいです」

今度はもう少しだけ水を増やされて、んん？　と首を傾げる。

確かにあまり増えていない。

じっと見ていると、リコル先生が指を水面の少し下あたりに水平に添えた。

「身体に負担がかからない最低ラインの魔力量はここです。なので、アルバ君は今、最低ラインより少し上の魔力量まで回復したという状態です。一応公爵様から登園の許可は出ていますが、無理をしないこと、という条件をいただいたでしょう？」

「はい」

「魔力制御の強化は、今は無理をすることに入ります。せめて、これくらいの魔力量にならないと、許可できません」

今度はグラスの半分より上くらいに水が増えた。

普段の俺の魔力と言われた場所より上だ。

ってことは、俺は、魔力制御の勉強を出来ないってことか。

――そうかそうか……

「ダメじゃないですか！　役立たずにもほどがあります！」

思わずそう叫んでテーブルに突っ伏すと、リコル先生に「違いますよ」と力強く否定された。

「魔法が全てではありません。この世の中、魔法より大切なことはたくさんあります。それを見つけることも大事です。とはいえ、魔法がなくてもアルバ君が有能であることに変わりはないのですから」

お世辞をいただいても今は辛いだけです先生……と顔を俯けたまま呟くと同時くらいに、扉のノック音が聞こえた。

リコル先生が返事をすると、扉から兄様とブルーノ君が顔を出す。

「失礼します。僕たちを呼んでいると伺ったのですが」

兄様の声に顔をがばっと上げると、目が合った兄様は心配そうな顔をした。眉が少しだけへにょっとしている。

　リコル先生は二人を部屋の中まで招き入れてから、真剣な顔になる。

「今、アルバ君の魔力量の状態を説明していました。呼んだのはお二人に止めてほしいからです」

「止める？」

「はい。アルバ君が魔力制御の勉強をしたいと言っているのですが、今は流石に魔法を使うことはさせたくない状態です。オルシス君たちなら、アルバ君を止めることが出来るのではないかと思いまして」

　すると兄様は納得したように頷き、ブルーノ君は呆れた目を俺に向けた。

　ブルーノ君が一人用ソファに、兄様が俺の隣に座り、リコル先生に視線を向ける。

　リコル先生は先程の話の続きを始めた。

「いいですか、アルバ君。例えば彼らはとても健康的です。一時期倒れる程に魔力を失いましたが、二日も休めば魔力はほぼ満タンまで回復しています」

「グラスになみなみ魔力がある状態ってことですね」

「そうです。私もオルシス君もブルーノ君も寝れば魔力を回復します。それは、身体が魔力を回復させる以外のことには力を使わなくてもいいからです。そもそも、魔力というものは……」

　リコル先生から、暫くの間身体の中の魔力の仕組みと役割などを事細かに説明された。

　最後には、兄様もブルーノ君も真剣に先生の話に聞き入っていた。学園でも習わないのかもしれない。

でも、それでわかったことがある。

俺の身体は魔力を回復させる以外に常に別のことで消費されているから、余剰の魔力を集めるのには普通の人よりもずっと時間が必要であるということ。

身体が成長すると魔力許容量も増えるから、自分の成長に合わせて魔力をじっくり集め、回復させていけば普通の人並みの魔力まで持っていけるかもしれないということ。

ただ、俺の場合器自体は大きいので、もしかしたら他にもっと画期的な魔力の回復の仕方もあるかもしれない、ということらしい。

普通はこんな中途半端な状態が上限にはならないから、前例がなくてあまり詳しいことは言えないんだそうだ。

「どうやったらグラス一杯に魔力が溜まるんでしょうか……それが出来たら、僕も魔法制御を勉強し放題、魔法を使い放題ってことですよね……」

悔しい。そこまで回復したら、『刻属性(とき)』の魔法が発動したって、兄様スチルゲットし放だ……

違う違う。兄様の役に立つかもしれないのに。

リコル先生も、こういうのは特殊な例だから気長にいきましょう、と励ましてくれたけれど。

魔力が欲しい。

「魔力回復の薬をがぶ飲みしたら……」

「たくさん飲んでも、回復するのは今の限界の量だけでしょうね……」

「そっか……頑張って、魔力の許容量を増やす方法を考えるのがまず第一なんですね」

どうやったら増えるのかな。限界を突破させるわけじゃないからそこまで難しくないとは思うんだけど。

この世界では、限界魔力量に個人差があって、それはどれだけ訓練しても増えないらしい。

だからこそ、宝石を回復させるための素質を持った人が攻略対象者と主人公のみ、なんていう特別な設定が生きていたわけで。

もし俺の魔力量の限界が少なかったら、コップ半分の魔力なのではなく、小さなコップに満杯な状態という表現になるそうだ。こんな中途半端な状態の人はほぼいないんだと、リコル先生は言う。

その例えを理解は出来るし、自分の状態も理解できたけれど、どうすればいいのかがまったくわからない。

いっそのこと、自分のじゃない魔力で足りない分を補うとか出来ないのかな。

思い付きでそう呟くと、三人は一斉に黙り込んだ。

「……試してみても、いいかもしれない」

暫くの沈黙の後、ポツリと兄様が呟いた。

リコル先生は焦った顔をして、ブルーノ君は目を逸らしたけれど、兄様はまるで凄くいいことを思いついたとでも言うように目を輝かせて俺の手を取った。

温かい奔流がゆっくりと手を伝って流れ込んでくる。

兄様の魔力が俺の身体に幸せを運んでくる。

まるで満たされるような安心する魔力譲渡に、俺はうっとりとされるがままに身を委ねた。

流れが止まると、兄様はリコル先生に、俺の魔力がどこまで回復したのか確認してもらう。

リコル先生はホッとした顔をしながら、先程俺が今までたまったことのある魔力の上限、つまり、グラスの半分のちょっと上の量だと教えてくれた。

それを聞いた兄様は嬉しそうな表情になってから、その輝かしい紫の瞳を俺に向けた。

「これ以上の量は手からだとなかなか渡すことが出来ないんだ。だから、アルバ、少しの間だけ、我慢してくれないか」

「我慢？　何をですか？」

「嫌だったら、僕を蹴るなり叩くなり二人に助けを求めるなりしてほしい」

「へ？」

兄様にされる嫌なことなんてあるのかな、なんて考えていたら、両頬を手で挟まれた。

顔を上向かされて、とても麗美な兄様の顔が近付いてくる。

うわあ、なんて見惚れていたら、そっと口が重なっていた。

――脳内の機能が停止した。

何をされているの理解が追い付く前に、触れたそこからさっきよりもよほど熱い何かが喉を通り過ぎていく。

ええと、俺は今、ナニヲシテイルンダロウ。

チラリと横を見ると、驚いたような顔のリコル先生と、こいつやりやがったとでもいうような顔で視線を逸らしているブルーノ君が目に入った。

視線を目の前に戻すと、そこには吸い込まれそうなほど綺麗な紫色の瞳に、俺のまん丸な目が映っていた。

口から流れ込む熱い物は胸に降り注いでいく。

身体がいつもよりもふわふわしていく。

そして、触れているところの感触は……

ふ、と鼻にかかったような声が聞こえてきて、自分の声だとわかったのはもう一度声を漏らしてから。

ここでようやく、あ、俺兄様と素面でキスしてる、と気付いた。

気付いた瞬間、顔にぐわっと熱が集中した。

チュ、と何やらリップ音が、俺の口と兄様の口から発せられて、俺の頭は一瞬で沸騰した。

どどどどうすればいいんだこの状況。

パニックのまま力が抜けそうになる身体を手で押さえようとすると、俺の顔を押さえていた兄様の手が俺の身体にまわって、さらに身体を密着させられた。

「ん、んん……」

口から流れ込んでくる魔力は、今までにない程強烈に身体を熱くしていく。

じわじわとお腹にたまる魔力にのぼせそうになる。

これはあれだ。めっちゃ熱い温泉にずっと浸かっていた時のようなふわふわ感だ。

次第に身体に力が入らなくなり、支えるために兄様の腕に縋りついてしまう。

「オルシス君、ストップ」

リコル先生に止められた時には、俺はぐったりと兄様の身体にもたれかかっていて、座っていることもできなくなっていた。

「やり過ぎです……」

「手加減しろ、この馬鹿」

苦い物を食べたような顔のリコル先生と、ぺしっと兄様の頭を叩くブルーノ君。

兄様は馬鹿じゃないよ、とブルーノ君に反論しようとして口を開くと、まるで酔っぱらいのようにろれつが回らなくなっていた。

身体も熱い。萌える、いや、燃えるようだった。これが兄様の本気の魔力……と感心して、そして、間近だった兄様の顔を思い出して、本人の肩に顔を埋めて悶えてしまう。

「どうですか、アルバの魔力は」

冷静な兄様の言葉で、そういえばそういう実験だったんだっけ、と霞がかったような思考で思い出す。

そうだった。実験……いやいや医療行為だった。

「……少しだけ、増えています」

そのことに思い至って脱力していると、リコル先生が苦虫を噛み潰したような顔のまま教えてくれた。

兄様はいつものクールな表情のままで、リコル先生に向き直る。

「でしたら、これを毎日続けたら、アルバの魔力が満タンまで回復することも夢ではない、ということですよね」

「そうですね……！　でもやり方が……！　アルバ君はまだ十三歳で、しかもこんなに純粋無垢！　それに、少し増えただけで身体が疲れ切ってしまっているようですから、あまり、おすすめできません……！」

「でも、アルバが回復するのは間違いないんでしょう。一度でいいから、魔力が全回復した時の身体の軽さをアルバにも味わってほしいし、元気に走りまわってほしいんです」

「私もそれは常々思っています。思っているのですが……！　やり方が……」

「でも、他の人からの魔力をアルバに、なんて考えたら……」

リコル先生の言葉に反論した兄様から、一瞬ブワッと殺気のような物が噴き出した気がした。背中がゾワゾワして思わずギュッと兄様の服を握ると、兄様がフッと殺気を消した。

「無理です。絶対に無理です。これはたとえ相手がブルーノでも許容できません」

「死にたくないから頼まれてもやらねえよ」

ギュッと腕に抱き込まれて、ゾワゾワクラクラが少しだけ収まってくる。

「……」

リコル先生は難しい顔のまま、考え込んでいる。

そして、もう一度俺の魔力をスキャンした。

「…………無理を、させない程度に……」

絞り出すようにそう言ったリコル先生に、兄様はとてもいい返事をしていた。

俺はそのままふわふわが抜けきらないまま、部屋に戻ることにした。歩き出した瞬間足がもつれて、まるで酔っぱらいみたいだと思っていたら、兄様に抱き上げられてしまう。

「落ち着いたら、また魔力譲渡するから、アルバは頑張って僕の魔力を馴染ませてね」

「馴染ませるってどうすればいいんですか……？」

「ブルーノの飴を舐めて、魔力が逃げないようにすることと、ゆっくりすること」

「兄様は、僕に魔力をくれたので、減ってませんか……？」

「これくらい少し休めば回復するから大丈夫。それに、魔力回復薬もあるからね。一本飲めば全快するよ」

「良かった……」

安心して兄様の肩に頭を預けて目を閉じると、チュッという音と共に頬に何か柔らかいものが触れた。

今のはもしかして。

パッと目を開けると、兄様は俺を抱き上げた時と同じ表情で、前を向いていた。

今のは、幻……？　でも音と感触はとても生々しく……

心臓がバクバクと激しく動き始める。

口に突っ込まれたブルーノ君の飴と共に口から心臓が飛び出すんじゃなかろうか。

頬にキスされる白昼夢を見るなんて。

俺、そんなに欲求不満かな。

兄様にキスされたから。いやいや、あれは単なる医療行為だった。そうだ、医療行為……

医療行為で口チューって……！

どういうこと……！

今更ながら魔力譲渡の医療行為を意識してしまった俺は、耳元で兄様に「毎日して、魔力を増やそうね」と言われて、撃沈したのだった……

宣言通り、兄様は毎晩俺の部屋に来ては、口移しで魔力を増やしていった。
魔力が増えると何故かくらくらするので、最初からベッドに横になってのこの行為。
寝転がされて上から兄様の顔が近付いてくるたびに、俺の中で邪（よこしま）な思考がふつふつと湧き上がり、それを追い払うのに毎回多大な労力を要する。
だって！　ベッドの上で！　まるで恋人同士のような医療行為！　時に優しく髪を撫でられながら、時に頬を優しく撫でられながら、時に熱の塊を感じる鳩尾の辺りを撫でられながらのこのキッス……じゃなかった、魔力譲渡はなんていうか、まるで、まるで、アドオル本で読んだ行為の一歩手前のようじゃないか！

頬を少しだけ染めて、瞳に感情を乗せながら衣類を乱されていくオルシス様はそれはもう女神のようで。でも相手があの天敵君だというだけで「解釈違いです！」と本を閉じたくなるようなあの……でも結局オルシス様の乱れるお姿が萌えに萌え、燃え盛り、最後まで読んでしまって自己嫌悪に陥るというアレを思い出すじゃないか！

あああ、だめだ、鳩尾辺りにくすぶってる熱がさらに下の方に行ってしまう……！

俺はまだ十三歳……！　そんな想像しちゃいけない歳なんだよ……！　心に巣食っている、最推しを愛でていた成人の俺が憎い……！　純粋な医療行為として、純粋に兄様から魔力を貰えることを喜びたかった……！

「ふ……っ」

胸から何かが溢れそうになるのを逃がすために鼻から空気を吐くと、一緒に変な声が漏れる。

口がきっちりと重ねられているから、吐息を逃がす場所が鼻しかない。

あああ、もう無理。理性が無理。

毎晩なんのご褒美ですか……！　いや、こんなに間近に最推しの超ド級に綺麗な顔があるなんて、ご褒美通り越して拷問……

「んん、も、お腹、一杯……です」

本当に一杯なのはお腹じゃなくて胸なんだけれども。必死で訴えると、最後に唇をペロッと舐めた兄様がようやく口を離してくれた。

息も絶え絶えでぐったりとしていると、兄様が優しい顔で俺の頭を撫でた。

「体調はどう？」

俺の身体に視線を向けながらの質問に、俺は慌てて足をギュッと閉じた。

横になって、必死に「大丈夫です！」と答えると、兄様がごめんね、と謝った。

「本当はこういう口付けは好意を持っている人としたいよね。医療行為だと思って、少しだけ我慢してね」

眉を下げている兄様の顔は非常に可愛らしい。でもこんな風に謝るってことは。兄様もいやいやだったりして——という考えに思い当たってしまって、ハッと顔を上げた。

「兄様だって、好意を持っている人としたいですよね……僕は、兄様が相手でとても嬉しいし幸せだし、兄様の魔力はとても心地よいんですけど……でも、リコル先生が言うには、大分回復してきてるってことなので……あの、嫌であれば」

もう大丈夫ですよ、と言おうとして、兄様に手で口を塞がれた。

「僕は、嫌じゃない。アルバが元気になるなら、いくらでも魔力を分けるよ」

「兄様……」

兄様の優しさに胸がキュンとする。

あれでも待って。

兄様は、前に俺の涙を舐めて復活していた。

手を繋いでの魔力回復は、俺のこれまでの上限までしか出来ないっていうけれど、キスだと増えるんだよね。

「ところで兄様、魔力って……肌に触れて魔力を流すより、身体の中にあるものを摂取する方がたくさん魔力を渡せるってこと、ですよね？」

そこらへんは俺がまだ子供だから、と家庭教師にもリコル先生にも詳しくは教えてもらっていない。

アプリは全年齢で、そういう年齢指定的な魔力譲渡のストーリーはまったくなかったけれど。

ふとアドオル本の一コマが頭に浮かぶ。

それは、可憐なる最推しの尊いご子息を、天敵君が口にぱっくんするシーンで……

天敵君の口から垂れた白いモノはもしかして、とても魔力が豊富なのでは。だからこそ、天敵君は最推しのアレをアレしていたのだろうか。もしそうであれば。

「兄様の聖液を飲んだら」

「せ……っ⁉」

つい口から零れた思考に、兄様の素っ頓狂な声が重なる。

「ちょ、アルバ⁉　流石にそんなことはまだしないから！　理性を崩壊させるようなことを言わないように！」

怒ったような困惑したような顔の兄様は、真っ赤なまま「本当に心臓に悪いからやめようか」とジト目で俺を見た。

その顔もまたレアで可愛くて心臓に悪過ぎる。

俺の布団をかけ直して、胸の辺りをポンポンとすると、兄様は赤い顔のまま「今日はもうおしまい。明日の朝、一緒にご飯を食べようね」と言って部屋から出ていってしまった。

赤い顔の兄様可愛すぎか。

兄様はもう十七歳。そろそろいろんなものを卒業しても可笑しくない歳だけれど、赤くなる兄様はとても清らかで純粋でまるで天使か何かのように見えた。

布団の中で寝返りを打ちながら、先程の兄様の顔を思い出す。

可憐で可愛い兄様に今更ながら悶える。

そして、ハッと気付く。

「俺、何を口走った……？」

兄様に、聖液を、飲ませろと。

なんてことを言ってしまったんだ、俺……！　弟に聖液くれとか言われたらそりゃドン引くよ……！

あああ、明日、ご飯食べようねって言われたけれど、どんな顔して一緒にご飯を食べたらいいんだ……！

こうして俺は、夜更けまで先程とは違った意味で悶えまくってしまった。

次の日、お互いちょっとだけ気まずい朝食を取り、寝不足だった俺は馬車の中で兄様の膝を枕に盛大に寝こけてしまった。

学園に着いたときに寝ぐせが付いていて、アドリアン君に大笑いされてそれに気付いた俺は、教室ですぐさまジュール君に泣きついて、水魔法で寝ぐせを直してもらったのだった。

馬車でのうたた寝はよくない。癖っ毛の髪質が憎い。

王国では、もともとはそこまで貴族たちの各領地について情報公開をしてはいなかった。

隣の領地の情報ですら、個人で調べて手に入れるしかない程度だ。王宮には一応情報は集まるけれど、余程のことがない限り、秘匿されたその地の情報まで事細かに調べられることはなかった。

けれど、最近では各地の魔物情報が出回り始めた。

魔物が凶悪になってきていることが原因だった。

領地の騎士団だけでは魔物排除が難しく、王宮に応援要請を出す領主が増えたのだ。

陛下もその要請を無視するわけにもいかず、危険度の高い順に王都にいる騎士団の派遣を開始したらしい。

それは俺の所属する中等学園にも公（おおやけ）にされた。同時に、王都にも魔物が出るかもしれないので学園への行き帰りは注意し、魔物が出てしまった場合は速やかに逃げることを強く教え込まれた。

魔法学の授業も、より実戦を想定したものにしていくよう通達されたので、俺はさらに魔法実技から遠ざけられているが、これ幸いと、リコル先生に特別授業を行ってもらっていた。

リコル先生曰く、兄様のお陰で俺の魔力は大分回復したらしい。

今までは器の半分だった魔力が四分の三程になったんだそうだ。ちなみに、実感はわかない。普通は他人の魔力を体内に入れた場合、大小個人差はあれど身体に違和感があるらしいけれど、俺にはそれがまったくないのだ。

きっと小さい頃からずっと兄様から魔力を分けてもらっていたから、既に兄様の魔力は俺の身体の一部なんだろう。

そうリコル先生に説明したら、リコル先生は「喜ばしいやら何やら複雑な気分です」と本当に複雑な表情でよくわからない感想を述べていた。

さて、魔法実技は大体二時間枠なので、俺はリコル先生が俺専用にゲットしてくれている別棟の特別実習室で授業を受けている。

そう広くない部屋は、先生方だけが所持する特別な鍵を使わないと開けることができず、いきなり他の先生が入ってくることもない。本来であれば、問題児が詰め込まれる部屋らしいけれど、おかげで邪魔も入らず快適に魔力制御の勉強が出来るのだ。

魔力が少ない時は保健室でも事足りたけれど、本格的にするとなると誰かが来るかもしれない保健室では難しいらしい。

「魔力制御となると、誰かに見られたらアルバ君の秘密がバレてしまいますからね……」

そう、ラオネン病をまだ患っていることになっている俺は、魔法を使っているところを見られるとかなりヤバい。

そんなバレたらヤバい俺の秘匿の片棒を担いでいるリコル先生は、たまにとても疲れた顔をしている。

「ごめんなさい。本当であれば、出世街道まっしぐらの高等学園養護教諭だったのに……」

そして、生徒とキャッキャキャウフフして、世界を救って幸せに暮らしましたとさ、という未来もあったかもしれないのに。

ついついそう呟くと、リコル先生は苦笑して、俺の頭を撫でた。

「私は生徒とキャッキャキャウフフなんてことはしません。仮にも先生ですから、風紀を乱すことはしませんからね。どこからそんなことを……もしかして」

リコル先生はハッと顔を上げると、じっと俺を見てから、口を閉じた。少しだけ間をおいて、何やら盛大に溜息を吐くと、「いえ、何でもありません」とポツリと呟いてから、魔法学の教科書を手にした。

何かを察したようだ。俺が『刻属性(とき)』らしき魔法を使えることを知っているリコル先生は、未来でも見たと思ったのかもしれない。

確かにそういう未来も選択肢次第ではあったよ、的なアレなんだけど。

でも、今となってはあのミラ嬢とリコル先生の恋愛とか、想像もつかない。

そもそも中等学園に来た時点でストーリーから逸脱してるからね。それを言ったら、俺が生きている時点で既に先は読めないから何とも言えないけれど。

そうなると、国の未来はどうなるんだろう。

もっと魔物が強くなったら、国の騎士たちだけで対処できなくなるんじゃなかろうか。

アプリのストーリーでは攻略対象者が個人的に技能を伸ばすために魔物を討伐する描写しかなかったけれど、それで済んだのは裏で騎士団が魔物駆除を頑張っていたからでは。

それだけでは追い付かなくなって、力の強い者、魔力の強い者を集め始めたりしたら、真っ先に徴兵されていくのは攻略対象者たち、ひいては、兄様のような気がして怖い。

ヴォルフラム殿下なんか、真っ先に飛び出していきそうだ。

彼のストッパー兼にぎやかしとして第二王子殿下もアドリアン君も飛び出していきそうだし。ミラ嬢なんか報酬を王様と交渉して成立したら喜んで魔物殲滅に行きそう。兄様はもともと領地の方は気にしていたみたいだし。義父が子供たちには負担をかけない、と頑張っているらしいので兄様たちが飛び出すのはまだ先だとは思うけれど。

厄災の魔物を倒したことは、兄様たちの実績になってしまったわけで。

もしまたあの最大級の魔物が出てきたら、呼び出されるかもしれない。

その時は、国を建て直すための魔力源である第二王子殿下とヴォルフラム殿下は留め置かれるだろうから、呼ばれるのはミラ嬢、兄様、ブルーノ君、アドリアン君、そして回復要員として、リコル先生が……

ブルリと身体が震えた。

俺が今のところ記憶を持っているのは、あの最推しの私服ラフ姿のパソストに出てきた魔物——アビスガーディアンだけ。

他にも同じような魔物がいるとしても、攻略法はまったくわからない。

もしかして、他の人分の厄災の魔物がいる、とか。いやいや、全員のパソストでまったく同じ魔物が出てくることもあるかもしれない。でも、そんな楽観的に考えてはだめだ。

あれ一匹でヴォルフラム殿下が血塗れになって、皆魔力枯渇でバタバタと倒れていったのに……

そう思うと、顔を顰めてしまう。

攻略法が分からなければ、あの厄災の魔物ですらきっと命を落としたメンバーが出ていたはずだから、もともと情報のない他の魔物が万が一出てきてしまったら――

背中を冷たい汗が流れる。

俺はゆっくりと顔を上げて、リコル先生に訊いた。

「光属性の回復魔法……例えば僕が極めたら、どこまで出来るでしょうか」

少なくとも、回復役が増えればその分生き残る率は高くなるはずだ。

ゲーム内を思い出してみる。本来だったら二人で倒すはずの魔物を、あれだけの人数でギリギリだったということは、皆まだ熟練度が上がり切っていないってこと、なんだと思う。

すべてが考察でしかないけれど、そろそろ国を守る宝石の力が切れかけていて、多分残りの一年半、持つかどうかもわからない、ということはわかる。熟練度を上げて、もっと魔力を練り上げて……待って。

ハッと顔を上げる。アプリでは、レベルを上げると何が上がった？　魔力の上限は上がったっけ？

この世界では魔力の上限は上がらないとリコル先生は言うけれど、本当に？

ゲームでは、キャラクターの熟練度が上がると、魔法の威力は確実に上がるし、スタミナは増えていたはずだ。

じゃあ、どこが育ってその能力が上がった？

熟練度ってそもそも、何を指すんだろう。

不確定要素があり過ぎる。これも『刻属性（とき）』の魔法を使えるようになったら解消するんだろうか。けれど、そんな簡単に未来とかって見えるの？

不安になる思考がグルグルと巡る。

もうわけわからない。頭脳プレイは苦手なんだよ。

兄様くらい頭よかったらいいのに。

パニックになりかけた俺を落ち着かせるように、リコル先生は俺の握りしめられた手の上に自分の大きな手の平を乗せた。

「大丈夫ですか？　質問に答えると、光属性でも、魔力制御を身体で覚えない限りはあまりまともに使えないでしょう。まずはやはり基本から頑張る必要があります。……オルシス君のお陰で、魔力も増えてきていますし」

最後の一言はちょっと気まずそうに言われて頬が熱くなる。

最初の時は、先生たちの前で堂々と魔力譲渡されたんだった。

医療行為医療行為。

自分に言い聞かせながら頬を手で隠すと、先生が「そこで照れないでください、居たたまれないから……」と俺の照れに釣られたように視線をずらした。

「すみませんでした。今日の練習を始めてもいいですか」

「はい、もちろんです」

もちろん、ずっと照れてなんかいられない。

俺は深呼吸して立ち直ると、リコル先生に向き直った。

第二王子殿下から貰った『光属性』は、治癒に傾いていた。

というか、俺の魔法がダメダメなのか、攻撃魔法はどれだけ頑張ってもパヤパヤした光しか出なかった。

とはいえ回復はできるようになったし、状態異常を回復することもなんとか成功している。

けれどそれが攻撃に転じると、途端にポンコツになる。いくら頑張って攻撃しようとしても、その都度蛍のような小さな光がふよふよと飛び出すだけなのだ。

首をかしげていると、リコル先生は「これは高等学園で、専門的な授業で習う内容なのですが」と前置きをして、考察を教えてくれた。

曰く、その人の性格で、使用する魔法は攻撃特化かバランス型か防御型かが分かれるのではないか、ということ。

「ただし、あまり外で公言することではありません。ごく一部ですが批判的な方もいますから」

「先生は概ね正しいと思っているんですか？」

攻撃特化、バランス型、防御型という区分は、ゲームをやっていた俺には自然に馴染む。

ただ、リコル先生にもその区分で理解が出来ていることにちょっとだけ驚いたのだ。

聞くと、リコル先生はわずかに頷いた。

「ある程度は正しいと思います。けれど攻撃特化だから性格も荒々しいとか、そういう意味ではなく、本人がどこに重きを置いているかでその型が変わるのではないかと」

成程。リコル先生は穏やかだけど、それより皆を癒したいと思っているから回復特化なんだ。

納得しかけて、はたと止まる。

待って、兄様物凄く攻撃魔法が強いんだけれども。

兄様魔物を瞬殺なんだけれども。

「兄様、全然好戦的じゃないし優しいから、攻撃特化ではないんじゃ……」

「あ、いえ、オルシス君はまんま……こほん、きっと、自ら攻撃を仕掛けることで、護りたい者を護るという考えなのではないでしょうか……」

「成程、あれですね、『攻撃は最大の防御』ってやつですね。流石兄様」

兄様凄いなあ、と感激していると、リコル先生が話を戻しますよ、と咳払いした。

「私が思うに、アルバ君の原動力は、オルシス君の力になりたい。オルシス君の助けになりたい、なのではないでしょうか。自ら前に出て魔物を倒す、というオルシス君をサポートするのに、これほど適した魔法の使い方はありません。アルバ君が強くそう思っているからこそ、回復系の光魔法が得意なのでしょう」

「なるほど！」

リコル先生の説に、この上なく納得してしまった。

兄様のための回復魔法特化、それはとても素晴らしい響きだ。

目を輝かせていると、リコル先生が安心したように笑みを浮かべた。

「では、魔力制御の熟練度を上げて、そこを伸ばしていきたいと思います。ただしここで例の魔法を使ってはいけません。私の手には余りますので、そこらへんは相談しつつ、すぐに飴を舐め、魔法の発動を抑えてください。魔法が発動しそうになったら、すぐに飴を舐め、魔法の発動を抑えてください」

「はい。わかりました。もし学校内の別の場所で発動しそうになったら、保健室に逃げてもいいですか」

「もちろんです。余力があればすぐに駆け込んでください。いつでも歓迎します」

では、始めましょう、と言うリコル先生の合図に頷きながら、俺はホッとしていた。

きっとリコル先生がいなかったら、俺はまともに学園に通うこともできなかったと思う。

どうせ生きているなら、兄様が通った学園に俺も通いたかった。出来ればあの制服を着て、兄様の歩いた校舎を歩きたかった。

それが叶った今、今度は三年後に無事兄様がいた高等学園の校舎を歩きたいと思っている。その頃には兄様はもう卒業しているけれど、どうしても最推しの気配をこの身体で堪能したいんだ。

もう死亡フラグは全てボキボキに折ったとは思うけれど、さらなる夢が出来た俺は、なんて贅沢なんだろう。

前から細々とやっていた魔力制御をしながら、俺はそんなことを想ってついついにんまり笑ってしまうのだった。

七、最推しと波乱の学園祭

季節は飛ぶように過ぎていき、練習を始めてから一か月が経った。王都付近の領地での魔物は増加を続け、不穏な空気が学園内でも漂っている。

流石貴族の子供たちが通う学園だ。領地持ちもそうでない貴族も、魔物の気配には敏感になっている。

中等学園ですらそんな感じなので、より実戦に近い立場にいる高等学園生たちはさらに敏感になっている。

このところ、ブルーノ君は魔力回復薬と傷薬の調合に余念がない。

しっかり売りに出しているようで、手持ちの資金は潤沢なようだ。なぜそれを知っているのかというと、義父とブルーノ君が婚姻後の住処について話し合っているのをたまたま通りかかって聞いてしまったからだ。

今、公爵家の敷地内に、ルーナとブルーノ君が住む家を建てる相談をしているのだ。それを義父が建てるかブルーノ君が建てるかで言い合っていたところを目撃してしまった。

義父は娘に立派な館を建ててやりたい、ブルーノ君は自分が住む館だからこそ、自分で建てたいと、なんとも贅沢で壮大な言い合いをしていた。

……このお家、建てるとなるといくらくらいするんだろう。俺には想像もつかない。

感覚がどうにも庶民派でいけない。二人で協力してルーナ好みの可愛い素晴らしい館を建てればいいのに、なんて思いながら通りすぎたんだ。

それにしても、と首を捻る。

合同キャンプが春だった。そして、俺が認識していたゲーム内での春の高等学園のイベントはメノウの森で行われる年に一回のオリエンテーリングだ。一年目で一番好感度の高かった攻略対象者と共に行動することになっている。

もしかしたら、これが合同キャンプの扱いだったんだろうか？

ミラ嬢が誰と行動していたのかはわからないけれど、オリエンテーリングの日、兄様とブルーノ君は家にいたから、二人がミラ嬢の相手ではないことだけはわかる。

……ここでホッとしてしまう俺は、もう末期なのかもしれない。兄様と魔力譲渡（キス）を日常的にするようになってから、余計に独占欲なる物がむくむくと湧き上がっている。

独り立ちしたら早急に離れないと、ダメな予感がする。

そんなことを思いつつ、俺は次のイベントについて考える。

ゲーム内では夏に行われるイベントは七月の学園祭だ。

今年も、例年通り魔術大会と剣技大会が行われることになるはず。

去年はヴォルフラム殿下の恐ろしい姿を『刻魔法（とき）』で見てしまって大変だったけれど、今年こそはゆっくりと兄様の雄姿を見れるといいなと思う。

あの時は、ミラ嬢が泣いているところに出くわしてしまって、正直かなり焦った。あの時は彼女がなぜ泣いていたのかわからなかったけれど、だいぶお話するようになった今、今年こそは楽しんでいたらいいな、なんて思うくらいには、俺はミラ嬢が気に入っていた。

「今年は兄様、どっちに出るのかな……」

合同キャンプのあとは、学園もしばらく休みだったし、その後もなんやかんやあって、もうすぐ学園祭になる。

そっか。そっかあ。兄様に魔力譲渡（キス）をされ始めてからもうひと月近く経ってるんだ。ってそうじゃない。焦点はそこじゃない。今年の兄様の活躍のことだ。

きっと兄様はまた優勝するんだろうと思うと胸がわくわくと躍る。

楽しみすぎる。

しかし残念ながら、そんな気分は学園祭当日に霧散した。

学園祭当日。

俺は兄様たちに招待されて、今年も高等学園に足を踏み入れていた。

ここに来るたび、この校舎を背にした兄様を見るたびに感動で涙しそうになる。

それは未だに健在で、兄様に手をとられて馬車を降りた瞬間、その尊い姿にへたり込みそうになり、兄様に寸でのところで掬い上げられた。

「いつ見てもこの校舎を背に立つ兄様がとても尊すぎて腰が抜けそうです」

兄様の腕に掴まってなんとか立ちながら、感動を口にすると、兄様が苦笑した。

だってほら。去年も見たけれど、この校舎で笑う兄様は本当に貴重だから。どれだけこの笑顔を見たいがために周回したか覚えていないくらい。けれど結局見ることは出来なくて。

「やっぱり課金を……現金を稼がなければ」

「アルバ欲しいものがあるの？　僕が買ってあげるよ。教えて。サロンで買えるかな。お腹空いた？」

「いいえ大丈夫です。もう胸いっぱいなので！」

しまった、ついつい前世のことを思い出して心配をかけてしまった。

朝ご飯を食べたばかりなので今はお腹に入りません。

兄様は今年も魔術大会に出るらしく、今日の剣術大会はブルーノ君の活躍の場となっている。

第二王子殿下も今年は剣だけで、魔術はヴォルフラム殿下にお任せするんだそうだ。

今日はその二人を応援だね、と兄様と話しながら去年も座った席に着くと、王族席を挟んだ向こう側にミラ嬢とセドリック君を見つけた。

目が合った瞬間、ミラ嬢がにこやかに立ち上がった。

「アルバくーん！　オルシス様ー！」

「ミラ姉様、大声はしたないです！」

めっちゃ両手をブンブン振るミラ嬢を見て、俺と兄様は顔を見合わせて苦笑した。

このやり取り、去年とほぼ変わりないよね。


さて、とうとう始まった剣術大会。

ブルーノ君とアドリアン君と第二王子殿下が出場している。

ヴォルフラム殿下とアドリアン君は魔術大会と剣術大会の両方に出るらしい。

第二王子殿下もブルーノ君も魔法攻撃は苦手だって言っているけれど、ブルーノ君の場合、魔法攻撃は毒とか束縛とか地割れとか、状態異常やフィールド破壊の方に行ってしまうので、こういう大会には不向きなんだそうだ。

確かに。会場が壊れたらすぐに直るわけじゃないから仕方ない。でもよく考えると多分一番致死率が高いのはブルーノ君の魔法だと思う。搦め（から）とってそこから致死毒を流し込めば一発。怖い。

なんてことを考えている間に、ブルーノ君は勝ちを決めていた。

隣に座る兄様がまんざらでもなさそうな顔をしているのが、無二の親友って雰囲気でなんだか羨ましい。

俺はそっと兄様に話しかけた。

「ブルーノ君、強いですね」

「ああ。アドリアンにも引けを取らないよ」

「そうなんですか。でもアドリアン君は最近前よりもさらに身体が大きくなったので、力も強いのでは」

「うん。ブルーノの力では勝てないだろうね。でもアドリアンの動きは直情的だから、読みやすいんだ。魔物相手にはいいけれど、人間相手には苦戦するんじゃないかな」

「そういうものなんですね……」

動きの説明をしてくれる兄様がカッコいいです。

心の中で泣き叫びながら兄様を見上げると、兄様がニコッと笑った。

「もちろん、僕もアドリアンには負けないよ」

張り合う兄様可愛すぎか。可愛さでダントツ一位です、兄様。

ぐっと手を握って兄様の尊さに内心悶えていると、義父の膝の上にいたルーナが目をキラキラさせて俺の手をポンポンと叩いてきた。

「アルバにいさま！　ブルーノにいさまのところに行きたいです！　勝っておめでとうをいいたいです」

「そうだね。僕も言いたい」

「じゃあ、ブルーノのところに行こうか」

ルーナに賛同していると、兄様が笑顔のまま、ルーナの手を取って立ち上がった。

「僕のお姫様、抱っこする？」

「ルーナの抱っこはとうさまとブルーノにいさまのとっけんなのよ。だからにいさまお二人はルーナの手をにぎってください」

「はいはい」

ルーナの言い方にクスクス笑うと、兄様はルーナの手を握った。

俺ももう片方のルーナの手を握ると、義父と母に行ってきますと声を掛けて校舎に向かった。

剣術大会の控室は、外から出入りできる扉の近くにある。

三人で手を繋いで歩いていると、所々から声を掛けられて、兄様が微笑みながら対応してくれた。

その顔を見つつ、本当に兄様が笑顔でいられる世界でよかったと思う。

中には見たことのある人たちもいて、兄様と同学年の人たちだということがわかった。だって俺にも笑顔で挨拶してくれるから。兄様の学年の人たちだけは、俺にすっごく好意的だから、とても嬉しい。

控室は、爵位ごとに分かれていた。下位の人が使い走りにされないようにだそうだ。中には下位貴族の同級生を小間使いかなにかと勘違いしている人もいるんだって。

「そういう人たちを殿下と同じ控室に入れたら、縮こまっていいんじゃないでしょうか」

思ったことを口に出したら、兄様が堪えられないというように噴き出した。

「確かにね。殿下が一番上だから、そういう人たちは命令できないね。今度提案してみようか」

「でも虎の威を借る人が周りにたくさんいるって、殿下の方が大変そうですね。ずっとおべっかとか使われたら控室でも休めないんじゃないですか？　やっぱりそういうことも考慮されて控室って用意されているのかな」

「アルバはよく考えているね」

「アルバにいさますごいの？」

「凄いよ。とても聡明だよ」

「オルシス兄様の方が聡明ですし剣も魔術もすごいですから……」

「にいさま二人もブルーノにいさまもすごいので、ルーナはとてもほこらしいです！」

「僕は兄様を誇りに思えるルーナが素晴らしいよ」

ルーナが目を輝かせて俺を見上げるので、照れて火照った顔をごまかすようにそう言ってルーナを撫でると、兄様がもう一度ふはっと噴き出した。

控室に入ると、ブルーノ君と他の生徒が寛いでいた。数人で使う控室なので、俺たち三人が入ってもまだ広々としている。

ブルーノ君は俺たちを見ると、ニヤリと笑って「よく来たな」と両手を広げた。

途端に俺たちの手を振り切って、ルーナが駆けだしていく。

すぐにブルーノ君に抱き上げられて、ルーナがブルーノ君のほっぺにおめでとうのキスをしていた。

「え、ルーナ頬にチュウとか早くない!?」

その早熟な二人のやり取りに驚いて声を上げると、ブルーノ君が呆れたような顔を俺に向けた。

「最近のルーナのお気に入りだぞ」

「そうなの。とうさまとブルーノにいさまだけにする挨拶なの」

ね、と顔を見合わせる二人は、歳の差など関係ないというように、仲の良さを周りに見せびらかしている。他の生徒たちが驚いたようにブルーノ君たちを見ていた。

その中でも親しげだった金髪の生徒が、首を傾げる。

「おい、ヴァルト、いつもと違くね？」

「そりゃあ、こんなに可愛い婚約者の前でつまらない顔なんて見せられないだろ？」

「うわ……ごめん、俺、お前実は婚約者のお守りで、将来は婚約を破棄されるって噂のほうを信じてたわ……相手子供だし。なんか……ちゃんと婚約者してるんだな」

「ちゃんとルーナの誕生日にはとっておきの物をプレゼントしているし、今からデビュタントの予約はしているが？」

ブルーノ君が珍しいどや顔をする。

金髪の生徒は、うわあと言わんばかりに顔を歪めて兄様の方に向き直った。

「オルシス、いいのかよ」

「ブルーノなら安心して妹を預けられるよ」

「家族も公認か！　なんか……いいなあ婚約者と仲が良くて」

「セシルは仲が悪いんだっけ」

「悪いとまではいかないと思うけど、プレゼントとかあげても喜んでもらえないんだよな……観劇とかに誘ってもあげたアクセサリーを着けてくれないし」

「それはご愁傷さまだな」

何やら恋愛相談が始まってしまった。

高等学園二年にもなると、婚約者がいる人も結構いるっていうのは知識として知っていたけれど。

攻略対象者たちは婚約者の設定がされていなかったからか、いまいち考えてもいなかった。

でも、そうだよね。俺もヴォルフラム殿下に婚約しないかと言われたし。

あれはきっとヴォルフラム殿下の中で、どの人が一番自分にとって利があるのかとかそういうことを考えて消去法で俺になったんだと思う。

そもそも『光凛夢幻∞デスティニー』は恋愛ゲームのカテゴリーだった。だから、恋愛結婚が普通であるかのようにストーリーがつづられていたけれど、実際には貴族制度のこの世界で恋愛結婚はあまりないのかもしれない。義父と母は別として。

だからこそ、母の言葉が蘇ってきてしまった。

『オルシス君とどうしても一緒になりたいって言うのなら――』

思い出すと一気に頬が熱くなる。

そうでなくても最近は毎日兄様との近すぎる触れ合いが心を乱すのに。

ああでも兄様との近しい触れ合いは滅茶苦茶幸せで、心がギュウッと絞られるように苦しくなって、かといって頭の中に花畑が広がったようなふわふわした感覚に陥るのはどうしたらいいんだろう。やめてとも絶対に言えない自分の弱さが時に憎い。やめてやめないで状態だよ。

「……アルバー、大丈夫かー」

「だ、大丈夫です！」

ブルーノ君に声を掛けられて、はっと我に返る。

いけない。こんな思いを悟られたら。

慌てて、顔の熱を冷まそうと頭をぶんぶん振ると、ブルーノ君が苦笑しながら手招きしてくれたので、俺はルーナの後を追ってブルーノ君のそばに行くことにした。

それからしばらくルーナとブルーノ君の戯れを眺めてから、俺たちはヴォルフラム殿下と第二王子殿下の試合を見るため控室を出た。控え室からは大会の様子を見ることはできないので、応援するためには観覧席に戻らないといけないんだ。

でもかなりギリギリの時間だった。ルーナがブルーノ君のそばから離れたがらなかったからだ。

俺と兄様は諦めてここに居ようかと思っていたけれど、ブルーノ君がルーナをしっかりと諭してくれて、部屋を出ることが出来たんだ。なんていうか、頼もしい。

行きと同じように三人で手を繋いで歩いていると、ちょうど殿下たちが控え室から出てくるところに出くわした。

「お二人ともこれからですね。頑張ってください」

声をかけると、第二王子殿下は不敵に笑って、ヴォルフラム殿下は苦笑していた。

「ここにいるということは、僕たちの試合を見ないつもりだったってことかい？」

「これから席に戻って応援しようと思っていました」

「ほんとかなあ」

半眼で笑いながらこっちを見る第二王子殿下に、果敢にもルーナが口を開いた。

「ルー……わたしたちは、これからせきに戻って、でんかたちの応援をするのです。でんかたちが頑張れるように応援するのが、でんかの後ろ、うしろ……うしろだて！　であるサリエンテ家の大事な役目であり、ほこりなのです！」

「おお？」

ぐいぐい行くルーナに、第二王子殿下が驚いた表情をした。

「どうしたルーナ。サリエンテ家の天使ちゃんはとても素敵で立派な淑女になったじゃないか」

「わたしはブルーノにいさまのつまとして、りっぱなしゅくじょになるのです」

えへん、と胸を張るルーナの可愛さに、ヴォルフラム殿下まで驚いたような顔になった。

立派だな、なんて二人とも感心しているけれど、ついさっきブルーノ君に言われたことをそのまま繰り返しているだけなのは内緒だ。全部暗記している時点で天才なのは揺るぎないけれども。

流石ブルーノ君。淑女教育にまで影響するとは。

二人を激励して席に戻りながら、ルーナに対するブルーノ君の扱いの上手さをひたすら心の中で称賛していたのだった。

そして俺達が席に着くと、第二王子殿下とヴォルフラム殿下の剣術の試合が間を置かずに始まった。

流石というか、二人ともまるで舞踊のようにきれいな剣技だ。

実戦というには綺麗すぎて、二人とも魅せる剣技と実戦の剣技をちゃんと分けて戦っているのがよくわかる。

王族はここまでしないといけないんだな、と二人の試合に魅入られていると、兄様が真顔になったのが視界の隅に飛び込んできた。

「兄様？」

「ん、なんだい？」

雰囲気が少し緊張を孕んだものになった気がしたので声を掛けたら、いつも通りの笑顔と口調が返ってくる。

でもやっぱり、どこか雰囲気が違っていた。

「どうか、したのですか……？」

「いや……ちょっと殿下方の様子がいつもと違う気がしてね。でも、気のせいだろう」

気のせいと言い切ったけれど、兄様は殿下たちの剣技が終わると、少しだけ席を離れるね、と断って席を立った。

ふとセドリック君の方を見ると、ミラ嬢も何やら席を立って出ていっている。

この後、決勝戦が行われる。

先程接戦の末第二王子殿下が勝ったので、決勝戦はブルーノ君と第二王子殿下で行われることになっているんだけれど――

少しだけ感じる違和感が、何やら不穏な空気のような気がしてならない。

俺も義父たちに「ちょっとお手洗いに行ってきます」と断って、席を立った。

先程ブルーノ君激励に向かった廊下を一人で歩く。

決勝まで来ると負けた選手は観覧席に座っているはずだから、廊下に人はほぼいない。

コツコツと靴音が響くのが気になって、そっと靴を脱いで、靴下でヒタヒタと廊下を歩く。石畳が冷たいけれど、足音を立てるよりはましのような気がしてそのまま進む。すると、殿下たちに会ったドアの中から、ヴォルフラム殿下の激高した声が聞こえてきた。

ひた、と足を止めてしまう。

気配なんて読めないから、苦肉の策でドアを鑑定魔法で見ると『木製の扉』とお約束のような言葉が見えた。

違うんだよ。中の人の人数とかそういうのが知りたいんだよ。そういうのって鑑定じゃ無理なんだろうか。

しかしそんな悩みを振り切るぐらいの大声が、次の瞬間に響き渡った。

「だからってどうして了承するんだ……！」

「仕方ないだろう。僕はこの国の王子だ。国を守る義務がある」

「だからって……！　私がやると、陛下に進言したはずだ！」

「君は、外に出たいんだろう。叔父上と同じ道を歩むなんて、馬鹿のすることだ。君は馬鹿じゃないだろう」

「私の父上が馬鹿だと言いたいのか」

「違うって。叔父上は全て了承して今の位置にいるんだろう。でも、君は違う。外に出たいと、言っていたじゃないか」

「ツヴァイトを犠牲にしてまで外になど出たいとは思わない」

「二人ともちょっと落ち着いて」

殿下たちを、ミラ嬢が諌（いさ）めているようだ。

状況は全然読めないけれど、なんとなくわかる。

俺は部屋の前で必死に状況を整理した。

もしかして。

魔物の増加が思った以上に早くて、国のために宝石に魔力を満たす人が早急に必要になった、ってことだろうか。

それに選ばれたのが第二王子殿下だった、とか。

でも、それだとヴォルフラム殿下の言う「ツヴァイトを犠牲に」っていう言葉がよくわからない。

ゲームストーリーは主人公とラブラブになった人が二人で力を合わせて魔力を注ぐのであって、特に死ぬわけではない。犠牲がどうのという話はなかったと思う。

必死にゲームの知識を脳内で思い返していると、兄様の声が響いた。

「殿下、早急に過ぎます。そもそもアルバは俺が選ばれたと言っていました。ここで殿下が無理やり犠牲になることは逆に悪手となるかもしれません」

「ああ、アルバの能力か……それでも、それが確定した未来ではないんだろう？　もう時間がない」

「ツヴァイト殿下！　もう少し状況を見た方がいいと、この間も言いましたよね。陛下も詳しいことはわかっていない。今まで口伝で伝わってきたことと、書物に辛うじて書かれていたことだけしかわからないのに、今陛下の言を実行するのは無駄死にもいいところだ」

第二王子殿下に答えたのはブルーノ君の声だ。

兄様とブルーノ君までいる。

それに、待って、今、俺の名前が出なかった？

確かに、この前、とても嬉しそうに微笑んだ兄様のスチルが視(み)えたけれど、それが一体なんだっていうんだ。

あれは、宝石に魔力を注入して世界が助かったときのハッピーエンドの姿のはず。

世界を救うって、そんな犠牲とか無駄死にとかそういう類のものじゃないはずだ。

俺も知らない何かがあるってこと、なんだろうか……。これで蚊帳の外って言うのはちょっときつい。

誰でもいい、詳しい話を教えてほしい。何かを出来るわけではないけれど。

ああ、『刻属性(ときぞくせい)』の魔法を使えば、何かわかるんだろうか。

話はまだ続いている。会話の内容が気になり、離れがたくて、壁に背を預ける。

けれど、今ノックをしたら絶対に皆の話の腰を折ってしまいそうで、声を掛けることも出来ない。

どうしようと俯いていると、ギィ……と真横のドアが開き、心臓が跳ねた。

「……アルバだったのか」

ドキドキしながら見上げると、そこにはツヴァイト第二王子殿下がドアの隙間から顔を出していた。

「誰かの気配があると思ったら……靴を抱えて来たってことは、盗み聞きする気で来たのか？」

「え、あっ、ち、違います……！」

足音が響くのを阻止するために脱いでいた靴を抱えたままだったのがバレてしまって、俺は慌てて首を横に振った。けれど、すぐに後悔する。

盗み聞きをするために来たわけではない。本当に違うんだけれど、盗み聞きしてしまったのは本当だし、足音を忍ばせて来たのも本当だから、言い訳がとても空しい。

固まっていると、第二王子殿下はくすっと笑って、俺の手から靴を取り、足元に揃えてくれた。

そして、おいで、と部屋に招き入れてくれた。

第二王子殿下の後ろから顔を出すと、兄様と目が合った。兄様の驚いた顔は一瞬だけで、すぐに困ったような諦めたような微妙な表情に変化する。

ああ、俺がここに来た理由がバレた気がする。

「アルバが来てくれたよ。どうやら僕たちの剣術に感激したみたいだ」

あはは、と先程とはまったく違う軽い口調でそう言う殿下とその後ろから部屋に入った俺に、部屋の中の視線が集中する。

兄様が苦笑していたけれど、きっと俺も同じような顔をしていると思う。

白々しいけれど、第二王子殿下がフォローしてくれたことを無駄にすることははばかられたので、俺も必死で口を開いた。

「第二王子殿下、ヴォルフラム殿下、先程の剣技とても素晴らしかったです。お二人ともお疲れさまでした。感激しました」

多少棒読みになっていたかもしれない。

ミラ嬢が笑いを堪えて、ブルーノ君は溜息を吐いている。ヴォルフラム殿下だけは穏やかな顔をして「ありがとう」と返事したけれど、どうも居たたまれなさは払拭できなかった。

だって、俺が話を中断させてしまったようなものだし。

兄様は俺のすぐ近くに来て、頬を両手で挟んだ。

「……魔力は、減ってない?」

「大丈夫です」

魔法を使ったと思ったんだろうか。

使っていないよ、と兄様を見上げれば、兄様は俺を見つめたまま、口だけで「ごめん」と謝ってきた。謝ることなんて何一つないのに。

「さてと。可愛いゲストが来たけれど、そろそろ僕とブルーノの決勝戦の時間だね。アルバ、応援よろしくな」

「そうだな。俺は応援がなくても強いから、殿下を応援してやってくれ」

ポン、とブルーノ君の手が頭に置かれる。

見上げると、ニヤリと笑ったいつもの顔が俺を見下ろしている。

応援席に行こうか、と兄様に促されて頷いていると、第二王子殿下が笑いながらブルーノ君に視線を向けた。

「ブルーノ、本気を出せよ」

殿下の言葉に、俺の頭に乗せられたままのブルーノ君の手がこわばった気がした。

「御心のままに」

先程と変わりない表情のはずなのに、少しだけ、声が硬かった気がした。

殿下たちの控室を出たブルーノ君が、そのまま自分の控室に向かおうとしたので、思わずその服の裾を掴む。

俺に引っ張られるような形で立ち止まったブルーノ君は、いつもと変わりない顔つきに見える。

「……わざと、負けようと思ってませんか」

だけど、雰囲気が、いつもと違ったんだ。

なんていうか、あのアプリゲームに出てきた『一歩引いた気遣いの宰相子息』っていう感じがする。

いつもの大胆不敵なブルーノ君とは違うというか。

皆でかなり深刻な話をしていたから、そのせいだっていうのはわかる。そして兄様はそんなブルーノ君に気付いていていて、でも何も言わない。

話を半端に中断させてしまったのは俺で、でも、何かとても重大なことが起こっているのは間違いなくて。

――そして、兄様たちはそのことに俺を関わらせようとしない。

もしかしたら、俺の知っているストーリーとここで起こっていることに、かなりの齟齬があるのかもしれない。

やり直しもきかない今、兄様に危ないことなんか絶対にしてほしくない。

けれど、それは俺を可愛がってくれたブルーノ君もリコル先生も殿下たちも同じだ。

じっとブルーノ君を見上げると、ブルーノ君はフッと表情を緩めて、肩をすくめた。

「いいや、全力を出す。なにせ第二王子殿下に全力を出せと命令されてしまったからな。アルバは心配するな」

じゃあな、と部屋に入ってしまったブルーノ君を兄様と二人で見送ると、俺たちも観覧席の方に足を進めた。

「心配させちゃったみたいだね。ごめんね」

並んで廊下を歩きながら、兄様がそう言って苦笑する。

「いいえ。それよりも、話の途中でお邪魔してしまって、すいませんでした。……大事な話だったんでしょう？」

「そんなことないよ。大丈夫」

俺の謝罪に、兄様は笑顔でそう答えた。

良かったと笑みを浮かべながら、俺はちょっとだけ悔しいと思った。渦中の兄と、何も出来ない義弟。

出そうになった溜息をぐっと呑み込んだ。


決勝の結果は、ブルーノ君の勝ちだった。圧勝と言ってもいいくらい。こんなに実力の差があるとは思わなかった。ブルーノ君、見た目完璧文系なのに実は剣が凄いとかどんなハイスペック。そしてそれと同等の力を持つ兄様は更にハイスペックじゃないか。やっぱり兄様がパーフェクトオブパーフェクト。

皆でブルーノ君を讃えながら馬車で帰る時も、兄様とブルーノ君はほんの少しだけいつもと雰囲気が違っている気がした。

学園祭二日目。

今日はブルーノ君が俺たちのお守りで、兄様が活躍の場。

兄様は難なく勝ちを決め、入れ違い様ミラ嬢と目配せをしていた。

今はもう、二人のその目配せが友達のそれだと知っているからか、胸はそこまでザワザワしない。

しないったらしない。

なんていうか、本当に一瞬で勝ってしまった兄様には、素晴らしい以外の言葉が出てこなかった。瞬殺……なんてかっこいい響き。

次の試合は、ミラ嬢とヴォルフラム殿下の魔術戦。これも光属性と闇属性の完全なる一騎打ちで、見どころ満載だ。

皆も固唾を飲んで見守っているような状態だったのだけど、ルーナを抱っこして観戦していたブルーノ君は俺にひょいとルーナを渡してきた。

それから、何事か義父に耳打ちし始める。

ルーナをきちんと抱き直しながら、どうしたのかなと首をかしげていると、ブルーノ君と義父が一緒に立ち上がった。

「アルバ、父様は少し用事が出来てしまった。フローロとルーナをよろしくね」

「え、はい……？」

返事をすると、義父が母に何事かを小さく囁き、サッと身をひるがえして行ってしまった。

なんだろう、と不安が湧き上がる。

母と目が合うと、母は「大丈夫よ」と笑みを浮かべた。

ルーナは大人しく俺の膝の上に座っている。今日は特別アルバにいさまのおひざにすわってあげてもよくってよと嬉しそうに言っていたので、光栄ですお姫様、と返して、会場に目を移す。

すると、ミラ嬢とヴォルフラム殿下が向かい合っている頭上に、何かがみるみる出来上がっていくのが目に入った。

それはまるで、ブラックホールのように、禍々（まがまが）しい黒い稲妻を纏っている。

「やだちょっとなんでこんなところに現れるのよ！」

「魔核か……！」

ミラ嬢、そしてヴォルフラム殿下の言葉で、それが魔核だとわかる。

俺は腕の中にいたルーナをギュッと抱き締めて、立ち上がった。

幸いというかなんというか、魔核が現れたのは最強の魔術師の一角であるミラ嬢とヴォルフラム殿下の真上だ。

だからすぐに消されるとは思うけれど、ブルーノ君が魔核の発生前に気付いたから動き出したのだとしたら、どうしてここに居ないんだろうというのが気になる。

義父も一緒にここを動いたというのがさらにとても気になる。

「僕は、兄様の様子を見に行きます。母様とルーナは、馬車に乗って、安全なところまで」

俺がそう言うと、母は落ち着いたいつもの表情で首を横に振った。

「アルバ、旦那様とオルシス君、ブルーノ君がいる限り、ここが一番安全な場所ですよ。移動をするなら、先生方の判断にお任せしないと混乱が生じます。公爵位を持つ我々が一番先に逃げてどうするのですか」

「いや、ここは母様たちが逃げるところでしょう」

「いいえ、大丈夫です。でんと構えていなさい。ルーナもよ。怖いかもしれないけれど、旦那様がいるから、大丈夫ですからね」

「はい！　とうさまはいちばんつよいので、ルーナは怖くないわ。あ、でもブルーノにいさまもつよいのよ」

「そうね。そしてルーナ、貴方も強いわ」

「えへへ、ルーナ強い？」

やったーと呑気に喜んだルーナは、前にしていたように、両手を前にかざして舌っ足らずに詠唱を開始した。

「こおりよ！　ルーナの手足になってあれをめってして！」

可愛い詠唱、なんて思っている間に、殿下たちの頭上の魔核に氷のナイフがザクザクと突き刺さる。

ミラ嬢とヴォルフラム殿下がとても驚いた顔をしてこっちを振り仰いだ。

ついでに、ザワザワしていた会場の人たちも、ルーナに注目していた。

ヴォルフラム殿下はルーナの笑顔を見て和んだのか、気合が入ったのか、キリッとした顔で魔核を見上げた。

「……出来上がったばかりだから、消すのは簡単そうだな」

「そうですね。私も協力します」

二人は並ぶと、魔法の詠唱を開始した。それと同時に、教師たちも慌ただしく動き始める。

どうやら会場外にもメノウの森にも一気に魔核が現れたようだ。見学していた高等学園の生徒たちが魔核消滅のために動き出す。

王弟殿下の席も、俺たちの席も、セドリック君の座っている向こう側の公爵家の席も、高等学園生たちが護りを固めるかのように包囲してくれた。

その中に知っている顔を見つけて、思わずあっと声を上げる。

「ミリィお姉様！」

「アルバ様をお守りできるなど、この上ない幸せですわ。私が来たからには、もう安心なさって」

俺たちがいる場所に駆けつけてくれたミリィ嬢はにこりと笑ってそう言った。

そして会場内にいるミラ嬢とアイコンタクトを取ると、俺たちの席から、魔法を撃ち始める。

それから俺に小さな声で囁いた。

「出来上がったばかりの魔核は、壊しやすい半面、凝縮された魔素の排出量がかなり多いので注意が必要なのですわ。周りにいる者にもその魔素の影響を与えてしまうのです。ミラ様とヴォルフラム殿下が何事もないといいのですが……」

「魔素の影響というのは……？」

「ええ、負の感情を引き起こしたり、弱い小動物を小さな魔物にしてしまったりという悪影響を及ぼすことが、最近の研究で判明しましたのよ」

「なるほど……」

ああ、だからあの時――兄様たちとのピクニックでは湖の魚が魔物化したのか。もしかして、あの凍った湖の下には魚だけじゃない魔物も出てきていたのかな。でも、水面が凍っていて他の魔物は外に出ることが出来ないまま窒息した……ということだったら、あの時の兄様は英雄にも等しい働きをしたのかもしれない。

「魔素の影響を受けないためには、どうしたらいいんですか」

「離れて殲滅するのが一番ですわ。けれど、あのお二人はちょっと近すぎますわね」

魔核のことは、つい最近授業で習ったらしい。それをお披露目出来てとても満たされました、と笑顔で言われて、この切羽詰まった状況にもかかわらず和んでしまった。

気が付けばルーナを抱き締める手が汗でべとべとだ。

ミリィ嬢と話をして、自分がとても緊張していることにようやく気付いた。

チラリと横を見ると、母はいつもと同じようにゆったりと笑っていて、ルーナはミリィ嬢の手から飛んでいく魔法を「きれーい」と目を輝かせて見ている。一番の小心者は俺だったみたいだ。

「皆様、危険ですので会場外に出ないようにお願いします。会場は魔法の防衛がありますので、会場外よりも安全です」

先生の声が会場内に広がる。きっと風魔法か何かで声を運んでいるんだろう。

皆、浮かせかけていた腰を下ろす。

真っ先に攻撃魔法を仕掛けたルーナが場の雰囲気をよくしてくれたのは一目瞭然だ。

俺は、ルーナの頭をグリグリと撫でて、褒めまくった。

同時に爆発音が響いた。

視線を向けると、ミラ嬢とヴォルフラム殿下の魔法が魔核に向かって炸裂している。

あの魔核にもしゲーム仕様の残りＨＰがわかるものがあれば、きっとぐんぐん減っているだろう。

程なくして、魔核はいきなりグワッと広がったかと思うと、黒い霧を発生させて、シュンと消えていった。

残された霧の中からは、魔物たちが大量に、それこそ会場中を埋め尽くすように現れた。

「ミラ嬢たち囲まれちゃう……！」

腰を浮かしかけると、会場内に眩しい光が広がった。

咄嗟に目を閉じて、瞼の裏のチカチカがなくなってから目を開けると、あの大量の魔物はすっかり消えてなくなっていた。

ミラ嬢とヴォルフラム殿下が手を繋いで、肩で息をしている。

——魔法？

攻撃特化型の二人が組んだ、一撃必殺広範囲魔法のすさまじさを、俺は初めて味わった。

本当に一瞬だった。魔物が現れたと思ったら、光って終わり。魔素の物凄い動きと光だけで、激しい音もなく、どこか壊れた場所もなく。

すべてが終わって、そこには静寂が広がった。見ていた保護者たちも、警護に回った生徒たちも、一瞬何が起きたのかわからなかったかのように、シン……となっている。

次の瞬間、生徒たちの口から歓声が上がった。

貴族たちの学園だとは思えないほどの歓声だった。

決勝の勝負が決まった時とはまた違う、心からの歓声に、俺も思わず拍手を送っていた。

けれど、ミラ嬢の手を乱暴に払ったヴォルフラム殿下は、その場に膝をついた。

ミラ嬢の焦ったような声が響く。

「ヴォルフラム殿下!?」

俺も必死に中央に目を凝らした。ヴォルフラム殿下は、自分の肩を抱くようにして蹲っている。

「離れろ……！　制御、出来ない……！」

同時にヴォルフラム殿下の絞り出すような声が微かに聞こえた瞬間、ミラ嬢とヴォルフラム殿下の周りに青い炎が立ち上る。今度はその炎のせいで会場内がまったく視認できなくなった。

「皆様、会場外は安全になりました。誘導しますので、速やかに会場の外へ避難をしてください」

少しだけ早口の案内が会場内に響き渡る。

今度は母も席を立って、俺の膝からルーナを受け取り、抱きかかえた。

「アルバもいらっしゃい」

「でもヴォルフラム殿下が……！」

「アルバ！　今私達がしなければいけないことは、速やかに避難して魔力の暴走を止めることが出来る人の邪魔をしないことだけです！　状況を読みなさい」

その母の言葉にハッとした。

今のヴォルフラム殿下の状態は、魔力暴走ってこと？

「魔力の暴走ってなんですか!?」

「体内の魔力が制御できなくなり、魔力がなくなるまで魔法が止まらなくなることです。本人も危険ですが、周りも危険です。ですから、私達はこの場を離れないと――」

母は呆然としている俺の手を引っ張りながら説明してくれた。

俺はその母の言葉に足を止める。

あれ、と俺は顔を上げた。

「なんだ。同じじゃん」

俺はそう呟くと、急いで足を動かし、会場外に出た瞬間母の手を離した。

「アルバ⁉」

「ごめんなさい！　手が離れてしまいました！　僕は大丈夫なので、母様はルーナをお願いします！」

人がたくさんいるから、ちょっとくらい逸（はぐ）れても仕方ない。

だから道に迷っても仕方ない。

俺はポケットを撫でると、人混みを必死で抜けて、会場の選手入り口に向かった。

迷うことなく会場入り口に付いた俺は、中に入り込むと、競技会場の方を目指した。

「止められるじゃん。ブルーノ君の飴があれば」

体内の魔力が制御できなくなり、魔力がなくなるまで魔法が止まらなくなること。

それって、俺の発作と同じじゃないか？

ポケットにはブルーノ君の飴の予備がまだまだ入っている。この飴は体内から魔力が抜けていくのを抑えてくれる。

どうにかしてヴォルフラム殿下の口にこの飴を突っ込めば、魔力暴走は止まるはずだ。

効果は俺が既に身をもって実証済み。

問題はどうやってあの炎をかいくぐってヴォルフラム殿下の前まで行くかだけど……

誰もいなくなった会場の扉を見つめる。競技場に入る扉を開けると、目の前が青い炎に包まれた。

不思議と熱はなく、逆に背筋から凍てつくような空気が俺のまわりに纏わり付く。

「アルバ！　何しているんだ！」

後ろから、兄様の声が聞こえてきた。けれど足を止めることは出来ない。

暴走した魔力って本当にびっくりするくらいすぐに抜けていくんだ。

今まで俺が無事だったのは、母、そして兄様が抜けていく俺の魔力を必死で補充していてくれたからに他ならない。

急がないと魔力がなくなって意識がなくなって、そして……

「そっちは危ない！」

「行かなきゃいけないんです！」

「今、殿下が魔力暴走を起こしているんだぞ！」

「だからこそです！　殿下の命がかかってるんですから！」

兄様こそ一番知っているでしょ！　と叫べば、兄様は顔を顰めると、さらに足を速めて、すぐに俺に追い付いてしまった。

そして、俺を掬い上げた。

兄様の腕の中で初めて暴れた。兄様の抱っこから離れようとするなんて、俺もびっくりしてしまうけど。

「飴を食べさせれば、助かるんです！」

そう叫ぶと、兄様は一瞬だけ驚いた後、スッと目を細めた。

そのままわずかに腕の力が込められて、ぎゅっとされる。

「アルバは本当に聡明だ」

兄様はそう呟くと、俺を抱き上げたままスピードを上げ、青い炎に包まれた会場内を駆けだした。

兄様にしがみ付きながら、走る兄様を堪能する。

炎の中を駆けながら、兄様が詠唱をすると、俺たちを薄い氷の膜が包み込んだ。すうっと兄様の気配が周囲を満たして、恐怖が静まっていく。

「兄様はどうしてここへ？」

「会場外の魔物を始末したのに、まだ中が騒がしかったから来たんだ」

「そうだったんですね。会場内も魔物は一掃されたんですが……」

「ミラ嬢とヴォルフラム殿下がいるのはわかっていたから、そこらへんは心配していなかったんだけれどね」

「二人の頭上すぐ近くに魔核が出現したんです。もしかしたらその影響がヴォルフラム殿下に現れてしまったのかもしれません。ミリィお姉様もそんな感じのことを教えてくださいましたし」

「成程。けれど、アルバがここに来る理由にはなり得ないんじゃないかな。父上とブルーノは？」

「二人とも魔核が現れる直前にどこかに行ってしまいました」

「ああ……森の方にも出現したらしいから、そちらに行ったのかな。義母上とルーナは？」

「会場外に避難しました」

だから大丈夫です、と伝えると、兄様はジト目で俺を見た。

「だったらアルバもその避難場所に一緒にいるべきでは」

「でも、これで殿下を助けられるならって思って」

「誰かに伝えるということはできなかったの？」

「ただでさえ混乱していたので、伝えようにも無理だったというか……」

「自分で行った方が早い、と……？」

「……ごめんなさい」

ジト目のまま俺を見る兄様から視線を逸らし、小さく謝ると、額にチュ、と唇をくっつけられて、
俺の刻は一瞬止まった。

確実に心臓も止まった。額にチュッとされてしまった。ふ、不意打ち過ぎる……！

おでこを押さえて顔を熱くしていると、兄様が苦笑した。

「アルバはまったく……少しは自分を大事にしてほしいよ僕としては」

「僕のことは兄様たちがとても大切にしてくださっているから、大丈夫です」

「全然大丈夫じゃないんだけどな」

溜息と同時に兄様の足が緩まる。

いつの間にかヴォルフラム殿下のすぐ近くまで来ていた。

炎に巻かれているのに熱くないのが不思議で仕方ない。けれど、視界は狭く、ここから観覧席の方までは見通せなかった。

ヴォルフラム殿下は、自身の身体で闇の炎からミラ嬢を護っているように見えた。

ミラ嬢は暴れているけれど、その華奢な身体を抱き締めた腕は緩むことはなさそうだ。

俺は兄様に抱っこされたまま、ポケットに手を突っ込んで飴を取り出した。

すると、俺を片手抱きした兄様がその飴を俺の手から奪い取り、有無を言わさずヴォルフラム殿下に近付き、その口に突っ込んだ。

「オルシス様！　どうしてここに……っ」

その素早い一連の流れに、二人ともすごく驚いた顔をした。

兄様が微笑む。

「アルバが殿下の暴走を止める手立てを考えてくれましたので、僕は付き添いです」

ヴォルフラム殿下に突っ込まれた飴がコロリ、と殿下の口の中で転がる音がした気がした。

瞬間、周りの炎の勢いが目に見えて衰えていく。

よかった、間違っていなかった。

兄様に抱き着きながらホッと息を吐くと、ようやくヴォルフラム殿下の腕の中から逃げ出したミラ嬢がキッと俺を睨んだ。

「アルバ君こういう時にこんなところに来ちゃだめでしょ！　危ないんだからね！」

「でも、誰かに危ないことを頼むのは気が引けますし」

「オルシス様も！　監督不行き届きですよ！」

「既に入り口にいたから、連れてこざるを得なかったんです。まだ会場外は混乱していましたし。だったら自分で護った方が早いと」

流石兄様言うことがカッコいいです。兄様に護られるのは手を煩わせるようで心苦しいけれど、でもそれよりも嬉しい気持ちの方が大きい。

ジーンとしながら聞いていると、ようやく周りの炎が消え去った。

ヴォルフラム殿下は無言で口の中の飴を舌で転がしていたが、炎が消えた瞬間ガリッと最後の欠片を噛み砕き、はぁ、と息を吐いた。

「これがアルバ君がいつも舐めている飴か……制御できない魔力の喪失が、君が抱えている爆弾なんだな……」

ヴォルフラム殿下はしっかりと立てているので、まだ魔力がちゃんと残っているんだとわかる。魔力がないとどれだけしんどいかはよく知っているからホッとした。

間に合ってよかった。

俺はヴォルフラム殿下を、兄様の腕の中から見つめて微笑む。

「僕の場合は周りに何か被害があるわけではないので、そこまで大変じゃないですよ」

周りを巻き込むっていうのは、きっと精神的にもきついと思う。特にヴォルフラム殿下のように責任感の塊のような人には。俺なんて、ただ魔力が抜けて兄様の素敵スチルがゲットできるというお気楽な魔力喪失だから、多分レベルが違う。

そう言うと、ヴォルフラム殿下はわずかに微笑んで首を横に振った。

「ありがとう。ブルーノの飴がなかったら、私はきっとミラ嬢を巻き込んで最悪な事態を迎えていただろう。魔核を軽く考えてしまっていた。あれほど心が押しつぶされそうになるとは正直思わなかったんだ」

その言葉を聞いて、ミラ嬢が大きく頷く。

「あー、殿下魔核の魔力に負けてましたもんね。何か色々と溜まってたんじゃないですか？ ガス抜きは必要ですよ。って、この大会で生徒のガス抜きさせるはずがこんなになっちゃったんでしょうけど。最近多いですねえ、魔核の出現。そろそろ覚悟決めないとダメかなあ」

「ミラ嬢はそんな覚悟を決めることはない。ツヴァイトだってそうだ」

「ヴォルフラム殿下が代わりになるとか言うからでしょ。もっと違う方法を考えようって、いつも言ってるじゃないですか。そのための連携魔法の練習じゃなかったんですか。さっきのだって、超上手くいきましたよ」

その話詳しく教えてほしい。何がどうしてどうなってるんだ。

第二王子殿下に、やっぱり何かあったんだろうか。

魔核の発生を防ぐために宝石に魔力を全部明け渡せとか言われたり？ そんな血なまぐさいストーリーなんてあったっけ。……記憶にない。

でも、ゲーム内にそんなシナリオがなくても、もし王家がそんなことを考えているのだとすればそれが指すところはつまり——

「……生贄、的な？」

思わず出た呟きに、三人が一斉に俺の方を向いた。

「オルシス、話したのか？」

「契約魔法で縛られているんですよ。話せるわけがないでしょう。アルバが自分でたどり着いた結論ですよ」

兄様が額を押さえる。

どうやら俺が気が付いてはいけないことだったようだ。

そう、俺は何一つ聞いていない。訊きたいのに訊けない。教えてもらえる気もしない。

俺一人がそんな重大事を聞いたところで、何かが出来るわけではないんだけれど。

「王宮の地下の宝石は、そんな物騒な物じゃないはずなのに……」

どうしてそんな生贄とかそういう話になるんだろう。

「アルバ・ソル・サリエンテ。この後、王宮に来るように」

考え込みそうになった瞬間、頭上から声が響いた。

驚いて顔をあげると、王族観覧席に、王弟殿下——ヴォルフラム殿下の父上が立っていた。

八、最推しと共に王弟殿下のもとへ

踵を返し、護衛を引き連れて会場に背を向ける王弟殿下の背中を見ながら、俺は眩暈を感じて兄様の肩にもたれた。

あの言い方は命令だった。行かないといけないやつだ。

先程思わず口に出してしまったことは、きっと兄様には聞こえてしまっていただろう。

でも、あんな観覧席にまで届くことはない。だから、俺が呼ばれたのは呟きのせいじゃない。

そんな風に心の中で言い訳をしてみるけれど、引いた血の気は戻らない。

今まで、義父と兄様が俺に王家の宝石について何も伝えなかったってことは、やっぱりあの宝石は王宮の一番の極秘事項ってことだ。

だとしたら、もしかして俺、突いちゃいけない藪を突いたことになる。

「あんなところまで聞こえるはずない……」

ギュッと兄様の上着を握ると、兄様に背中をポンポンとあやすように叩かれた。

「アルバ、王弟殿下は闇魔法の使い手だ。闇魔法には集音の魔法もある。王弟殿下もヴォルフラム殿下には及ばないが高い魔力を保持しているから……そういうことだ。大丈夫、僕も一緒に行くからね」

兄様の言葉に、さらにサッと血が下がった気がした。

そうだ、魔法があるんだこの世界は。

つまり、王弟殿下にはついに『なぜか俺が王家の地下の宝石について知っている』ということがばれてしまったってことだ。

兄様も一緒に行ってくれるという言葉に、少しだけ安心するけれど、呼ばれたのは俺だけだ。

一緒に行ったとしても、兄様が罰せられるとか離れ離れにされるとかそういうことはないんだろうか。

行きたくない、なんて言える立場じゃないけれど。

震える手をなんとかしようと兄様の上着を握ると、兄様はもう一度大丈夫、と微笑みながら氷の蝶を飛ばした。

同時に、隣からヴォルフラム殿下とミラ嬢が挙手をする。

「私も一緒に行こう。父上には私も言いたいことがたくさんある。口にしないとまた爆発しそうだ」

「私も行こうか？　何か理不尽なことを言われたら私に任せて。何なら建物ごと吹き飛ばしてもいいわよ」

「それは私の家が崩壊するということか？」

「え、なんのことかしら」

明後日の方を向くミラ嬢と、少しだけ目を細めたヴォルフラム殿下のいつものような気安い態度に、俺は少しだけ手の力を抜いた。

「僕と一緒に来て、皆咎められませんか」

「私はこれを機に君に我が家へ遊びに来てもらうために、一緒に行くんだよ」

「私は、そうね。お偉い人たちがアルバ君に馬鹿みたいなことを言わないように監視よ」

「それを王宮で言えば不敬になるからな」

「だって。今王様……陛下を諫められる人っていないじゃない。だったらここらで一発痛い目見てもらわないとこの国はダメになるじゃない。これを機に、よ」

ね、と可愛らしくヴォルフラム殿下を見上げたミラ嬢は、ヴォルフラム殿下の背中をバンと叩いた。

「さ、この事態を収拾するべく動きましょ。こうなったらもう魔術大会どころじゃないじゃない。お開きになるにしても、きっと混乱していると思うのよ。ね、オルシス様」

「そうですね。外は今、観戦していた者たちが避難していますので、混雑しています。避難誘導もなかなか上手くいかないようですね。指示に従わない者もいるようですので」

兄様の言葉にヴォルフラム殿下が眉を顰める。

「ここだけではなかったのか」

「会場外の外れの場所と、森です」

「オルシスは控室にいたから、会場外を制圧したのか」

「はい。そちらは簡単に済みましたので、こちらに手を貸すべく向かっていた途中でアルバに会いまして」

「そうか。しかしアルバ君は観覧席にいたはずだ。避難する場合は正門の広場に誘導するよう決められていたのだが……どうやってオルシスと出会ったんだ。まるで反対方向だが」

また無茶したのか、なんて視線で、ヴォルフラム殿下が俺にジト目を向ける。

もう殿下たちが魔物を制圧したのは見たから無茶じゃないよ。

ただ、魔力の流出を止めるための飴を持ってたのが俺だったから。

必死で首を横にフルフルと振ると、ヴォルフラム殿下は小さく溜息を吐いて、苦笑した。


会場から外に出ると、義父とブルーノ君と合流することが出来た。

義父は俺を見つけると、眉をへにょっと下げ、溜息を吐きながら腰を落として、俺と目線を合わせた。

「アルバ、無茶はダメだといつも言っているだろう」

「皆に言われました」

「やらなくなるまで何度でも言うよ」

最初にお叱りをしたあとは、兄様たちと情報のすり合わせを始めた義父の横で、ブルーノ君がヴォルフラム殿下にそっとブルーノ君飴を渡した。

「魔核の影響は簡単には抜けないから。また激高したら同じ事が起こらないとも限りません。どうぞ、それをお持ちください」

ヴォルフラム殿下は少しだけ顔を顰めてから、礼を言ってブルーノ君飴を手に取った。

「正直、何個でも欲しいくらいだ。魔力が抜けていく感覚は、とても恐ろしかった。大変ありがたい」

ヴォルフラム殿下の言葉に、思わず頷いてしまう。

勝手に魔力が抜けていって何も出来なくなる感覚は本当に怖いんだ。俺はまだ魔力制御もマスターしてないから余計に。でも、魔力制御をマスターしているはずのヴォルフラム殿下でも暴走しちゃえば制御出来なくなるとしたら、結局発作は収まらないんじゃ……？

新たな暗い可能性に気付いてしまった俺は、ちょっとだけ落ち込んだ。

しかもあの発作が始まったら、自分で飴を舐めることもままならなくなるんだよなあ。

はぁ、と溜息を吐きかけて、俺はハッとした。

「ヴォルフラム殿下、もしまた魔力が勝手に放出し始めちゃったら、自分では飴を舐める余裕もなくなるかもしれません。一緒にいる人に持っていてもらった方がいいかと」

「……アルバ君はいつも、あんな苦しみと戦ってきたんだな……そんな助言ができるなんて」

ヴォルフラム殿下は飴をぐっと握りしめると、俺に頷いてみせた。そして、優しい笑顔になった。

「では、行こうか」

義父の声で、俺たちは馬車のある場所まで移動を開始した。

大分ごった返した馬車どまりでは、かなりの馬車の列が出来ていた。

ブルーノ君は義父に断ると、俺たちから離れて人混みの中に消えていき、俺たちはヴォルフラム殿下の後ろについて、馬車の列を横目に更に奥に進んだ。

「父様、一体どこへ向かうのですか？」

そっと義父に訊くと、義父は「王宮へ向かうんだよ」と教えてくれた。

「オルシスの蝶が伝えてくれた。王弟殿下に呼び出されたのだろう？　私も一緒に行くから、安心しなさい。幸い、ヴォルフラム殿下の馬車は大きいから、私達なら全員乗れるだろう」

「ブルーノ君は？」

「ブルーノにはフローロとルーナのことをお願いしたよ。二人と一緒に家に向かってくれるから、安心しなさい」

「そうですか。母様たちのことも心配だったのでよかったです」

義父は俺の頭を撫でると、次いで兄様の頭も撫でた。

「アルバも、頑張ったね」

「オルシスも頑張ったね。中庭付近の魔核は君が消したのだろう？」

「僕はもう子供じゃありませんから撫でないでください」

兄様は少しだけ顔を顰めて抗議してから「父上もお疲れさまでした」と義父を労った。

照れている。可愛いが過ぎる……！

王家からの呼び出しへの緊張が少しだけ解けて、俺はようやく笑みを浮かべることが出来た。

ヴォルフラム殿下の馬車に乗り込むと、流れ的にやっぱりというかミラ嬢も乗り込んできた。

本当だったらセネット公爵と共に家に帰るはずなんだけれど、一緒に行ってもいいのかな。

俺の視線に気付いたミラ嬢は、力強く頷いた。その頷きがどういう意味かはわからなかったけれど、俺も真似して頷いてみた。だって一人でも多い方が心強いというか。

こちとらしがない元男爵家令息だ。

血の繋がらない公爵家の次男になった今だって、華やかなところからは遠のいていたい。もちろん、兄様が華やかな格好で華やかな舞台に立つ場合はその場で共に立ち、溢れるほどの賛辞を贈ることを躊躇(ためら)いはしないけれど。

隣に兄様が座り、反対隣に義父が座った状態で乗った馬車は、俺の安心感と不安感という相反する気持ちを盛り上げるには充分な時間をかけて、王宮についた。

大きな門を馬車のまま潜り、長い道を走り、多くの建物を迂回するように逸れて、さらに走る。

窓から見える中央に建つ立派な建物が王宮で、その他の建物が何棟も囲むように敷地内に建っている。その中の一棟の前に、馬車が停まる。

ここがヴォルフラム殿下の住む王宮の一画らしい。

ヴォルフラム殿下の話では、既に長男はここから出て、王宮の士官専用の宿舎に住んでいるんだとか。

王宮住みのため、継ぐべき家と領地がないからさっさと士官になったんだそうだ。王家直轄地とか至るところにありそうなものだけれど、そういうのを王弟殿下に管理させたりしないのかな。

ヴォルフラム殿下を見ていると、多分お父さんも立派な人だと思うんだけれど。

プチ王宮と見まがう建物に招き入れられて、うちよりも立派な内装に目を瞠る。

何かを壊したらどれだけの弁償費用が掛かるんだろうとか、靴で絨毯を汚したらどうしよう、とか場違いな緊張が走ってしまう。

庶民丸出しな価値観を前に出すと流石に公爵家次男としては恥ずかしいから、必死で顔に出ないように表情筋を引き締める。ついでに緊張のために兄様の手をギュッと握ってしまったけれど、兄様は怒るどころか安心させるようにギュッと握り返してくれた。

王弟殿下は先に戻っていたらしく、すぐに応接室に通された。

「——失礼します」

一応呼ばれたのは俺なので、そう声を掛けてから応接室に入る。

ヴォルフラム殿下以下ぞろぞろと応接室に入ってきたのを見て、王弟殿下は微かに目を瞠った。

「私が呼んだのはサリエンテ公爵令息だけなのだが？」

「父上、アルバ君は私の友人で、恩人です。うちに招待したのであればぜひ同じ時間を共有したく」

「アルバはまだ成人前であり、父である私の保護下にあります。たとえ私的な場であっても殿下に粗相があってはいけませんから」

ヴォルフラム殿下と義父がしれっと答えてくれる。

王弟殿下は少しだけ眉尻を上げたけれど、近くに控えていた侍従に「全員分の茶を」と指示を出し、俺たちに椅子を勧めてくれた。

「ハルスが笑えるほどに過保護だとは聞いていたが、本当だったとは。この分ではご令嬢に対してはさらに酷いと見える」

「父として息子と娘を可愛がることは当たり前のことです」

「アインの下に控えていた時に、実の息子を放っておいた男とは思えない発言だな」

アイン、というのは王太子殿下のことだ。

父様は過去の話を振られても、しれっとした表情を崩さない。

「王太子殿下の下にいては息子たちを可愛がることが出来ませんでしたので。それに気付くことが出来て本当によかったと思っております」

「アインは優秀な側近が居なくなってかなり困っておったぞ」

「他にも優秀な者はたくさんおります故。しかしこの子たちの親は私しかおりませんので」

「まったく……不釣り合いな婚姻を反対されたからといって、アインの側近を辞するのはやり過ぎだぞ」

「まったくやり過ぎではないと断言しましょう。あのまま王太子殿下の下にいたら、私はとても冷たい人間になっていたでしょうし、オルシスも愛情を知らない子として育っていたかもしれませんので」

一見チクチクとしたやり取りに見えるけれど、にこやかに話す二人には、何やら気安い雰囲気があった。

義父って実はすごい人脈を持っているのではないだろうか。公爵家当主だもの、そうだよね。当たり前だった。いつもルーナと母の前でデレデレしている顔しか見ていなかったから忘れていた。

それにしても、と俺はチラリと義父を見た。

ここに来て明かされた新たなる真実。義父は王太子殿下に母との結婚を反対されて、その側近をやめたのか。

母にベタ惚れだから仕方ないのかもしれないけれど、男爵家の未亡人である母のために王太子殿下の側近を辞するって、余程の覚悟が必要なんじゃなかろうか。

「もしかして、母と結婚できなかったら公爵家を継がないとか言ってたりして」

「アルバ」

ふと思い浮かんだことを呟いてしまったとたん隣から義父の声が聞こえて、ビクッと身体を震わせてしまった。

そっちは見ないようにして、そっと出されたお茶に手を伸ばす。

どうぞって言われたから飲んでいいんだよね。

だってそう思うとつじつまが合うじゃん。母は一応義祖父母に歓迎されていたわけだし。俺はめっちゃ嫌われてたけれど。身分差があるのに歓迎されているのが不思議だったけれど、義父が駄々を捏ねたんだったら納得いく。他に公爵家を継ぐ人はいないしね。

もし義父が母と駆け落ちして出奔していたら、俺は兄様の弟になることはなく、父も母もいなくなって実の祖父母と共にあの小さな家で既に鬼籍に入っていただろう。

そして兄様は笑顔も忘れてあの冷たい義祖父母のもとで、公爵家を継ぐための勉強を強要されていたわけだ。

グッジョブ義父。

それをこんなところで知ることになるとは。

納得しつつ、紅茶を口に含む。

「アルバ君。今の言葉は君の能力でわかったことかな」

そこで王弟殿下にいきなり声を掛けられて、俺はまたビクッとなってしまった。

慌てて首を横に振る。

「す、推測しただけです。どうして身分差があるのに前公爵ご夫妻が母を歓迎していたのかちょっと不思議だったので」

「君が公爵家に入ったのは、四歳だったと聞いたが」

「はい。四歳の時に公爵家に入りました」

「その時に君はそう思ったのか」

「はい」

返事した瞬間、うちの人たち以外の全員が驚いた。

同時に義父と兄様だけが、どや顔になる。

「アルバはうちに来た当初からこのように聡明でしたよ」

「聡明⁉　違います！」

待って。俺聡明なんかじゃないから。聡明っていうのは兄様にこそふさわしい言葉だよ。使いどころを間違えちゃいけない。

思わず叫ぶと、ちょっと場の空気が緩んだ気がした。クスクス笑いながらミラ嬢が優雅な手つきでお茶を飲む。

兄様には茶菓子を差し出されて、いまだに俺幼児だと思われてない？　と思いつつもありがたくいただく。

そんな和んだ雰囲気でお茶会のようなものが進んだけれども、王弟殿下が「さて」と一言呟いた瞬間、また空気が凍った。

部屋にいた侍従やメイドさんたちがサッと下がっていく。

それから誰に断るわけでもなく、王弟殿下が魔法の詠唱をした。

キン、と部屋の雰囲気が引き締まる。誓約魔法だ、と兄様が呟いたのが聞こえた。誓約魔法、というのはその名の通り、何かを誓わせる魔法のことだ。

戸惑っていると、王弟殿下は、全員を見回して言った。

「――ここにいる諸君の沈黙を誓ってほしい。これより文字・音、その他いかなる方法によっても、これからのやり取りは他言無用」

「……なんだかこの頃よく聞く言葉になっちゃったけどね。誓うわ」

すると即座にミラ嬢がそう頷く。ヴォルフラム殿下も、義父も兄様もゆっくりと頷いた。

王弟殿下の視線が俺を向く。俺も慌てて頷いた。

「さて、アルバ君。君は、もしや『刻属性(とき)』なのではないか」

それからいきなり本題に入った王弟殿下に、俺は背筋を伸ばした。

質問されたのは俺。俺が答えなきゃいけない場面だ。

なので、俺は素直に答えることにした。

「わかりません」

王弟殿下の目をじっと見ながら、俺ははっきりと答えた。

俺は一度も自分の魔法属性を確かめたことはない。それに自分から魔法を発動したことがあるのは、第二王子殿下から貰った光属性の魔法のみだ。

だから嘘はついていない、と胸を張る。

しかし王弟殿下は俺の視線を受け流し、首を横に振った。

「先程、私は君の口から聞こえるはずのない言葉を聞いた。正直に言おう。君以外のここに居る者たちは、その秘密を知っている。知っているが、今と同じく誓約魔法で縛っている。家族にも内容を伝えることは出来ない。それなのにその秘密を君が知っているということは、アルバ・ソル・サリエンテ——君が様々なものを見通せると言われる『刻属性』であるということで以外、説明がつかないのだ」

やっぱり、さっきの俺の声は聞こえていたのか。

俺が『刻属性』であることがバレないようにしていたのは、王家に俺が連れていかれないようにするためだ。

未来視をさせられて、王国のために働いていったら、きっとすぐに俺の魔力なんて尽きてしまう。

というか正直、今の時点で『刻属性』の魔法を使ったとして、誰の手も借りずに魔法を止める術がない。

ブルーノ君の飴はあるけれど、舐めたら魔法も使えなくて結局『刻属性』の意味がなくなるから、その使用は許されないだろう。ということは、発動イコール死。はい、詰んだ。

そっと俯くと、兄様がサッと手を上げた。

「王弟殿下。発言をよろしいでしょうか」

王弟殿下が「許す」と鷹揚に頷くと、兄は俺を安心させるようにそっと俺の背中をさすった。

「もしも、アルバが『刻属性』だとしても、今のアルバが魔法を発現させると命が削られます。私とブルーノの二人で日々ラオネン病の研究をしておりますが、『ラオネン病』と『刻属性』は密接な関係にあることが少なからずわかってきました。まだデータは数える程しかありませんが、『刻属性』の者程『ラオネン病』を患う率が格段に高いのです。運よく発病しなかった者のみが『刻属性』として認識されていたのではないかと推測されます」

その言葉に王弟殿下はわずかに目を見開いた。

「そうか。彼はラオネン病を患っていたな」

「はい。ですから、限界まで魔力を放出する必要がある属性の検査を行っておりません。ツヴァイト第二王子殿下のお力を借りて、ラオネン病に関する特効薬も手の届く位置まで近付いてきてはおりますが、どうか、我が弟に魔法を発現せよという命令だけはしないでいただければ幸いです。それは『命を捨てよ』という命令と同意義ですので」

兄様の言葉に、王弟殿下は目を見開いたあと、頷いた。

「もうそこまで研究は進んでいるのか。王宮に報告は上がっていないが」

「まだ、完成までは至っておりません。完成をもって報告に上がります」

「そうか。完成を楽しみにしている」

途中でもいいからちゃんと報告しろ、と言われないことに俺は驚いていた。

王家の人たちはごく一部を除いて搾取する人だと思ってたから。けれど、ヴォルフラム殿下を見ていると、王弟殿下がそんな人ではないということがわかってホッとした。

王弟殿下はそんな俺の様子を見て、また口を開く。

「無理に魔法を使えとは、言わん。『ラオネン病』を患いながらもここまで大きくなったこと、ハルスやオルシス、ブルーノがどれだけ心血注いでアルバ君を慈しみ護ってきたのかがわかろうものだ。口が裂けても、私からは言えん。もし陛下がそのようなことを発言したなら、この命をもって諫めよう」

「父上」

王弟殿下の言葉に、ヴォルフラム殿下が感激したような表情を向けた。けれど、それは一瞬で、すぐに苦しそうな表情になった。

「父上。発言をお許しください」

「許す」

「父上の慈悲深き心、とても感銘を受けました。であれば、その心をどうしてツヴァイトには発揮できないのか、お教えください」

「それが王族の義務だからだ」

ヴォルフラム殿下の言葉に、王弟殿下はまったく表情を変えることなく答えた。

王族の義務。それは昨日のあの控室で兄様たちが話していた秘密についてだろうか。

ヴォルフラム殿下は、王弟殿下の答えに苦しそうな顔でさらに続けた。

「私でもツヴァイトの代わりになるはずです！　それこそ、王族の義務として。どうして私ではダメなんですか」

「ヴォルフラムは闇属性だろう。闇属性の者が『宝玉に魔力を注ぐ』ことを、厭う者がいる」

王弟殿下の言葉に、がっくりと肩が落ちる。

やっぱり、王族の義務って、宝石に魔力を注入することだったのか。

でもそれだとあのストーリーとは全然違う話になってしまう。

俺は一人、必死で記憶の蓋をこじ開けにかかった。

——どう考えても、隠しキャラはヴォルフラム殿下だった。わかりやすいように、全ての攻略対象者が別の属性という設定になっていて、それにちなんだパーソナルストーリーが展開されている。そして、主人公であるミラ嬢は光属性だから、たとえヴォルフラム殿下が一緒に魔力を注いだとしても問題はないはずなんだけれど。

もしかしてあの設定とこの世界の設定はまったく違うんだろうか。

あのヴォルフラム殿下の思いつめたような顔と、少しだけ緊張を孕んだ空気に、事はそんな簡単ではない、っていうのはすぐわかった。

でも、その宝石の情報は俺にはまったく入ってこないから、蚊帳の外だ。

蚊帳の外のはず、だった。

そこまで考えて、顔を上げる。

……あれ、さっき、王弟殿下はなんて言った？

『ヴォルフラムは闇属性だろう。闇属性の者が『宝玉に魔力を注ぐ』ことを、厭う者がいる』

誓約の魔法を使っているんだったら、王弟殿下は俺の前で『宝玉に魔力を注ぐ』事を口にすることが出来ないはずじゃない？　でも出来た。それが意味することって一体――

顔を上げた先には、王弟殿下の強い視線があった。

「やはり、アルバ君は知っているのか」

「父上！　魔法は使わせないと！」

「『刻属性』の魔法を使えとは言っていないし、魔法を使わせてはいない。ただ、私は私の知っていることを口にしただけだ」

「では……なぜ……」

王弟殿下の冷たい視線に、何もかも見透かされてしまいそうで、口元が引きつる。

それでもなんとか視線をずらさないでいると、王弟殿下はヴォルフラム殿下の問いに答えた。

「誓約魔法は、このことを知る者の前以外では口に出すことが出来ない、という誓約だ。誓約に縛られた内容を彼が『知っている』から、私はそれを口にすることが出来た。では、なぜ知ることが出来たのか？　そしてどこまで知っているのか？　それを教えてもらおうか」

ですよねー。やっぱりねー。

強い眼力に目を離すことが出来なくて、内心泣きたくなった。

あの分だと王弟殿下は俺の属性のことを完璧に理解しているようだ。それを踏まえて、あえて、本来なら誓約魔法に引っかかる内容を口に出してみたんだとしたら、恐ろしすぎる。

誓約の内容でのひっかけもえげつない。王弟殿下こんな賭けみたいなひっかけをするのか。いい人だと思ったのにちょっとだけテンションダウンした。でも仕方ないと言えば仕方ないんだろうけれど。

それにしても、俺が知っていることの内容確認か。

王家として、気になるんだろうことはわかる。どこからか情報が漏れたのかもしれないということを追跡しないといけないということも。

一番丸く収まるのが、俺が『刻属性（とき）』だということで、状況としてはその確率が一番高いということを王弟殿下も気付いている。これがもし俺が『刻属性（とき）』じゃなかったら、俺がスパイか何かじゃないとおかしいし。

もし、俺がスパイであるという容疑がかかったら、きっと兄様と義父もただでは済まない。王弟殿下はすでに俺に『刻属性（とき）』の魔法を使わせないって言っていたし、ここは、発作について言ってしまった方がいいんだろうか。

その場合は義父たちにした説明と同じようにすればいいんだろうか。

チラリと兄様と義父に視線を向けると、二人とも真顔で王弟殿下を見ていた。

義父の手は俺の背に触れて、兄様の手は、俺の手に伸びている。

俺の視線を受けて、義父が頷くと、ゆっくりと話し始めた。

「アルバは幼いころから幾度となく発作で命を落としかけました。それは、アルバが我が家に来てからもです。ここまで落ち着いたのは本当に最近です。また、属性の鑑定を行っていないことも事実です」

決して王家に虚偽を伝えたわけではない、と義父が強く伝える。

王弟殿下が頷くのを見てから、義父が言葉を続けた。

「……ですが、アルバは『発作』の際に、『まだ起きていないはずのこと』について、我々に教えてくれることがありました。アルバが昔口にした『まだ起きていない』話の内容は、我々の行動で変わりました。ですので、アルバの知る内容と実際の状況とは違うかもしれないということを、頭に入れておいていただきたい」

「わかった。成程、知った未来を、変えることも可能か」

「ええ。そして発作と魔法発動はほぼ同義です。アルバの持つ情報はアルバが命がけで手に入れている情報だということも、頭に入れておいてください」

「その点も、わかった。気まぐれに魔法を発動してみよなどと言うことは絶対にない」

腕を組んで表情を険しくした王弟殿下は、義父の言葉にしっかりと頷いた。

それを見てから、義父がそっと俺の背に触れる。

何を見たのか、俺の知っている『まだ起きていないはずのこと』について話せと言っていることがわかる。

僕は発言の許可を得てから、義父たちにした話をするべく、口を開いた。

「まず、僕が兄様を知っていたのは、何故か頭にあった兄様の顔があまりにも綺麗で儚く、そして凛々しかったためです。常に脳裏には兄様のお姿が映っていました。凛々しく、クールで、麗しく、そして、感情を決して表に出さない兄様を……」

とても長い話になるけれど、聞く覚悟はありますか。

◇◆◇

それから、俺は覚えている限りの最推しのことを伝えることにした。

どれだけ信頼を得ても笑ってくれない最推し。けれど、友人となり力を合わせて王国を救った時だけ見れるあの尊い微笑み。生徒たちを次々助けるその行動は女神のように慈悲に溢れ、魔物を倒すその姿は麗しい戦神のようで目を奪われる。故人である義弟を想うその心の闇に囚われそうな危うさまでもが芸術もかくやという美しさを備えている。

「幼い僕は、苦しい時にこそ会えるそのお姿を、いつしか心の支えとして、なんとか生き延びてきました。たまに大きな川の向こうから表情のない兄様がこちらに手を伸ばしてきましたが、兄様に繋がれた手が僕を現世にとどめ、夢で見た兄様と僕の敬愛する兄様が別物だと、その都度教え込まれました。けれど、そのどちらもの兄様がいたからこそ今の僕はあり、兄様の進む先に壁が出来るのでしたら、少しでも助けたいとずっと思っておりました。たとえ、兄様の心が他の人に向いていたとしても」

「私は一体何を聞いているのかな？」

「父上、いつものことです……が、あの苦しい時にオルシスが支えていたのなら、アルバの言葉の重みがよくわかる気がしないでもない……かと……」

「私はよくわからんが」

ひそひそと王弟殿下とヴォルフラム殿下が話をしている。これからが最推しの活躍の話なんだからしっかりと聞いてほしい。

「僕が見た兄様は、とある方と手を取り、情を育み、技を錬磨し、力を高めて、国の減少した魔力を補っていました。二人が手を取り魔力を宝石に入れると、消耗した魔力が補充されて王国が救われるというものです。時にそれは兄様であり、第二王子殿下であり、ブルーノ君であり、アドリアン君であり、リコル先生であり、条件次第ではヴォルフラム殿下である可能性もありました。今伝えた人間と誰かが情を交わし、時に恋人に、時に親友となり、国を救っていました」

『光凛∞夢幻デスティニー』の内容に差し掛かると、王弟殿下はピクリと眉を反応させた。

「それは、何度も同じ内容を繰り返し見たということか？」

「同じ内容を、というのとは少しだけ違います。誰が宝石に魔力を入れるかを選ぶことにより、道は変わっていきます。僕が最も多く選択したのは、兄様の道でした。残念ながらヴォルフラム殿下の道を見つけることはできませんでしたが、他の方々の道、そして、そこで起きることはある程度はわかっています」

「君は、発作の中で道を選ぶことが出来ると。それは、『刻属性』の魔法を制御出来ているということではないのか？」

「いいえ、魔法の制御はまったくできません。発動すると、右手一本満足に動かすことも出来なくなります。そして映像が流れるのです。誰かの選択を見ていることしか出来ない、とでも言えばいいでしょうか。僕であり、僕ではない者が道を選んでいるのを見ていたのです。詳しい説明は難しいのですが、そうご理解いただけると助かります」

王弟殿下は視線を落として考えるそぶりをしてから、軽く頷いた。

「一応理解した。それで、国の宝玉に魔力を注ぐ手段や、状況は詳しく説明できるか」

「そこまで詳しくは出来ません。王宮の地下に眠る宝石に、情を交わした二人が手を取り触れることで魔力を取り戻す。魔力を取り戻したら、二人の未来は明るい、それだけです」

「その魔力を注いだ者が力尽きることは？」

「そんなことはまったくありませんでした。兄様が唯一微笑んだのが、友人として相手と魔力を注いだ時に仄かに見せる笑顔だったのです。その顔を見た瞬間、ああ、僕はこれを望んでいたんだ、という達成感と、さらに兄様を笑顔にさせたいという使命感が……」

ぐっと拳を握ったところで、王弟殿下がゴホンと咳ばらいをした。

その咳ばらいで意識が戻ってくる。

「……その、情というのは」

「先程言いましたように、恋人、または友人。単なる知り合い程度では、二人が手を繋ぐことはしませんでした。その場合は魔力の注入もありませんでしたし、その後この国のことが語られることはありませんでした。恋人として手を取った場合は宝石の前で求婚をします。友人の場合は末永い友情を約束します。そして、国は永く栄え、二人は末永くその情を交わすことになるのです」

最推しのプロポーズは、その無表情で照れるの反則だろ、と微笑とはまた違ったベクトルで悶えまくりましたが。

でも、囁く相手が主人公だということに少しだけ、ほんの少しだけ胸が痛く、だからこそ友人ルートを何度も何度も繰り返したんです、とは心の中だけで力説した。

口に出すと何やら変態臭がすごいので黙りました。変態ではありません、最推しオタクです。

俺の熱弁を、皆は真剣に聞いてくれたと思う。

兄様は顔を手で覆っていたし、途中幾度かミラ嬢の噴き出す声が聞こえてきたりしたけれども。

王弟殿下は最後まで真面目な顔のまま聞いていた。

「成程。わかった。しかし解せぬのは、オルシスにしろ、他の人間にしろ手を取った人物があいまいだということだ。それは、例えばヴォルフラムとツヴァイトの二人が手を取った、オルシスとブルーノが手を取ったということではないのだな」

「そうですね。皆はそれぞれ手を取られるほうでした。その手を取るのは、僕の知る限り、必ずミラ嬢の見た目をしていました」

「私!?　はぁ!?」

公爵令嬢にあるまじき声をミラ嬢が上げたけれど、誰一人注意をしなかった。

よく言えば天真爛漫、悪く言えばデリカシーがなかった主人公。

俺はあの主人公を好きになることはなかった。けれど、目の前にいるミラ嬢はとても好感の持てる人物だ。嫌いじゃない。

もし兄様とミラ嬢が情を交わして恋人になったりしたら家出しちゃいそうなくらいショックを受けるとは思うけれど、ミラ嬢を嫌いになることは出来ないだろうってぐらい。

でも、『ミラ嬢の見た目をした』というところがポイントだ。

俺はさらに言葉を重ねる。

「けれど、僕の見てきたミラ嬢らしき人と、今ここにいらっしゃるミラ嬢はまるで別人です。それどころか兄様もブルーノ君も、皆別人でした。兄様はまったく笑わないクールビューティーでしたし、ブルーノ君は眼鏡でしたし、兄様とアドリアン君は天敵でしたし」

そこで兄様の肩が揺れたのがわかった。何やら笑いを堪えているみたいだけれど、笑いを取るような話はしていないのに。兄様が笑うのはいつでもどこでも大歓迎だけれども。

「第二王子殿下はあんな風に気さくではなく、リコル先生は高等学園の先生をしていました。父様は兄様に冷たく僕に甘く、そのせいで兄様は鬱屈し、そんな風に兄様を苦しませてしまった当の僕は――」

「アルバ」

そこまで話したところで、義父が優しく俺を呼んだ。

兄様は笑いから復活し、ギュッと俺の手を握ってくれる。

「アルバは今、ちゃんとここにいる」

「アルバのその記憶は、違う道を通った場合の記憶だからね」

そうだね。兄様が、義父がいたからこそ、俺は今も生きている。

二人の気持ちを受けて、俺は顔を綻ばせた。

「そうです、僕は、本当は兄様が高等学園に入学する前に、病でこの命を落とすはずでした。僕の知る兄様たちの道に、既に僕の姿はありませんでした。自分が兄様の亡くなるはずの義弟だということに気付いたのは、母に連れられて公爵家に行き、幼い兄様の顔を見たその時でした」

王弟殿下は、じっと俺を見ていた。感情は読めない、けれど、嫌な雰囲気ではなかった。

「その命を削り、自身の寿命を知ることは、きっと辛いことだっただろう。有益な情報を感謝する」

「有益かどうかはわかりません。でも辛くはありませんでした。出会う前は記憶の中の兄様が、出会ってからはここに居る実物の兄様がずっと僕を支えて、僕を救い続けてくれていましたから。むしろ義弟となりこれほど近しい位置にいることに感謝しかありませんし、兄様に出会えた時の喜びは発作を起こしてしまう程でしたから」

そう話を締めくくると、ずっと話をしていたせいか、口が乾いていた。こっそり冷めた紅茶に手を伸ばす。

それに気付いた王弟殿下が一度メイドさんを呼ぶと、新しいお茶と可愛らしいお菓子を皆に振舞ってくれた。

一度皆で喉を潤す。

王弟殿下は何やら考えているようだったけれど、ミラ嬢がお菓子を食べて「美味しい」と顔を綻ばせたことで、その場の空気が少し和んだ。

「はー、でも、抱えていたことを伝えられて、ちょっとすっきりしました」

肩の荷が下りたような気がしてついつい呟くと、兄様に頭をそっと抱えられた。

王弟殿下に声を掛けられてからここに来るまで、ずっと緊張していたから安心する。

「お菓子美味しいですね。ありがとうございます」

俺は改めて、二人に頭を下げた。多少の腹黒さはあるけれど、王弟殿下もヴォルフラム殿下と同じように真面目な人のようだった。さっきも最後まで話を聞いてくれた。

そうお礼を言えば、ヴォルフラム殿下は表情を緩めた。

「友人を招くのに菓子のひとつも出さないわけにはいかないだろう」

ヴォルフラム殿下は友人を家に招くスタンスでずっといてくれるようだ。心づかいが温かい。

ほのぼのとしていると、お菓子をぱくつきながらミラ嬢が首を傾げる。

「それにしても私と誰かが情を育んで国を救う、ねえ。それって、ここにいる人たちの中から選ばないといけないのかな？」

そう言われて記憶を漁る。一応ゲームでは他の選択肢はなかった。でもここは現実で、ちゃんとした世界だから、それはミラ嬢が決めればいいことだと思う。高魔力を有する人って限定はされてしまうだろうけど。

「誰かを選べっていうのなら……私はアルバ君がいいなあ。可愛いし素直だし」

何気ないミラ嬢の呟きに、兄様が即座に俺の肩に腕を回し、自分の胸元に引き寄せた。

「ミラ嬢、それは二度と言わないでくれ。アルバがミラ嬢のことを好ましく思っているのは知っているし、友情を育んでいるのもわかっているけれど、それだけはダメだ。アルバが宝石に魔力を注いだら、冗談ではなく命が奪われてしまう」

兄様のミラ嬢を見る目つきは鋭い。

その視線を向けられたミラ嬢も、兄様の殺気を感じてか、慌てて謝罪した。

「ごめんなさい！　そういう意味じゃないのよ！　だってあなたたちと愛情とか想像も出来ないっていうか、想像しただけで笑っちゃうし。アルバ君素直で可愛いじゃない。こんな弟欲しかったっていうか」

「アルバは僕の弟です」

「知ってるわよ！　そんなだからあなたたちを選びたくないのよ！　どうしてこうも冗談が通じないの！　もう、殿下！　ちょっと助けてよ……」

ミラ嬢が困り果ててヴォルフラム殿下に話を振ると、ヴォルフラム殿下は俺と兄様を見てから、ミラ嬢を責めるように目を細めた。

「アルバ君は『ラオネン病』で、ずっと魔力が枯渇状態だったんだ。流石に軽率だと思う」

「だから、誰もそんな恐ろしい宝石をアルバ君に触れさせようなんて思ってないわよ！　ほんっとごめんなさいってば！　だったら私なんかより情を育んでいるオルシス様とブルーノ様が二人で触れればいいじゃない！」

ミラ嬢の叫びに、兄様とヴォルフラム殿下は難しい顔をしている。

……というか、やっぱり恐ろしい宝石扱いなのか……

「兄様、大丈夫ですよ。僕は選ばれた人なわけじゃないですから。むしろ心配なのは兄様です」

「僕は大丈夫だよ」

「なら問題ないですね」

ホッとして頬を緩めると、ようやく兄様の腕の力が緩んだ。

ようやく手が自由になったので、もう一度美味しいお菓子を味わおうとテーブルの上に視線を向けた。

兄様、まだお菓子たべてないよね。

「アルバ君、訊いてもいいだろうか」

そっとテーブルの上に手を伸ばしたところで、ヴォルフラム殿下が真剣な表情で口を開いた。

「なんでしょうか」

さすがに手を伸ばしたままなのは格好がつかないので諦めて膝の上に手を乗せれば、ヴォルフラム殿下がそっと俺の前の皿にお菓子を置いてくれながら口を開いた。

「王宮にある文献では、みだりに宝玉に触れると、すべての魔力を持っていかれてその命を吸われると書かれている。高い魔力を持っている者が二人で触れると、もしかしたら生き残ることが出来るかもしれないとも。しかしアルバ君の記憶では、そこまで宝石は恐ろしいものではないようだ。私としては、アルバ君の言葉を信じたいのだが、本当にアルバ君の記憶では誰も命を落とすことはなかったのだろうか」

　流石ヴォルフラム殿下。

　俺の気になっていたことをドンピシャで訊いてくれて、こくこく頷く。

「魔物討伐の時に瀕死の重傷を負い、光魔法で回復するなどはありましたが、宝石で命を落とすなんてことはまったく記憶にありません」

「では、その、ミラ嬢と私が手を取って宝玉に魔力を注いだとして、国は助かるんだろうか」

「もしお二人が恋仲や、固い友情を育んでいた場合は、助かるかもしれません。けれど、僕の知るその話と、ヴォルフラム殿下の知る状態は、かなりの齟齬があると思います。なので、出来る、と断言はできません」

　頭を下げながら、現実のここではあの宝石に気軽に手を触れてしまうと魔力を全部吸い取られるという話に戦慄した。それは怖い。確かに命がけかもしれない。

　もしかして王族の義務って、命を懸けて魔力を注いで、全部吸い取られるってことなんだろうか。

　そんな血なまぐさい話だったなんて。あのアプリゲームのラストシーンは、乙女ゲームであるが故に軽く描かれていたんだろうか。

「やはり鍵はその『情』という曖昧なものなのか……」

　王弟殿下が眉間にしわを寄せる。

　俺は、その様子を見て、思い切って口を開いた。

「失礼を承知で伺わせてください。もしや王家ではツヴァイト第二王子殿下の全魔力を以てこの国の衰退を止めようとしているのでしょうか。二人で力を合わせるとよいというのは、もう知っているのですよね。では、第二王子殿下と力を合わせる人物はどなたですか」

しかし王弟殿下は、俺の問いに答えてくれなかった。

少しだけ待っても、誰の名前も出てこない。

つまり、王家──国王陛下は第二王子殿下を生贄としたのか。

何やら胸に得も言われぬ気持ち悪さが広がる。

そういう王家だったら、俺が『刻属性』だと知れたら、命を削ってでも魔法を使わせるだろう。

それを命がけで王弟殿下が止めてくれたとしたら、陛下を諌める人が本当に一人もいなくなってしまう。

もしかして、たとえ宝石に魔力を満たせたとしても、その頃には、政治的な意味でこの国自体が終わってしまうんじゃなかろうか。

「もう一つ伺ってもいいですか。もしかしたら不敬にあたるかもしれないのですが」

「許す」

「ありがとうございます」

寛大な王弟殿下に頭を下げると、この際だと俺はとても気になったことを訊いた。

「もし第二王子殿下の命と引き換えに宝石の魔力が満タンになって、この国が魔物の少ない豊かな国に戻ったとして、それは『王族の義務』として処理されてしまうんでしょうか。自分の息子が命を落とすことに対して、陛下はどうお考えか、もし知っているのであれば教えてほしいです」

俺の質問に、王弟殿下は重い重い溜息を吐いた。

「……そうだな、陛下は王族の義務として、して当たり前のことだと考えていることだろう」

「陛下も王弟殿下も王族ですよね。それを言ったら、父様たちにも、セネット公爵家にも王族の血筋は入っています。降嫁した歴史が過去何件もありますから」

「そうだな」

「陛下は、きっと魔力が第二王子殿下程なかったので、その『王族の義務』を背負うことが出来ないのではないかと推測しますが……魔力が少ないのは生まれつきなので仕方ありません。けれど、陛下は自分の息子が命を落とすかもしれないと知っていて、出来る限りの手を打ったのでしょうか」

だって、二人であれば助かるかもしれない、ってヴォルフラム殿下が言っていたのだ。ってことは、王家だって二人で力を合わせれば大丈夫だっていう情報を、俺に聞くまでもなくちゃんと持っているってこと。

それなのに、第二王子殿下だけにその『義務』とやらを押し付けたら、結果なんて見えている。魔力は満たされることなく、第二王子殿下の魔力だけがスッカラカンになって、そのまま力尽きる未来しか見えない。

どうしてヴォルフラム殿下も名乗りを上げているのに一緒にやらせないんだ。『闇属性だから、国を守る宝石に魔力を注ぐのはよくない』なんて世迷言を真に受けて、第二王子殿下だけにやらせようとしているんじゃないか。

というか、ミラ嬢についてはどうなのだろう？

そもそも光属性の強い魔力を持っているという理由で、彼女は養子にとられたはずだ。

「僕の知識が正しければ、第二王子殿下だってヴォルフラム殿下だって、兄様もブルーノ君もミラ嬢もリコル先生も！　皆規定以上の魔力があるし、魔力を注ぐ資格があるんです！　属性なんて関係ないです」

フンスと鼻息荒く声を上げれば、王弟殿下とヴォルフラム殿下が同じような苦い顔で俺を見た。

でも声は止められなかった。

「誰が独りでやれなんて言ってるんですか。いっそのこと三人四人と増やして試してみてもいいじゃないですか。僕が見たものは二人だけだったですが、それはきっとミラ嬢らしき人と選ばれた人以外に心のつながりがなかったからです。でも！　今の僕たちは、皆が第二王子殿下の御身を心配するほどに仲がいいんです。連携魔法だって素晴らしいと、王弟殿下だって知っていらっしゃるでしょう！」

一気にまくしたてる。俺だって、第二王子殿下は第三のお兄さんくらいには好きなんだよ。

あんなに気さくで明るくて、でも、家族と仲違いしていて、王家から出たがっていた。

ようやく王家から離れる算段がついた途端にこれだ。皆が心を痛めたのがとてもよくわかる。

兄様だって第二王子殿下のこと、結構気に入ってるよね。ブルーノ君だって容赦なくツッコミを入れて、まるで仲のいい同級生のような扱いをしている。それを第二王子殿下はとても嬉しそうにしていたし、ヴォルフラム殿下だって第二王子殿下とはまるで兄弟のように仲良しだってわかった。

ゲーム内では友人ルートがあるくらいで、これだけ仲が良ければ絶対に友人ルートくらいは入れる好感度を互いに持っているに違いない。それなのに、陛下の一言でそのルートが閉ざされて、バッドエンドになるなんてありえない。いや、あのアプリではバッドエンドルートなんてなかった。誰とも仲良くならなかったらただ普通に学園を卒業して終わりってなるだけだったんだけれど。でもそれってもしやその後のことが書かれていなかっただけで王国は……

改めて考えてぞっとする。

いやいや、今は何も情を育まなかった先の世界は忘れよう。

なんたって今この時点で情を育むことは確実にクリアしているから、どうやって宝石の場所で皆が力を合わせられるかがネックになってくるだけだ。だって王国の心臓部だからやっぱり出入りは厳しいだろうし。

決められた人しか出入りできなくて、情報すらほぼ最上部しか知らなくて。兄様たちが知っているのは魔力が高くて候補として上がっていたからだろうし。

王弟殿下は、どう思っているんだろう。そこらへん。

じっと見つめると、眉間にしわを寄せていた王弟殿下が口を開いた。

「数人がかりで、というのは、もとより除外していた。二十数年ほど前に、私と陛下も同じことを考え、実行した。けれど、陛下と私は魔力が足らず、魔力が多めの臣下たる魔術師数名で宝玉に触れたのだ。その当時はまだ宝玉は今ほどには力を失っていなかったが、それでも、宝玉に触れた者は皆、魔力を瞬時に吸われて、一人も生き残らなかった。……当時の陛下の一言で、それは全て闇に葬られた。それから、魔力が基準に満たない者は触れてはならないと改めて取り決められ、数人で宝玉に触れることはタブーになった」

王弟殿下の口から語られたのは、王家の闇そのものだった。

あれだけキラキラしていて、主人公たちを輝かせる一シーンに出てきた宝石は、実は人食い石だった。

おぞましさに顔を顰めると、王弟殿下が俯きつつ言う。

「確かに、これだけの高魔力の傑物が揃ったのは、王国の歴史でも初めてのことだ。だが、またあの事件を自分の代で発生させるおつもりは、ないのではないかと思う」

「そういうこと……でしたか……でも」

そこでしり込みして、息子一人の肩に国の命運をのせてしまうのはどうかと思う。解決策だってちゃんと示されているのに。もともと条件が満たされなかった状態で行った実験だ。失敗が当たり前なんだってことを陛下はわかってるのかな。そこでやめたら本当に命を取られた魔術師さんたちが浮かばれないのに。

「そこを曲げて、私がツヴァイトの代わりに魔力をと、言っているではないですか！」

「闇属性は忌避されるのだ、ヴォルフラム」

「諦めたら、ツヴァイトはこの世から消えるということですよね……！　アルバ君が言ったように、出来る限りのことをして、それでもダメだったらそれは仕方ないと、国のためだとこの命も捨てましょう。けれど、まだ何一つしていない！　二人いれば、もしかしたらツヴァイトの命が助かるかもしれない。私だって、今までずっとツヴァイトとはいい友人で家族にも近い大事な存在です。アルバ君の言うことが正しければ、我々の間にある情が、ようやく役に立つはずでは――」

ヴォルフラム殿下が勢いよくソファから立ち上がり、王弟殿下に詰め寄る。

「ヴォルフラム」

「闇属性だろうと、私には生まれつき膨大な魔力があります！　どうして、王族の義務というのなら、私を指名しないのですか！　あれだけ外の世界に飛び出したいと願っていたツヴァイトではなく、父上と共に王族を支えようと覚悟していた私には、どうして国の民を救うことが出来ないのですか！」

ガッと王弟殿下の腕を掴んだヴォルフラム殿下の周りに、不穏な空気が渦巻いた気がした。

途端に、辺りに濃い魔力が広がっていく。

もしかして、また魔力暴走しかけてる⁉　辺りに炎はないけれど、学園内の魔力暴走と同じようなピリピリした感覚に、血の気がひく。

「不敬を失礼します！」

俺とミラ嬢が顔を見合わせた瞬間、兄様がテーブルに飛び乗り、ヴォルフラム殿下の口の中に飴を詰め込んだ。

結局、ヴォルフラム殿下から漏れ出た魔力は、兄様の行動によってすぐに収まった。

けれど、学園でも魔力が暴走した後、回復を碌にしていなかったヴォルフラム殿下には、二度目の魔力暴走は一瞬でも辛いことだったらしい。ふらついたところを王弟殿下の腕に支えられた。

兄様はいつの間にか隣の席に戻ってきて、ハンカチでテーブルを拭いている。咄嗟にテーブルに飛び乗る兄様、カッコよかった。

王弟殿下はヴォルフラム殿下をそのままソファに座らせると、ヴォルフラム殿下の手を取り、ギュッと握った。

「まったく……常に回復はしろと言っているのだがな……まだまだ未熟だな」

「すみま……せ……」

「いい。そのまま楽にしろ。先程の答えだが……陛下は私とお前がいくら申し出たとしても譲らないだろう」

「どうして……せめて、ツヴァイトと私の二人でやれば、ツヴァイトを生かすことが出来るかもしれないというのに……」

「そうだな。私もそう思う。しかし、闇属性を宝玉に近付けるのは忌避すべきことだと陛下は頑なに思っているのだ」

「属性……たったそれだけで」

本当にな、と深い溜息と共に同意する王弟殿下は、まさにその闇属性の張本人としてたくさん苦労してきたのが窺える翳り(かげ)ある表情をしていた。

王弟殿下は、しっかりとヴォルフラム殿下の手を握っている。もしかしたら、魔力を渡しているのかもしれない。少しずつ、ヴォルフラム殿下の眉間の皺が減っているのが見える。

「あ、王弟殿下、発言いいですか」

ミラ嬢がはいっと挙手する。

王弟殿下の許しが出ると、ミラ嬢は大雑把にお礼を言って疑問を口に出した。

「私はどうなるんですか。こうなるのを想定して、市井から公爵家に養子に迎えたんでしょう？　私光属性ですし、どうしていきなり第二王子殿下のみ、という話になったんでしょうか。二人でやれば死なない、光属性が望ましい、っていうのであれば、私が一番の候補に挙がるはずでしょ。捨て駒として」

「ミラ嬢、言い方」

「本当のことでしょ」

兄様に注意を受けてもどこ吹く風のミラ嬢は、真剣な表情で続けた。

「私は王命で公爵家の養子にならないといけなくなったんですよね。この時のための捨て駒でしょ。なんでわざわざ自分の息子を処分するみたいに無茶な要求をするんですか。それに、私もう殿下たちと友人です。アルバ君も友人同士なら何とかなるって言ってますし、ヴォルフラム殿下とも問題なく連携魔法を使えましたし。私にご指名が来てもおかしくないですよね。もしかして私は忘れ去られているんでしょうか」

すると、王弟殿下は首を横に振った。

「いいや、忘れてなどいない。むしろ陛下は最初、君一人に打診するつもりだったようだ。けれど、セネット公爵が君を捨て駒とすることに難色を示したのだ。このまま国のためにミラ嬢が命を落としたら、平民の命は国王の命一つでどうとでもなるなどという噂がどうしても立つと。そして君は、セネット公爵の庇護下にあるし、セネット公爵はこの国を支えている公爵家の当主だ。陛下も無下には出来なかったようだ」

「はー、そういう……お義父様ってば」

ミラ嬢は溜息を吐くと、少しだけ嬉しそうに笑った。

セネット公爵とはなかなかいい関係を築いているのが、その様子でわかる。関係はしっかり改善されているんだね。多分あのミラ嬢のお兄さんをミラ嬢の納得いくように処分したのもセネット公爵なんだよね。奥さんはアレだけど、やっぱりセドリック君のお父さんはいい人っぽい。

王弟殿下は、ミラ嬢を見つめて目を細めた。

「そして、一番動かしやすいツヴァイトに陛下の目が向けられた、ともいう。高魔力保持者であるオルシスもブルーノもリコルもハルスの庇護下にあるし、アドリアンはシェザール騎士団長の秘蔵っ子だ。それぞれの家からの非難は免れまい」

「そして私は闇属性だから、と……くだらない」

吐き捨てるように言ったヴォルフラム殿下に、そっとポケットの飴を差し出す。殿下はそれを見て、「まだ口に入っているから大丈夫だ、ありがとう」と表情を苦笑に変えた。

「そういうわけで、陛下としてもえり好みできない状態にあるわけだ」

成程。わかりました。陛下はまだえり好みしているってことが。えり好み出来ない状態だったら闇魔法がどうのとか言ってる余裕ないよね。まだ余裕なのかな。でも、これだけ魔核が現れたならそろそろ余裕ないよね。

そこで、ふと、先程話題に出た人物が気になった。

第二王子殿下は次男だ。ってことは、王太子がいるはずなのに、俺はまったく知らないんだ。義父が側近を務めていたというから、もういい年のはずなのに。

そして、義父が男爵家の未亡人を妻に迎えることを反対したということは、ごく当たり前の貴族的な考えを持つ人ってことだ。

「もしかして、王太子殿下も、陛下と同じ考えでいるのかな。もし王太子殿下が柔軟な思考の持ち主であれば、ヴォルフラム殿下の申し出に、少なくとも後押しをするかと思うんだけれど……」

「その通りだ。むしろ、アインの方がツヴァイトが一人で『義務』を成すべきだと強く推している」

俺の独り言に、王弟殿下が溜息と共に答える。

嫌なことを聞いてしまって、顔をひきつらせた。

「成程、父様が見限るのもわかる気が……あ、ええと、失言でした」

俺の言葉に、王弟殿下の肩が揺れた。

そのすぐ後に、義父の手が俺の頭に伸びる。

「本当のことだからいいんだよ。実は私が王宮を辞するときに、陛下に取りなしてくれたのが王弟殿下でね」

義父が親しみを感じている人の一人、ってわけですねわかります。王弟殿下はなんていうか、柔軟な人だっていうのがただこうやって話しているだけでもわかる。

どうしてこの人が王宮にくすぶっているのか、それが不思議だ。

きっとこの人も周りの人に「闇属性がー」とか言われまくったんだろうな。リコル先生からは特に闇属性が悪だとかそんな話は聞いたことないのになんで差別しちゃうかな。

属性云々で大事な国の中枢を決めちゃうなんて、ちょっと考えちゃうよなあ。

王弟殿下は、俺達の会話を聞きつつ苦笑する。

「王太子であるアインは良くも悪くも、魔力も頭脳も程ほどに優秀だ。ツヴァイトにコンプレックスを抱いているのが問題だが、傀儡として前面に立たせる分には、やり易いのだろう」

「王弟殿下、その言い方は」

「なんだハルス。事実だろう」

「そうですが……はぁ、今の側近は、王を傀儡にしたいのですね」

「お前が戻ってくれれば、なんの問題もないのだが」

「問題しかありませんし、戻りません」

義父がさらりと誘いを断る。王弟殿下は、肩をすくめてから俺達に向き直った。

「話が逸れたな。アインが立太子した時、ツヴァイトはまだ中等学園生だった。けれど、ツヴァイトが宝玉の間に入ることのできる魔力量を保持しているということが判明した瞬間、事はそう簡単ではなくなったのだ」

第二王子殿下の魔力が規定値に達していたことは、兄様たちが一斉に王宮に集められて調べられたときにはっきりと発覚したらしい。

そこで、魔力量が多く、光属性を持っている第二王子殿下を立太子させた方がいいんじゃないかという勢力が出てきたと。けれど、王族だけは魔力が高い者は宝玉の維持のために王国の裏方に回ることを知っている。

しかし、それは王家に秘匿されたことなので、表立って言えない。第二王子殿下も王族から抜けることを知らしめることで周りを納得させ、勢力を縮小することに成功したらしい。

けれど、その裏では。

あれだけ必死で外に逃げようとしていた第二王子殿下は、結局は王宮から逃げることは出来ない。王族としての義務と言われたら、流石に退けるわけにもいかないだろうし。

っていうか、まさか王太子が率先して第二王子殿下を生贄にしようとは、してないよな。

そんなドロドロ、王宮にない、よね……？

「アルバ、疲れたんじゃないかい？」

ヤバい考えに行き着きそうになって俯いていると、兄様が俺の顔を覗き込んできた。

心配そうな顔つきはいつ見ても五臓六腑に染みわたる。兄様はもはや俺の清涼剤なのかもしれない。この顔一つで疲れが吹き飛ぶ気がする。

不意打ちで見惚れていると、少し復活したらしいヴォルフラム殿下も背もたれから身体を起こして、王弟殿下の手をそっと離した。

魔力の供給が終わったみたいだ。

「父上、ありがとうございます」

「いや、いい。無理するな」

「はい。しかし今日は色々ありました。アルバ君の体調が心配です。父上も懸念事項の確認は出来ましたよね。今日はお開きにした方がよろしいかと。ミラ嬢もおりますので、遅くなるとセネット公爵が心配するでしょうし」

「そうだな……今日のことは私の胸一つに収めておくこととする。後日、また来てもらうことになるかもしれんから、心しておくように。もちろん、保護者同伴で構わない。ハルス、後日日程調整を頼む」

「は」

　義父は丁寧に頭を下げると、腰を上げた。

　兄様と俺もそれに倣（なら）う。

　兄様は一瞬迷ってから、二人に頭を下げた。

「本日は無作法な振る舞い、申し訳ありませんでした」

「よい。ヴォルフラムのためだ。不敬は問わん」

「ありがとうございます」

　兄様が謝罪を述べると、王弟殿下は鷹揚に頷いた。

　その横で、ヴォルフラム殿下が立ち上がろうとしたので、義父が「そのままで」とやんわり止める。

「ミラ嬢は私が責任持ってセネット公爵家へお届けいたしますので、ご安心ください」

「あいわかった。頼む。ミラ嬢も、今日は大変よくやってくれた」

「過分なお言葉、恐縮にございますわ」

ミラ嬢も立ち上がり優雅に微笑むと、綺麗なカーテシーを披露する。そして、俺たちに続いて部屋を後にした。

王弟殿下の家の馬車でここまで来たけれど、外に出てみると、うちの馬車が俺たちを待っていてくれた。

いつも俺たちの御者をしている人がニコニコと待ってくれている。聞けば、母たちは無事家に帰り着いたことを説明してくれた。義父が彼を労って、セネット公爵家に寄ってほしい旨を伝えると、とてもいい返事があった。

セネット公爵家では、セドリック君とセネット公爵が待ち構えていて、ミラ嬢を見るなり二人共安堵の表情を浮かべた。そうだよね。あの騒動の渦中にいたからね。

そんなこんなで無事家に帰ってきたころには、すっかり外は暗くなっていた。

王弟殿下のところでお茶とお菓子を頂いたせいか、お腹は空いていない。それよりも疲れたので休みます、とスウェンに伝えると、途端に兄様に抱き上げられた。

部屋に連れて行かれて、あれよあれよという間に着替えさせられる。兄様の手際はメイドさんも引けを取らない程で、本当に何でも出来るなと感心してしまった。

ベッドに転がされて、いつもの魔力譲渡が始まった。

兄様の顔が近付くときは、いつでも心臓が口から飛び出すんじゃないかという錯覚に陥る。擬音付きのおかしな声を出さないように我慢しながら重なる唇に込み上げる様々な感情を必死で押さえていると、少しずつ兄様の魔力が身体に流れ込んできた。

心地いい。

ああそれにしても最近兄様の夢を見るのはきっとこれのせいだ。

起きていても夢の中でも兄様に会えるなんてなんて最高の日々。

「ふはっ」

口が離れたので思わず息を吐くと、兄様が親指で俺の頬を拭った。

「アルバ。どうだい、辛くない？　今度、リコル先生にアルバの魔力がどこまで復活したのか見てもらおう」

「はい。兄様は、僕に魔力を渡しちゃって、体調は大丈夫ですか」

「僕の場合は魔力回復薬を飲めばすぐに回復するから大丈夫だよ。ありがとう、アルバ」

ニコッと笑うと、俺の頬にキスをする。そそそそれは魔力譲渡じゃないですよね。そんな流れじゃなかったような。でもでも、今の今まで口にキスをしていたのに、頬にちゅ、くらいで照れるのもおかしいのか。

バクバクと心臓の鼓動を激しくしながらも、掴んでいた兄様の袖を離すのはなんとなく寂しくて、熱い顔をどうしようか悩みながら兄様を見上げる。

兄様はとても慈愛に満ちた顔をしていて、一片の欲すらないような清らかさに満ち満ちていた。

「はぁ……女神……」

呟いた瞬間、フワッと脳内に真顔で少しだけ頬を染める最推しの顔が浮かんできた。

あ、あ、今の顔、激レア照れ顔！

そしてその顔はアドリアン君にだけ見せる怒り顔……！　これも特定ルートでしか見ることが出来ないレアスチル！

次々と流れていくスチルは一瞬で、堪能する間もなく次になる。

兄様に補充してもらった魔力が一瞬で消えていくのがわかるけれど、やめられない止まらない。

「アルバ！」

兄様の焦った声が聞こえてきて、兄様の手に飴が握られているのが見える。

待って、飴を突っ込むの待って！　見たことがないと思っていた最推しの顔も浮かんでくるから、ぜひとも堪能させてほしすぎる……！

思わず口を手で押さえて顔を横に振ると、兄様が焦ったようにその手を掴んだ。

「アルバ！　魔力がなくなる！　素直にこれを舐めなさい！」

もう少しだけ、もう少しだけ、と首を横に振ると、兄様はチッと普段からは考えられないような舌打ちをして、ベッドサイドに置いてある魔力回復薬を一気飲みした。

「何か重要な物を見ているのか？　でもそんなモノよりアルバの命の方が大事なんだからな……！」

重要な物、確かに重要すぎる。とても荘厳な神殿の中で佇む兄様の立ち姿。最高に神がかっている。

そして繋いだ手を見て拝み倒したくなるほどに極上の笑顔を浮かべる兄様。

兄様が動かした視線につられるように視点が移動し、その先にはミラ嬢と第二王子殿下が。

ミラ嬢と第二王子殿下にもそんな笑顔を見せるなんて。嫉妬しそう。

そして兄様の手の先では、とても光り輝く何かがあり、間をおいて神殿はまるであのアプリのエンディングのように光に満ちていき。

ああ、兄様が神になった……

脳内で展開されるそんなストーリーにうっとりしていると、いきなり口を塞がれた。

同時に、口の中に鉄臭い匂いが充満する。

驚いて目を開けると、血に汚れた兄様の顔が間近にあった。

兄様!?

どこか怪我をしているのか聞こうにも、口が兄様の唇に塞がれていて訊けない。

流れ込むとても濃い魔力が、一気に抜けていく魔力を補充していく。

そのせいか、脳内の映像もとまることなく流れていき、視界と脳内の二重の視線に酔いそうになる。

そして兄様の血とわかる鉄の味に、俺は怖くなって兄様の腕をバンバン叩いていた。

その間にも、脳内では神殿のようなものが光り輝いている。

兄様の魔力が凄い勢いで補充されていくからか、動けないということはなかったので、慌てて兄様の手からベッドに転がった飴を自分の手で拾った。

それを兄様に見せると、ようやく兄様の口が離れたので、慌てて飴を口に突っ込む。

フッと脳内の映像が消えていったけれど、甘い飴と鉄分の味が混ざって、少しだけ吐き気がした。

その吐き気と共に少しだけ冷静さが戻ってくる。

そして、左腕を押さえている兄様を見つけてしまった。

兄様は、飴を使えないと思った瞬間、躊躇(ためら)いなく氷の剣を作って腕を傷つけて、そこから血を吸い出して俺に魔力を補充したんだ。

——俺が兄様の激レア姿を見たかったがために、兄様に傷をつけてしまった。

「う、あああ……にいさま……！」

後悔が瞬時に胸を駆け巡る。同時に血だらけの兄様に涙腺が決壊した。

号泣しながら飴を吐き出す。兄様の腕を押さえて、必死で光魔法を使おうとするけれど、飴の成分がまだ身体に残っているのか、なかなか魔法が上手く発動しない。

「なんてことを……！　なんてことを！」

ぼんやりとした光が手の内側に現れるが、すぐに消えることを繰り返す。

俺は必死に手を押し当てて、泣きじゃくった。

「アルバ、アルバ！　これくらいなんてことないから！　魔力は？　ちゃんと増えた？」

「元気いっぱいです！　光よ！　この最愛の腕の傷を、ひとかけらの傷も残らないよう治せ！　光よ！」

泣き声の合間に詠唱するけれど、なかなか成功しない。

兄様はそんな俺の背を掴んで引き離そうとする。

「アルバ！　魔力が減るから魔法はダメ！」

「兄様こそ！　こんな傷を作ってまで魔力譲渡するのは絶対にダメです！」

「僕は大丈夫！　それよりもアルバ、今『刻魔法』で魔力が減っていたでしょ！　無茶ばかりして」

「そっくりそのまま返します！」

光よ！　と連呼して、ようやく口の中から飴成分がなくなったのか、回復魔法が発動する。

けれど、いまいち下手くそなのか、二度ほど重ねがけしても兄様の肌にはうっすら切り傷が残っている。

俺のせいで兄様の麗しい肌に傷が残ってしまった……

その事実に倒れそうになっていると、いきなり部屋のドアがバン！　と開けられた。

飛び込んできた義父とスウェンが俺たちの状態を見て絶句する。

ベッドの上で血塗れで号泣する俺と、その横で俺を押さえるように座っている、髪の乱れた血塗れの兄様。

義父は無言で近付いてくると、俺と兄様に傷がないことを見てから、俺と兄様の頭を胸に抱え込んだ。

俺と兄様の身体を清め、部屋の惨状を片付ける指示を出してから、義父は俺たちを自分の部屋に連れてきた。

スウェンに飲み物を頼んで、俺たちをソファに座らせる。

先程の、まさに心臓が止まるんじゃないかと思った出来事があったにもかかわらず、俺の体調は今までにないくらいにとても良好だった。

多分兄様の血を飲んでしまったからだ。魔力が凝縮されたようなあの鉄の味が恐ろしい。

「落ち着いたかい、二人とも」

「父上、僕は最初から落ち着いていています」

「僕は未だに心臓がドキドキしてます」

義父の言葉に兄様と二人、そう返すと、義父は苦笑した。

「オルシス。君が落ち着いていていたら、あんな解決方法は使わないだろう。さっき何が起こったのか、私に教えてくれるかい？」

穏やかな義父の口調に、兄様はそうですねとちょっとぶっきらぼうに返事をした。

「今日の分の魔力回復を終わらせたら、アルバの『刻魔法』が発動してしまい、飴を口に含ませようとしたところ、アルバが拒否したので、危険を感じて手っ取り早い魔力の回復をしました」

「なるほどね。オルシス、アルバのことになると思い切りが良すぎるね。血液を含ませることは、悪いことではないけれど、最終手段だよ」

「わかっていますが、躊躇(ためら)っていたらすぐに魔力が空になるのではないかというぐらい、長く魔法が発動していたのです」

「そうか。ありがとう。では、アルバ」

義父に指名されて、はい、と背中をピンと伸ばす。

「どうして飴を拒否したんだい？」

その言葉に、俺は罪悪感で一杯になって俯いた。

だって。

激レア兄様を愛でたくて飴を拒否したなんて。そのせいで兄様が腕を切って最終手段を用いたなんて。

兄様を愛でるのはいいとして、脳内兄様を愛でて本物の兄様に傷をつけたりしたら、それこそ本末転倒、ダメダメだ。

「僕が悪かったんです……素直に飴を舐めれば、兄様があんな風に傷を負うことも、その肌に傷が残ることもなかったのに……！」

血塗れの兄様を思い出して、またも何かがこみ上げる。

「兄様、ごめんなさい。もう一回腕を出してください。傷が残らないよう全力で回復をさせてもらいます！」

「アルバ」

兄様の腕を取ろうとした瞬間、その腕に身体を抱き込まれた。

「いいんだよ。アルバが無事ならあんな小さな傷の一つや二つ、どうということはないから。何かが見えていて、アルバはそれを見ないといけなかったんでしょう。だったら、それをサポートするように動くのが僕の務めだよ」

「兄様に傷をつけてまで見たいなんて絶対に思いません！」

兄様のやさしさが身に染みて、更に自分の馬鹿さ加減に泣けてくる。

目が溶けるのではないかという程にボロボロと涙が零れ落ちるのを、兄様の手が掬い止める。

「どのような内容だったか、教えてくれるかい」

義父に優しく声を掛けられて、俺は鼻水の音交じりの濁音交じりで自分の馬鹿さ加減を吐露した。

「兄様の輝かしい姿をもっと見たくて、飴を拒否してしまいました……！　そしたら兄様が、ご自分の血を、血を……！」

「オルシスの輝かしい姿……例えば？」

「神殿のような荘厳な場所で、兄様がとても素晴らしい笑顔で誰かの手を取っていました。その後、まるで兄様を祝福するかのように神殿内部が光に満ちていき、とうとう最後には光あふれる神殿で、兄様が……！」

ああ、それを俺が見たがったがために、兄様は腕を自ら傷つけ……！

「兄様ごめんなざい゛ぃぃぃぃ……ッ」

盛大な鼻水を啜る音と、濁点のついた謝罪に、義父も兄様も苦笑いを浮かべた。

兄様に濡れたタオルで顔を拭われていると、義父が「それにしても」と呟いた。

「神殿のようなところ、か……思い当たる場所は、一つしかないな……」

「父様が知っている場所なのですか……！」

「それがどこなのかは憶測でしかないし、私は実際に入ることはできないが……多分、そこはこの国の中枢、核といっても過言ではない場所だ」

「父上、そこはもしや」

兄様が眉根を寄せ、手を止めると、義父はゆっくりと頷いた。

「この国の魔力を担(にな)っている、宝玉の間、じゃないかな」

「やはり……」

続く義父の言葉に、兄様は盛大に溜息を吐いた。

二人で苦い顔をして、俺の情けない顔に同時に視線を向ける。

そう。『刻魔法』で見たということは、あれは近い未来に起こるやもしれない出来事なのだ。

サッと血の気が引く。

「ということは……もしかして、人柱が殿下じゃなくて、兄様に……？」

俺の掠れた声を、義父は否定しなかった。

「アルバは前にもオルシスが宝玉に魔力を注ぐだろうと言っていたね。もしかしたら、何かの流れでそうなってしまうのかもしれない。そもそも、あの部屋に入ること自体が、魔力の少ない者にとっては脅威でしかないんだ。それに、王族か王族に指名された者しか中に入ることはできない」

ごくりと唾を呑む。

義父は、誇らしさと愛おしさと、悔しさとそれらが入り混じった複雑な表情で、兄様を見つめた。

「だから私は望んでもその部屋には入れない。けれど……きっと、オルシスは入ってしまうんだろうな。第二王子殿下を助けるために」

「僕はそこまで情に厚いとは自分で思えませんが……」

「どうなんだろう、私も、オルシスがどうしてアルバの見た未来で宝玉に魔力を注いでいるのか、わからない。けれど想像は出来るんだよ。オルシス、アルバ。私からのお願いだ。もし、国の存続とその命を天秤にかけるのだったら、必ず自分の命に重きをおいてほしい。国など、魔物が溢れても人は順応して生きていける。それが出来ないなら、最悪は違う国に逃れればいいんだ。けれど、失った命は二度と戻ってはこない。だからこそ、自分の命を大切にしてほしい」

義父は、とても優しい顔で俺と兄様にそう念を押した。

その言葉はとても耳に痛かった。

自分の命は大事だけれど、きっと兄様がピンチの時は、俺の命をかけてでも兄様を護りたい。

きっとその場合、最悪生きていなくても、後悔だけは絶対にしない、と思った。

幕間　思惑と心情（side：ヴォルフラム）

現在の王国の状況は芳(かんば)しくない。

私は、帰っていくサリエンテ公爵家の三人とミラ嬢の背中を見送りながら、深い溜息を零した。

今までこれほど一気に魔核が出現することなどなかった。

宝玉のことはしっかりと王家に伝承されている。けれどまさか宝玉の魔力が切れるということがこれほど恐ろしいとは思わなかった。

父から幼い時に、最初にその話を聞いたときは、まさかと思った。そして、どうして兄ではなく自分がこのような王家の伝承を伝えられているのかわからず、混乱した。

最初に恐ろしいと思ったのは、合同キャンプで厄災の魔物、アビスガーディアンと対峙した時だった。

その時はまだ、この国がそこまで力をなくしているということに実感がわかなかった。

けれど、終焉に出てくると言われている魔物と戦い、ようやく実感した。

この国は先がないと。国の終焉には厄災の魔物が出てくるという伝承は本当のことだったと。

そして今日、学園で魔核が発生した。

学園の近くにあるメノウの森に一つ。学園敷地内にも一つ。

そして、学園祭で魔術大会を行っていた私とミラ嬢のすぐ頭上、魔術大会会場の中に一つだ。

合計三つの魔核が王宮のこれほど近くに発生することなど、今まではありえなかった。

幸い出来立ての魔核だったのですぐに消し去ることがき、大量に現れた魔物もミラ嬢との連携魔法で一瞬にして消し去ることが出来た。

けれど、その時に生じた魔素の影響で、私は魔力暴走を起こしてしまった。

せめてすぐ近くにいるミラ嬢だけは無事助けなければと魔力を抑えようとしたけれど、身体の内側で暴れる魔力は今まで出来ていたような制御が利かず、会場の中が火の海になってしまった。

それは燃え盛る炎ではなく精神を焼く闇の炎で、ミラ嬢だけを逃がすこともままならなくなった。

それと共に、心に暗い何かがうごめき始めた。

——どうしてツヴァイトだけが犠牲にならなければならない。

——陛下はツヴァイトを外に出す約束をしたじゃないか。

——それなのにツヴァイトの命を国に捧げよなど、とんでもない手の平返しだ。

文献では魔術師二人で魔力を注いだら、二人とも存命だったという一文も見つけているというのに。私が闇属性だからというくだらない理由で却下するなど——！

ずっと憤っていた思いが、炎となって外に噴出していく。

ミラ嬢が叫んでいるのが見えるけれど、何を言っているのか、頭で理解することが出来なかった。

ただただ、この下へ下へ堕ちていくような暗い感情が心の中で渦巻いていた。

そんな時、口の中に何かが転がり落ちた。

同時に身体の力が抜けたと思ったら、周りの炎が消えて、今まで心を支配していた闇が消えていく。

口の中は、酷く優しい甘さが広がっていた。

『できたばかりの魔核は、壊しやすいけれど、反面、たまった魔素の排出量が多く、魔物の大量発生の原因になったり、魔力暴走の引き金になったりするので、注意が必要ですよ』

そして、つい最近授業で習った内容を思い出した。まさに今自分はその状態だったのではと思い至った先で、目の前にオルシスとアルバ君がいることに気が付いた。

二人はどうしてここに。ここは私が魔力を暴走させ炎の海にしてしまったはず。

そう聞こうとしたが声は上手く出せなかった。けれど、体内の魔力は落ち着き、自分の意思とは関係なく抜けることはなかったし、辺りの炎は消えてなくなっている。

ぐっと歯を食いしばると、口の中でガリッと何かが砕けた。

それはやはりとても甘くて、ふわりと鼻孔をくすぐったのが、いつもアルバ君から香る甘い香りだということに気付く。

ああ、と口の中で溶けていくものを味わう。

これは、ブルーノとオルシスが作ったアルバ君用の飴だ。

「アルバ君こういう時にこんなところに来ちゃだめでしょ！　危ないんだからね！」

唐突にミラ嬢の声が耳に入ってきた。ぼんやりとしていた輪郭がはっきりと認識できるようになる。

言い訳をするアルバ君と、あくまで付き添いだというオルシス、そして、そんな二人を心配するミラ嬢をようやく認識できて、私の中に安堵が広がった。

自分の意思とは無関係に体外に魔力が漏れ出るのを防ぐ飴は、確かに魔力が咳と共に抜けてしまう『ラオネン病』には素晴らしい効果を発揮するだろう。けれどそれだけではなく、こういう魔力暴走時にも絶大なる効果を発揮することが、この身をもって証明された。

今までは、魔力がなくなるまで収まらず、命すら危ないと言われた魔力暴走は、目の前の二人の機転により、いともたやすく解決してしまった。

それから、いよいよ宝玉の魔力が枯渇しかけていることを実感した私は、アルバ君の話を頼りに、陛下に謁見を願い出た。

既に王宮内では、宝玉の魔力を満たすのはツヴァイト一人と決められてしまっている。それを覆（くつがえ）したかった。

私にとって、ツヴァイトは家族も同然だった。

ツヴァイトにとって王宮は居心地のいい場所ではなかった。王太子殿下と王女殿下に疎まれていたから、よく私がいる離宮に逃げてきていた。それでも、ツヴァイトが学ぶことを放棄することはなく、よく私と机を並べて勉強したものだ。

いっぽう、王太子殿下はツヴァイトよりもだいぶ年上で、学業も魔力もそこそこに優秀だった。けれど、次第に彼はツヴァイトを疎むようになった。私の目から見ても、あれは兄が弟を見る目ではないと思うほどに、冷たい視線だった。あれはきっと、自分の立場を脅（おびや）かされないかという懸念の表れだったと思う。

幼いころから聡（さと）かったツヴァイトもそれにすぐに気付き、中等学園に入るまでは、自身の聡明さを表に出さないよう、努めて出来損ないを演じていたようだ。

中等学園ではさすがに成績が振るわないのはまずいとその枷（かせ）を外したけれども、その時には王太子殿下は公式に立太子していたから、二人の関係性は少しだけよくなっていた。

しかしそれも、王宮で、魔力測定が行われるまでの話だった。

陛下は、王国の守護宝石の魔力が失われていくことを恐れていた。そして、国の先行きを憂いた結果、市井で見つかった高魔力で光属性持ちのミラ嬢を王宮に取り込み、あわよくば高魔力持ちの誰かと子を生させて、高魔力保持者を作り上げようと画策した。

そこで、同じ歳だった私達の中から、ミラ嬢の婚約者候補を見つけ出そうと魔力量の測定が改めて行われたのだ。

そこで、ツヴァイトの魔力量が膨大であることが、改めて判明した。

中等学園に入ってからその優秀さと気さくな言動から人気を上げていたツヴァイトが、今までにない程の高魔力量の持ち主だと判明したせいで、ツヴァイトを王位につかせようという勢力が出てきたのだ。

陛下もそのような動きに気付いていたはずなのに、特に手を回すことはしていないようだった。

王太子殿下は自身の足場を揺るがされると思い、殊更にツヴァイトを疎んだ。

どうして王太子殿下を諌めないのか父に聞くと、父自身も昔陛下と継承権を巡ってひと騒動あったことを教えてくれた。陛下は平均的な能力で、その弟である父は全てにおいて優秀。歳も一つ違いで、前王もどちらを立太子させるかだいぶ悩んだらしい。

陛下が王になった決定打は『光属性』だからという、その一点のみ。

父が『闇属性』であり、王になると、王家の血から光属性が消えてなくなるのではないかという懸念が至るところから上がったらしい。

ゆえに、陛下は自分が光属性だから望まれたと思っている。

そして、ツヴァイトが望まれることも当然だと。

しかし、だからと言って自身の息子に一人で宝玉に魔力を注げという命は、行きすぎだ。

アルバ君が言っていた、二人で魔力を注げば命を落とすことはないという言葉が、私の背中を押していた。

私が一緒に魔力を注げばそれで事は済むではないか。

今までこの国は何度も宝玉の魔力がなくなり危機に陥っていたらしい。

数百年に一度力がなくなる宝玉を守り、復活させるのは、王家の使命。枯れかけた魔力を満たすことが出来れば、また土地は豊饒(ほうじょう)になり、魔物は減る。

そのための文献も何冊も保管されている。

実際に宝玉に魔力を注ごうとして命を落とした魔術師も数えきれないほどいるらしい。

一人で魔力補充を行った者は例外なく魔力を全て宝玉に吸われ、生きてあの部屋を出ることはかなわないと、今までの歴史から王家は学んでいるはずだ。

それなのにその間違いを再び繰り返そうとする陛下たちが恐ろしかった。


陛下とは執務室で会うこととなった。

行ってみると、王太子殿下もそこで執務をしていた。しかし他の者はいなかったので、人払いはしているようだった。

私を見る王太子殿下の視線は冷たく、血の繋がりがあるとはとても思えない。

しかし、努めて彼の顔を見ることはせず、陛下に頭を下げる。

「国王陛下。忙しい中、お会いくださりありがとうございます」

「よい。いつもツヴァイトが世話になっているな。今日もツヴァイトのことで来たとか」

返事をしながら、手を動かしながらもこちらを気にしている王太子殿下の動向を探る。

「ツヴァイト一人に国の命運を背負わせると聞きました。陛下、無礼を承知でお聞きいたします。それは過去の文献を学んでのお答えでしょうか」

まっすぐ視線を向ければ、陛下は苦い笑みを顔に浮かべた。

「そうだな。私は、ツヴァイトの魔力の多さにすべてを賭けたいと思っている。それに、あやつは王家の大事にはその力を惜しまぬと書面で誓っている。現状を王家の大事とせずいつを大事とするのか」

陛下は、厄災の魔物の褒賞内容を逆手に取り、溜息と共に零した。

その言葉と共に、視界の隅に入る王太子殿下の口元が一瞬だけ緩んだような気がして、吐き気がこみ上げた。

私はもう一度、陛下に乞う。

「しかし、文献では二人の魔力で宝玉を復活させたという記録もございます。幸い私もツヴァイトと同程度の魔力があります。ツヴァイトへ出した命を、私にもぜひ下していただけませんでしょうか」

魔力量が膨大な人間が複数いれば、ツヴァイトの生還率がぐっと上がる。

希望を乗せて陛下を見上げれば、王太子殿下が私にも聞こえるように溜息を吐き出した。

「お前は『闇属性』だろう。文献では『光属性』が必要と載っていたはずだ。それに、国を支える魔力、そんな大事な宝玉に、『闇属性』を混ぜたりしたらこの国がどうなるのか見当もつかないだろう。差し出た真似をするな、ヴォルフラム」

立ち上がった王太子殿下に叱責され、反論しようと口を開いたところで、陛下がそれを遮った。

「ああ。懸念事項は少しでも省くべきだと思うのは、私も同じだ。ヴォルフラム、おぬしに王命は出せない」

とても残念だという表情を作りながらも、陛下は全面的に王太子殿下の言を是とした。

私の言葉は、ただただ『闇属性』だというだけで、こうも聞いてもらえないのか。

お二人に失望を感じながら、私は自分の離宮に戻った。

玄関では、父が私を待っていた。

「無駄だっただろう」

すれ違いざま、ぽつりと呟かれた父の言葉に、ドッと絶望が湧き上がる。

父もずっとこの気持ちを味わい続けていたのか。

「父上……私は、ツヴァイトをみすみす失うようなことはしたくありません」

振り向きもせずそう言えば、背中越しに父がフッと笑ったのがわかった。

「希望がないわけではない」

その低い声に、一人の顔が浮かぶ。

血の繋がらない父と兄に強固に守られているあの……

アルバ君の顔が浮かび、何かが吹っ切れる。

王命はない。けれどだからといって何もしてはいけない訳ではない。

どうせ王家に未練はないんだ。

『国は永く栄え、二人は末永くその情を交わしていました』

これほど明確に答えが出ているのに、何もしない手はない。

手の平で魔力を練り、そこから黒い鳥を顕現させる。

「ツヴァイトをよく見ていてほしい。動きがあれば、教えてくれ」

私の声にくちばしを開けて反応すると、黒鳥は闇夜に消えていった。


魔道具の灯りの下、ツヴァイトは机に向かっていた。

開いている書物は、王家の伝承のもの。

「あーあ、足掻いたって無駄なんだけどな……」

伸びをしながら呟くツヴァイトの声を、黒鳥が拾う。

自室で黒鳥と視界や聴覚を同期しながらツヴァイトの言葉を聞いていると、何故かツヴァイトと目が合ったような気がした。

願わくば、陛下と王太子殿下が、この心優しい男に少しでも慈悲の心を持ちますように。

無駄だとはわかっていても、そう願わずにはいられなかった。

九、最推しの愛の告白は

各地で魔核の発生が報告されている。

義父は元サリエンテ公爵夫妻に乞われて、領地に顔を出さないといけなくなったと言って、しばらく家を留守にすることになった。

騎士団指揮の関係上一度は顔を出さないといけないらしい。義父があの端整な顔で舌打ちし、「使えない」と呟いたのは聞こえなかったことにしようそうしよう。……でも兄様そっくりのその顔でダークになる義父、嫌いじゃないよ。兄様もああなったら魔王のようで最高にクールなのではなかろうか。

皆で義父を見送ると、また学園での勉強が始まった。

こういう時でも長期休園などにはならないらしい。カリキュラムは決まっていて、流石に長期で休むとそれを消化できないんだって兄様が教えてくれた。世知辛い世の中だね。

それに、名だたる貴族の子息である高等学園の生徒たちは即戦力でもあるので、王都に現れた魔物についての情報共有をしないといけないらしい。実戦を学ぶためにも学園は開いたままの方がいいようだ。

兄様もブルーノ君もアドリアン君も、最近では顔つきが前よりもキリッとしている、気がする。

第二王子殿下はあれ以降学園に顔を出していないらしいし、うちにも来ていない。

「王子としての執務が滞っているのでそちらに時間を割かなくてはいけない」とのことだけれど、白々しく聞こえるのは俺だけだろうか。

そんなわけで、俺と兄様、それにブルーノ君は今日も今日とて馬車に揺られ、学園に向かっている。

窓から馬に乗るアドリアン君を見ていたら、何やらカラスのような黒い鳥が肩にとまった。

とても人懐っこいカラスだな、と感心していたら、アドリアン君の表情がキリッとしたのが見えた。

……カラスと会話しているように見受けられるのは気のせいだろうか。

まるで、義父の鳥と兄様が話をしているかのような……

そこでハッとする。黒い鳥といったら、闇属性以外ない。

ということは、あの鳥はヴォルフラム殿下の魔法で出した鳥なのでは？

アドリアン君に、わざわざヴォルフラム殿下が声を掛ける意味なんて、今となっては第二王子殿下絡みのことだとしか思えない。

嫌な予感がふつふつと湧き上がる。

「兄様、ブルーノ君――」

声を掛けようとして振り向くと、二人の視線は確かにアドリアン君を見つめていた。

それでも、兄様とブルーノ君は何も言わずに、何事もなく馬車は中等学園に着いた。

馬車から降りようと立ち上がる。すると、兄様のアメジスト色の瞳が俺を見て揺れていた。

「アルバ、今日僕たちは早目に学園に行かないといけないから、教室まで一人で行けるかい？」

そこでピンときた。きてしまった。

きっと何かがある。

ヴォルフラム殿下が鳥を飛ばしてきたってことは、緊急事態ってことなんじゃなかろうか。

じゃあ、もしかして、第二王子殿下が宝石のところに行くのは、今日……？

バクバクと心臓が早鐘のように騒がしく動いている。

このまま何も気付かずに馬車から降りたら、皆は……俺はこのまま降りていいんだろうか。

かといってここで駄々を捏ねたら、第二王子殿下を救いに行く時間がなくなったりしないのだろうか。

知らないふりをして降りた方がいいことはわかっている。兄様たちがむざむざ第二王子殿下を見殺しにするはずはないし、俺が一緒に行ったところで、役に立つとは思えない。けれど。

俺は持ち上げたお尻をそっと馬車の椅子に下ろした。

「大変です、兄様。僕、ちょっと今日第二王子殿下と約束があったんでした。約束の――本を今日までに渡さないといけないので、至急王宮に向かってもらってはダメでしょうか」

「アルバ」

窘めるような兄様の声を、敢えて無視して、俺は決して腰を上げなかった。

「あと、王弟殿下にお呼ばれしていたような……今日では？　確か今日のはずです。約束していたんです、兄様」

まったくのでたらめだったけれど、ここで馬車を降ろされてはたまらない。

必死の思いで見上げると、兄様が盛大に溜息を吐いた。

馬車のドアを開けて外で待っていたアドリアン君も俺の言葉が聞こえたらしく、険しい顔をしている。

時間がないかもしれないんですよね。連れていってください。

俺が頑として動かずにいると、兄様は諦めたように御者さんに指示を出した。

馬車のドアが閉まり、動き出す。

もし家の方に向かったのだったら飛び降りようかと思ったけれど、それは杞憂だった。馬車が王宮に向かう道に進んでいるのが確認できたので、ホッと胸を撫で下ろす。

「兄様。ありがとうございます」

俺はそこでようやく頭を下げた。

お礼を言うと、兄様は困ったような顔で微かに笑った。

「だってアルバは、一人でも行動してしまいそうだからね。学園祭の時のように。だったら、一緒に行動したほうが何倍もいい」

バレていたか。もし無理に降ろされていたら、きっと歩いてでも王宮に向かっていた気がする。

思い出そう、あの時見た、あまりにも神々しい兄様の状態を。

何かヒントがあるかもしれない。

あの時見えたのは、後光の射す兄様の心臓が止まる程素晴らしい笑顔と、ミラ嬢と第二王子殿下だった。

第二王子殿下はどんな状態だったっけ。たしか、座り込んでいて、満身創痍のような……ああ、ミラ嬢に支えられていたような気が……

あの場所で戦うとかそういうことは起こり得ないはずだから、あの満身創痍状態はどうやって出来たのか……。魔力を吸われた後……？

全てを吸われる前に、止めることが出来た……ってことかな。それはどうやって？

場面場面しか浮かんでこないから、使えそうで使えない、『刻属性（とき）』。

どうせなら動画のように見せてほしい。動画のように動く兄様の一部始終を……

俺は、必死に頭を回転させながら呟く。

「……皆で触れた時、全員の命がなくなったってことは、宝石から自分で手を離すことは出来ないってことだと思っていいとして……、でも、第二王子殿下は誰かに抱き留められていたってことは……？　あうう、ダメだ、わからない。後ろから兄様が引きはがした？　でもそれが出来るなら、そもそも王弟殿下たちが実験した時も引きはがせばよかったわけで……。じゃあやっぱり魔力が残っているうちはあの宝石の方が離さないってことか……」

わからない。どうしよう。

どうやったら生贄になった殿下を助けられるのか。

頭を抱えていると、ブルーノ君の手が俺の頭に伸びてきて、わしわしと撫でまわした。

「アルバ、それだ」

「ブルーノ君？」

「ブルーノ？」

兄様と二人、ブルーノ君を見ると、ブルーノ君は持っていたカバンの中から、ブルーノ君飴を取り出して、俺と兄様のポケットに数個ずつ詰め込んだ。

「ちゃんと持っとけ。絶対必要になるから」

「ああ、なるほど……！」

兄様がその言葉にしっかりと頷いて、俺の手を握りしめた。

どういうこと……と首を捻っていると、兄様が暗い表情を払拭して、ニコッと笑った。

「この間アルバが使った方法でいこう。殿下と合流出来れば、僕たちの勝利だ」

「僕が使った方法……」

ああ、そうか。答えは既に知っていたんだ！　ブルーノ君と兄様最高！

納得すると、兄様につられるように、俺も頬を緩めた。

王宮に着くと、馬車は正門ではない門から王宮の敷地内に入った。前にヴォルフラム殿下と一緒に来た時と同じ場所だ。そして向かう場所は、ヴォルフラム殿下の住む離宮のように見える。

馬車が停まると、外ではヴォルフラム殿下が出迎えてくれた。隣にはアドリアン君がいた。

「アルバ君、わざわざ来てくれてありがとう。うちの父が無理を言ってすまないな」

ヴォルフラム殿下が手を差し出してくれて、俺は首をかしげてしまった。

無理なんて言われていないのに、と考えていると、アドリアン君がウインクを飛ばしてきた。

彼は、俺の無理やりの嘘を伝えてしまったらしい。

ああっと声を出しそうになって、慌てて言葉を呑み込んで、他の言葉を絞り出した。

「いいえ、お招きいただきありがとうございます」

ここは王宮内。目に入る至るところに護衛が配備されていて、俺たちの話なんて筒抜け状態だ。はやる心を互いに抑え込みつつ、俺たちは茶番のような会話を繰り返す。

「ツヴァイトにも用事があったのだろう？　実は私もツヴァイトに貸しっぱなしだった文献があるんだ。そろそろ返してもらわないといけないから、一緒に行かないか」

「はい。是非渡したいものがあるので、ご一緒します！」

伸ばされた手に自分の手を重ねて馬車から降りると、すぐに兄様とブルーノ君も降りてきた。

ヴォルフラム殿下に案内されて、この間の応接室に通される。

そこでは、王弟殿下が俺たちを待っていた。

「学園のある日に呼び立ててしまってすまなかったな」

開口一番、王弟殿下がそう言った。

本当は全然、まったく、呼ばれてはいない。

それは全員の真顔でわかっている。つまり、俺たちに話を合わせてくれているということは、王弟殿下も俺たちの手伝いをしてくれるという意思表示だ。

「ここまで足を運ばせてしまったのは申し訳ないが、私はこれから本宮に向かわなければいけないのだ」

王弟殿下は俺たちに椅子を勧めることなく立ち上がり、一緒に来るように指示すると、早速部屋を後にした。

離宮を抜け、ようやく王宮への長い回廊に足を踏み入れる。

石で覆われた回廊にコツコツと皆の足音が響く。

誰一人、何も言わない。なぜなら、一定区間ごとに騎士が立って警備しているから。この王宮の敷地内には何人の騎士が配置されているんだろう。少しだけ気になったけれど、王宮の警備配置なんて訊いてスパイか何かだと思われたらいけないから、訊くのはやめておく。

皆足早に進んでいるので、足の長さが決定的に違う俺は、小走りになってしまっている。

息が切れるのも時間の問題かな、と必死で皆についていくと、ようやく王宮の中に入った。

俺が息を切らしていると、兄様にひょいと抱き上げられてしまった。

「ごめん、無理させたね」

「そんなこと、ないです、僕が、体力ないだけで」

息切れして途切れ途切れに答えると、王弟殿下がチラリとこちらを振り返った。

「そのまま顔を伏せていろ」

俺が兄様にしがみ付いていると、まるで耳元で囁かれたように、王弟殿下の声が聞こえてきた。

王弟殿下は俺たちから少し離れた先頭にいるのに、もしかしてこれが闇魔法なんだろうか。

俺は慌てて、息を整えるために兄様に身を委ねた。

途端、王弟殿下が周りの騎士たちに聞こえるように声を発する。

「彼は、サリエンテ公爵家のご子息のアルバ。病（やまい）の発作が起こったのかもしれぬ。奥殿の宮廷医のところに向かうため、国王陛下にお伝えを願えるか。我々は一刻を争う。先に向かう故、伝言をしかと届けよ」

「はっ！」

王弟殿下の言葉に驚いて顔を上げようとしたところ、兄様の手で肩に頭を押し付けられてしまったので、そのまま引っ付いていると、王弟殿下が廊下を走りだした。

それに合わせて皆も走りだす。

兄様は俺を抱っこした重さなど感じていないかのように優雅に走る。速すぎて押さえられていなくても頭なんて上げられない。

兄様の力強さに半ばうっとりしていると、またしても耳元で王弟殿下の囁き声が聞こえてきた。

「すまない。君をダシに使わせてもらった。今日はちょうど宮廷医がツヴァイトの籠（こも）る奥殿に詰めている。奥殿に行く理由が欲しかったのだ。そこまでは発作の振りをしていてほしい」

成程。こうやって第二王子殿下の近くに行くわけか。王弟殿下だったら国のためだと言えば通してもらえるとは思うけれど、俺たちじゃ流石に王宮の奥に行くのは難しい。

奥殿というだけあって、皆が走ってもかなり時間がかかった。

そんな時間を俺なんていう荷物を抱えて走った兄様最高にパワフルでワンダフル。抱き着く服の下にはしっかりと筋肉の硬さがあり、それもまたぐっとくる。チラリと目を開けるとうなじに流れる縛り損ねた銀の髪がセクシーでエクセレント。

ダメダメ、今きっと一番大事なところなのに兄様を堪能してしまってはいけない。気を引き締めないと。

先程とは雰囲気が違う廊下をさらに進み、装飾の立派な広い階段を駆け下りる。

「兄様、ごめんなさい、重くないですか……」

流石に申し訳なくて呟くと、兄様の頬が俺の顔をスリッと掠めた。

「大丈夫。アルバはそのまま病人でいて」

「はい……」

囁き声もマーベラス。

どんどん王宮の奥深くに行く緊張感は、兄様のその優しげな囁きで霧散し、安らぎさえ感じた気がした。

兄様に言われたからには、頑張って病人します。

階段を下りて先に進んでさらに別の階段を下りて、体感的に地下三階か四階辺りで、ようやく皆は足を止めた。

後ろにも数人の騎士たちが付いてきていたけれど、誰一人息を切らしている人はいない。体力が凄い。

王弟殿下も涼しい顔をして、重厚な両開きのドアをノックもせずに開けた。

そこに居たのは、お年を召した宮廷医数人と、弟子と思わしき若者数人、そして、リコル先生だった。

リコル先生は俺を見るなり、とても驚いた顔をして、駆け寄ってきた。

「どうしてアルバ君がここに！」

「私が招待した時にラオネン病の発作を起こした。隣の部屋で対処願う」

王弟殿下の言葉に、リコル先生は困惑したような顔で兄様とブルーノ君を見た。ブルーノ君がいるのにどうして、という顔つきだ。

それでもその場で問いただすようなことはなく、リコル先生は王弟殿下の言う隣の部屋へ案内してくれた。

その際、一緒にいた人たちに、「自分は彼の主治医のようなものですので」と断り、俺と兄様が入ったところで、しっかりと鍵を閉める。

流石王宮というかなんというか、こんな地下の家具まで、とても高そうな物が置かれており、誰もが休めるような広さがあった。

発作を起こしていないととりあえず伝えよう、と顔を上げると、リコル先生が無言で首を横に振った。

「静謐なる水よ、我らの声をその清らかなる流れによって遮断せよ」

即座に防音の魔法がかかり、兄様がようやく俺を下ろしてくれる。俺は改めてリコル先生に言った。

「リコル先生、僕は発作を起こしてないです」

「わかっています。けれど、状況が読めません。オルシス君、説明をお願いできますか」

リコル先生が真剣な顔をして、兄様に視線を向ける。

兄様もしっかりと頷くと、俺たちがここに来た経緯をリコル先生に説明してくれた。

やっぱりあの黒い鳥はヴォルフラム殿下の伝言鳥で、今日の朝から第二王子殿下が禊(みそぎ)を開始し、宝玉へと向かおうとしていることを知ったそうだ。そこで最悪の事態を回避すべく皆を呼んだらしい。俺が来ることは想定外だったらしいけれど、万一来た時の対処法も考えていたからそれは大丈夫、とのこと。流石としか言いようがない。

その話を聞いたリコル先生は、ゆっくりと頷いた。

「オルシス君たちの想像通り、まさに今日、第二王子殿下は地下に籠(こも)られました。本当につい先ほどです。私も魔力は申し分なく、私の身の上を気にするものもいないから一緒に、と懇願したのですが、陛下は私の魔力でもって、もし第二王子殿下が危険な時は回復を、と他の宮廷医の方々と共にここで待機を命じられてしまいました。第二王子殿下ではなく君たちを診る羽目になるとは思いませんでしたが」

リコル先生が溜息を零す。

闇属性ではないリコル先生ですら断られたことに歯噛みする。

どうして陛下たちは頑なに第二王子殿下だけを犠牲にしようとしているのか。

やり方によっては誰も犠牲にならないで済むのに。

やっぱり何か黒々としたものを感じて、嫌な気持ちになりながらも、リコル先生に重ねて訊く。

「とりあえず、地下に行くにはどうしたらいいんですか」

「入り口を騎士団が固めているので、簡単には行けません」

「うっかり道を間違えて入っちゃうとか」

「これだけ人がいるのにうっかりは無理ですね」

「じゃあ力ずくでは」

「皆さんの本気であれば、行けないことはないですが、お尋ね者になってしまいます。それは最悪の事態です」

「ううん……難しい」

悩んでいる途中で、ノックが響いたので、急いで扉を開けると、ブルーノ君が顔を出し、俺たちに手招きした。

「救世主が来たぞ」

ブルーノ君の言葉に、俺たち三人は首を傾げた。

部屋の外に出ると、そこにはセネット公爵を伴ったミラ嬢がいた。

彼女は何やら立派な書状を掲げている。

「さ、早く私を通しなさい。許可もこうしてもらっているんだから」

それどころか、奥の立派な扉の前にいる騎士たちに、ミラ嬢がぐいぐい迫っている。彼女の近くにはアドリアン君も並んでいて、セネット公爵は王弟殿下と顔を見合わせていた。

「アルバ君。調子はどうだ」

「もう大丈夫です。ありがとうございました」

俺たちが部屋から出てきたのを確認した王弟殿下に声を掛けられて、俺は丁寧に頭を下げた。

後ろからブルーノ君の溜息が聞こえてきたけれど、気のせいだとスルーしながら、王弟殿下のところに駆けていく。

それにしても、ミラ嬢は何をしているんだろう。

眉をひそめて首をかしげていると、ブルーノ君が俺の頭に手を置いた。

「宰相閣下に、下に行く書状を認めてもらったんだ。あれがあれば、なんの問題もなく第二王子殿下のもとに行ける」

「ブルーノ君、自分のお父さんを閣下って……でもなんで今更そんな書状を用意したんですか。陛下の意思ではないですよね」

「頭を下げて頼んできた」

こっそりと呟かれた言葉にこっそりと訊き返すと、ブルーノ君はあっさりと事もなげに言った。

「あの人に、ミラ嬢が人柱になるための書状を作ってもらった。そしてこっそり王の裁可のところに混ぜておいてもらったんだ。見事に印を貰ってきたから、うまいことといったんだろう」

「ミラ嬢が人柱って」

「ミラ嬢がセネット公爵家に引き取られたのは、その魔力の高さから、もし有事の際には彼女が使えると国の上層部が考えたからだ。ミラ嬢もそのことは自覚している。今回はそれを逆手にとって、こっそりあの書状をぶんどってきたんだ」

ブルーノ君がお父さんと連絡を取っていたことにも驚いたけれど、既に宝玉の間の中に入るための書状も用意していたことに、驚いた。

王弟殿下は手をこまねいていて、ヴォルフラム殿下もいい手立てをあまり思いついていなかったのに。

ブルーノ君の頭がどれほど高速で回転しているのか気にしつつも、俺は兄様の手を引いてミラ嬢に近付いていった。

騎士の人たちは、その書状を確認して、躊躇(ためら)いながら扉に手をかけていた。

「ほらほら、絶対貴方たちは怒られないから、とっとと開けなさい。案内はいらないわ。護衛も、これだけの頼りになる方がいるから問題ありません。道は一本でしょう。貴方たちはここで任務を全うしてください」

開いた扉を、ミラ嬢が堂々と通っていく。その横を、当たり前のようにヴォルフラム殿下とアドリアン君も固めていく。そこにブルーノ君も何食わぬ顔で混ざり、兄様はそっと「アルバはここにいなさい」と言い置いて、合流していく。

でも、置いていかれるわけにはいかない。俺にはやらなければいけないことがあるんだ。

皆が通り過ぎた扉を騎士が閉めようとしたのを見計らって、俺はその扉を潜り抜けるようにサッと通った。

「アルバ君!?」

リコル先生も慌てて扉の中に身を躍らせる。

騎士たちが戸惑ったように手を止めたので、「閉めちゃって大丈夫です！」と声を掛けながら、前の人たちに追い付いた。

皆は、足を止めて走り寄る俺を待っていた。

——と思ったら、ブルーノ君から遠慮ない拳骨を貰ってしまった。

「戻れ。今からすぐに戻れ」

「嫌です！」

頭を押さえながら、じと目で入口を指差すブルーノ君に反論する。

「俺たちは魔力が多いからいいが、アルバは入っただけでどうなるかわからない場所なんだ。戻れ」

「戻れません！　僕にはやらないといけないことがあるから！」

「俺たちが代わりにやる。だから、それを言って、戻れ」

「ダメです！　僕が自分でしないとだめなんだ！」

「それは、どんなことだ」

ブルーノ君がとても真剣なまなざしで俺を見下ろす。

皆、俺の言葉を待っていた。

でも、どんなことをしてでもブルーノ君を言いくるめて、一緒に行かなければならない。

どうしてもだ。

「僕は……どうすれば宝石が起動するか、知っています」

二人で触れればいいことを、知っている。

実際にそうなのかはわからないからはったりに近いけれど、と記憶をフル稼働しながらブルーノ君を見上げる。

ここで負けたらきっと、後悔しかしない。

頭に浮かぶのは、宝石を光らせてほんのり風味の笑顔を乗せる最推し。真顔で告白し、全ユーザーから「それ愛してる顔じゃない」とツッコまれた最推し。満面の笑みじゃなかったのが辛い、けれどそこがいい。

いや、それじゃない。

思い出す記憶はそれじゃない。

どうやって宝石を復活させたか。

二人で触れた。

それだけ。うん。全然無理を押し通せる情報じゃない。けれど、やらなければいけない。

キリッと顔を上げると、ブルーノ君もとても真剣な顔で俺を見下ろしていた。

「教えてくれたら、俺たちがなんとかする。あの魔物の時もそうだっただろう。アルバは王弟殿下のところで待て。この先は入っただけでも恐ろしいことが起きかねない」

「恐ろしくなんてありません。問題ないです。宝石はこの国を守る守護石ですよ。護ってもらっているのにこの国の人が恐れたらダメじゃないですか。僕は、行かないといけないんです。わかるんです」

答えられないことを訊かれたら、勢いで乗り切る。

そんな気持ちで、ぐっと拳を握ったら、兄様に手を差し出された。

「もう時間がない。もし、身体に異変を感じたり、厄災の魔物が出たりしたらすぐに逃げること。わかった？」

「はい。足手まといにはなりたくないので。でも魔物なんかは絶対に出ませんよ？」

「本当に？」

「絶対に。国の一番大事なところで魔物なんて出てしまったら、こんな魔力をどうのという前に国が滅んでしまうじゃないですか。宝石がここに在(あ)って、この国を支えているということは、王宮が一番宝石の恩恵を受けているということです。だからこそ、国の端の方から魔物の脅威が増えていくんだと思います。この地下は多分一番、そういう意味では安全です」

推測をさも本当のことのように伝えて、しっかりと差し出された兄様の手を握る。

俺が一番安全だと思うのは、この素晴らしい最推しの手の届く範囲だと思っているので、実は宝石関係ないです。とは言えない。

しっかりと手が繋がれていることを確認して、俺はその手をぐいぐい引いた。

「急ぎましょう」

反対の声が上がらなかったので、俺は移動を開始した皆と共に、王宮の奥殿に進んでいった。

俺の屁理屈を論破されなくてよかった、とホッと胸を撫で下ろしながら。勢い大事。

そこからさらに下に向かってひた進む。

廊下は薄暗く、けれど、装飾は下手したら上の王宮よりも緻密にして華美。

一見して、とても大事な場所とわかる作りになっている。

人気はなく、ただ長い回廊を俺たちは必死で走った。

例によって足の短い俺は兄様の腕の中。

身体が小さいとはいえ、十三歳の俺を一人抱えて全力ダッシュは流石にスタミナが問題になるかと、俺は兄様のポケットに回復の魔術陣をねじ込み、細々と光魔法で回復をかけている。結果、兄様が一番に扉の前に着いた。アドリアン君が汗をかきながら兄様に「化け物かよ」とツッコんでいたけれど、失礼な。こんな綺麗で素晴らしい化け物なんているわけないじゃないか。

兄様は俺を下ろすと、涼しい顔をして扉に手を掛けた。

扉はなんらかの魔法がかかっているのか、うっすらと光っている。

「この扉は、魔力の足りない者を、部屋に入れないよう、魔術が掛けられて、いる」

息を整えるように、ヴォルフラム殿下が教えてくれる。彼も汗をかいて、少し息を乱していた。

すごいのは、兄様のスピードに付いてくることが出来たミラ嬢だ。なんなら彼女の方がまだ余裕があるように見えるのは気のせいだろうか。リコル先生なんて声も出せない程に息を乱しているというのに。

兄様は息を切らしているみんなを見てから、俺に視線を移した。

「じゃあ、もしアルバが入れなかった場合は、ここで待っていて」

「はい。でも扉は開けたままでお願いします」

返事をすると、兄様が扉をゆっくりと押してくれる。

扉が開いていれば、ワンチャン兄様の素晴らしい偉業をここで見ることが出来るはずだ。

ミラ嬢と兄様が手を取るのを見るのはちょっと業腹だけれど……

そこまで考えて、俺はふと違和感に眉をひそめた。

あれ、この間見たあの映像、兄様の大分後ろに、ミラ嬢はいなかったか。

第二王子殿下を支えて、兄様の後ろにいた。

ということは。

兄様の手を取って、守護宝石に魔力を注入したのは、ミラ嬢じゃ、ない……？

皆が横を駆け抜けていった風圧でハッと顔を上げると、神殿の中央にいる第二王子殿下が視界に飛び込んできた。

宝石は大きな八面体をしていて、不思議なことに宙に浮いている。その目映く光る宝石に手を置いた第二王子殿下は苦悶の声を上げていた。

「殿下！」

慌てて殿下のもとに駆け寄る。

部屋に入れた！　その喜びや驚きもありつつ、中央に辿り着く。同時に兄様とブルーノ君が第二王子殿下の口に飴を放り込んでいた。脈打つように第二王子殿下が触れていたところから宝石の中心に走っていた光が消える。

同時に光がバチバチと弾けて、第二王子殿下の手が宝石から離れた。

「はぁっ、はぁっ……っ」

ぐったりとする第二王子殿下を、ミラ嬢が支える。

冷や汗をかいた様子のブルーノ君が俺の頭をわしわしと撫でた。

「やはりアルバの考察は正しかったな。魔力が流れる間は手が離れなかった。飴を口に含ませた途端に殿下が解放された。間違えていなくてよかったよ」

「よかったです、本当に……」

撫でられながら、ぐったりとしている第二王子殿下を見つめる。

リコル先生が彼の傍らに膝をついて、持ち込んだ魔力回復薬を飲ませた。

すると固く閉じられた瞼が震え、第二王子殿下が目を開いた。

「……すまない。助かった……でも、皆こんなところに入り込んで、後が怖いぞ……」

「いや、怖くないわ。だって私達がここに入ったのは、王命ですもの」

「王命……？」

ミラ嬢の言葉に第二王子殿下が首をかしげると、ミラ嬢は誇らしげに書状を掲げた。

「ほら、ここを見てください殿下。『相応の魔力を持つ者、奥殿の宝玉の間に立ち入り、国の有事に備えることを命ずる』とあるでしょう。ここに入れるのは相応の魔力を持つ者。つまり私達が国の有事に備えてここに来るのは王命でしょ」

「はは……なんでそんな書状を……あの父が発行するはずがないだろう。偽造は……」

「殿下、偽造じゃありません。宰相監修のもと作られた、本物の書状です」

「まったく君たちは……」

肩の力が抜けたのか、第二王子殿下はミラ嬢の肩に頭を預けた。

「すまない、少しの間だけ、肩を貸してはくれないだろうか……」

「それはもちろん構いません。殿下が復活したら、アレを何とかしましょう」

ミラ嬢が中央の宝石が置かれた台座を指さすと、第二王子殿下は息を吐いてから目を閉じた。

「ギリギリでしたね。魔力がほぼ底をついていました」

リコル先生もホッとした顔をして、第二王子殿下に回復魔法をかけ始めた。

場の空気が少々緩み、同時にブルーノ君が俺を見てしょっぱい顔をした。

「アルバ、やっぱり入ってきたのか……」

兄様の隣にちゃっかり立っていた俺は、ブルーノ君を見て身を縮める。

「魔力は足りたようです。兄様のお陰ですね。今は滅茶苦茶元気です。きっと魔力も気力も満タンなんですよ」

兄様の血を飲んでしまってから、身体の怠さとは程遠いんだ。

正直あそこまで血液が効くとは思わなかった。まるで吸血鬼にでもなった気分だった。そして、魔力が満タンの時の体調がどんなものか、身をもって味わった。

確かに、身体が軽い。きっと今は体力作りをしてもそこまでへばらない自信がある。足は軽くて、気力が十分。

俺が元気だと思っていた時の体調は、全然元気じゃなかったんだっていうのがわかった。足の短さとスタミナのなさからさっきは醜態をさらしてしまったけれども。

だから、と俺はちょっと思ってしまう。


今なら、もしかしたら。

あの、兄様の笑顔の先に、俺が立っても大丈夫かもしれない。というか、立ちたい。

誰にも譲れないあの笑顔。


俺の視線の先にある宝石はまだまだ満タンには程遠いようで、どこかくすんだ色をしている。

魔力が溜まった宝石はこんな薄汚れた状態じゃなくて、光り輝き、辺りをも照らす程に眩しいということを、ゲームをプレイした俺は知っている。

第二王子殿下の全魔力を以てしてもまったく満タンにならなかった宝石を、たった二人であの状態まで復活させるなんて、並大抵のことじゃないけれど、でも。

俺は兄様を見上げた。

愛情、友情、絆という、目に見えないものは、どれだけの力を与えてくれるんだろう。

兄様が相手だったら、きっと俺は、誰にも負けないほどの愛を詰め込むことが出来る。

兄様の綺麗な紫色の瞳が、俺を見下ろしている。

仄かに持ち上がった口元は、俺を信頼してくれている証かなんなのか。

誰かに指示されたわけでもなく。

国を助けようなんて高尚な想いを持ったわけでもなく。

俺たちは、自然と手を取り合った。


兄様と、前に進み出て宝石に向かって手を伸ばす。


ああ、この光景は。

最推しと共に国を助ける主人公の立ち位置そのもので。

俺を見下ろす兄様は、俺が何をしようとしているのか見透かすように、瞳を揺らしている。

兄様とだったら、なんだってできる。

もしもこの宝石に魔力をとられて兄様が命を落としたら、その時点で俺の命もいらない。全ては
この最推しのために生きてきたから。

俺は、兄様を、オルシス様を。

誰よりも愛しているから。

「オルシス様を、誰よりも、愛しています」

俺の口から、告白の言葉が零れた瞬間、くすんでいたはずの宝石が光った。

◆◇◆

俺は呆然とする兄様の手を取ったまま、光ったように見えた、けれど相変わらず薄汚れた色の宝石に触れた。

途端に魔力が身体から抜けていく慣れ親しんだ感覚が襲ってくる。

俺の隣で兄様が叫ぶ。

「アルバ！　そんな、これはそんな簡単に触れていいものじゃないのに！」

「兄様は魔力を注入する気だったでしょう。だったら」

「そんなこと……！」

くそ、と吐き捨てた兄様は、俺と繋いでいた手をギュッと握り直して、もう片方の手でやっぱり躊躇(ためら)いなく宝石に触れた。

途端に宝石が光り輝いていく。

兄様が顔を歪めている。

見ていると俺も苦しい気がしてくる。

宝石の光は魔力の光だ。

魔力の光が部屋中を奔流のように走り回る。

ああ、兄様の笑顔も好きだけれど、そういう顔も胸がドキドキする。要するに俺にとっては兄様がどんな顔になっても好きなことに変わりないんだ。

俺は体内から魔力が失われていく感覚に身を任せながら、兄様に言った。

「僕がここを視た時、兄様の手を取っているのが誰かわかりませんでした。兄様の後ろの方でミラ嬢が第二王子殿下を介抱しているのが見えて、だからこそ、誰と兄様が情を交わしたのか気になって気になって。だから……だからこそ、僕がその立ち位置でありたいと思ってしまいました」

手は、まるで宝石と一体化したかのように動きもしない。

光の奔流は、俺たちの身体の中をも流れていき、まるで濁流の中に放り出されたような息苦しさを感じる。

「僕が怖気づいてこの宝石に近付かないとは、思わなかったの？」

「全然思いませんでした。兄様はこの偉業をやり切って、この国なんか簡単に救っちゃうのは知ってましたから」

不思議と、発作の時やいきなりの『刻魔法』とは違い、ちゃんと口を利くことが出来た。

けれど、光が煩い程に周りを飛び交っていて、焦ったような顔をして周りに集まっている人たちの声はまったく聞こえない。

俺の耳は、ただただ兄様の声だけを拾っていく。

「僕は、そこまで出来た人間じゃない。けれど、アルバがどんな僕でも大好きだと肯定してくれるから、だったら、アルバが見続ける僕に少しでも近付こうと頑張ることが出来る」

「兄様は、たとえ悪いことをしても怠惰でも、それはそれで素敵です！」

「ほら、それ。僕は、アルバのそういう僕を甘やかしてくれる態度に、とても救われたんだ。だから、アルバ」

身体は相変わらず魔力を吸われていて、けれど、兄様の手から少しずつ、温かい魔力が流れ込んでくる。

負けじと俺も兄様に魔力が行くように拙い魔力制御を試みる。

国を救うのも大事だとは思うけれど、俺は、一番は何をどうひっくり返しても兄様なんだ。

オルシス様が健やかに、穏やかに、微笑んで暮らせるなら、この命くらいは全然惜しくない。もともと死に損なった命だ。けれど、今はもうわかっている。俺の命がなくなったら、少なくとも兄様は暫くの間は嘆き悲しむ。兄様の泣き顔はハッキリ言って性癖に突き刺さるけれど、嘆き悲しむ顔だけは見たくないから、宝石だけじゃなくて兄様にも魔力を渡したい。

「俺の願いは、オルシス様が生きるこの国が、飢えることのない豊かな土地になること。オルシス様が病気なく健康でたくさんの歳を重ねていけること」

「アルバ、僕はね、アルバがなんの憂いもなく、僕のことを好きだと隣に座っていてくれることを夢に描いていた。ずっと、アルバの隣で」

目が痛くなるほどに、兄様と俺の周りに魔力の奔流が渦巻く。そんな中でも兄様の紫色の宝石のような瞳はまっすぐ俺を貫いていて、そこから視線をそらすことが出来ない。

「兄様、それ、プロポーズみたいです」

「そのつもりだよ。アルバ、僕と結婚して、ずっと一緒にうちで暮らそう。兄弟のままではダメ。アルバがそのうち誰かのものになってしまうなら、僕と、ちゃんと結婚しよう」

「兄様……」

魔力が減っているのはわかる。けれど、不思議と身体は辛くなかった。

そして相変わらず、周りの声は聞こえない。

ブルーノ君が俺たちに手を伸ばしているけれど、俺たち二人と皆の間に、透明な何かがあるようで、皆の手を阻んでいる。第二王子殿下が触れていた時はなかったものが、俺たちを二人だけの空間に閉じ込めている。

少しだけ周りに視線を巡らせてから、俺はもう一度兄様を見上げた。

今、兄様が言った言葉が、じわじわと浸透し、バッチリと目が合った瞬間に脳に到達した。

『結婚』

兄様は今、俺に結婚しようって言ってなかったか。

結婚しようなんて言葉、ゲームではなかったよ？

待って、あの時はどういう風に言っていたのか。

そんな顔で愛の告白って一体どういうこと、という真顔で確か……

『ずっと一緒にいて、気付いたんだ。私には、君のような子が必要だって……。君のお陰で、前を向けた。君の言葉で、過去を振り切ることが出来た。一歩、前に出ることが出来たんだ。どうか、私と、これから先一緒に歩んで行ってはくれないか……？』

兄様の真剣な瞳が俺を見下ろしている。

ゲームの、はっきりと言わない曖昧な愛の告白とはまったく違う。

相変わらず魔力は宝石に奪われていて、これが夢じゃないことはわかっている。

あの魔法発動で見た時と同じように、神殿の中で光が渦巻いているから。

でも、違う。全然違う。

言葉の重みが、全然違う。

「僕と結婚するのはいや？」

いやなわけじゃない。いやなはずがない。

けれど、そのズンと鳩尾に響くような重い言葉は、あのアプリゲームをやっていた時の様に気軽に聞くことが出来なくて。

兄様が。

オルシス様が。

今目の前で息をして、生きて動いているオルシス様が。

俺に、告白を！

自覚した瞬間、顔が噴火しそうな程に熱くなった。

胸が潰れるんじゃないかというように締め付けられて、声が出ない。

これぞ本当のトゥルーエンドでは……？

瞳が潤み、スチルの真顔のオルシス様と、今まさに目の前にいて、一緒に魔力注入している兄様が重なる。

ああ、好き。

グルグルと回っていた思考は、ストンとその事実に堕ちた。

「昔から知っていたオルシス様と、今の兄様は全然違います」

「嫌いになった？」

「いいえ！　それどころか、持ってはいけない感情を、持ってしまいました……！　兄様を、諦めなくて、いいのでしょうか……！」

「むしろ、諦めないでほしいと思うのは、僕の我が儘だろうか。アルバのすべてが、僕のものであってほしいし、僕のすべてをアルバのために使いたいと思う」

兄様がすべてを、俺のために……！　なんて甘美な響き。

これは夢じゃないか。魔法を使ってしまって、その延長の夢なのではないか。

そんなことまで考えてしまう。

けれど、繋がれた手はちゃんと温かく、二人で触れている宝石は光り輝き、兄様は、ただただ俺に向かって、笑ってくれている。

「僕はいつでも、この命すら、兄様のものでありたいです……！」

俺がそう返した瞬間、神殿内が完全に光に覆われた。

守護宝石から離れなかった手は何事もなく離れ、身体の力が抜ける。

ここに来て初めて、本当にたくさん体内の魔力がなくなったことがわかった。

がっしりと力強い手に身体を支えられて顔を上げれば、怖い顔をしたアドリアン君が俺の身体を支えてくれていた。

横を見れば、兄様はブルーノ君に受け止められている。

「馬鹿か！　どうしてあんな風に躊躇（ためら）いなくあの禍々（まがまが）しい宝石に触れることが出来るんだ！」

「ごめんなさい……」

「殿下の状態を見ていただろう⁉　本当にもう少し遅ければ、間に合わないところだったんだ！　それなのに、一番危ないアルバが宝玉に触れるなんて……考えなしもいいところだ！」

「はい……」

ブルーノ君の魔力回復薬を飲み、何とか歩けるほどに回復した俺に待っていたのは、ブルーノ君の説教だった。

正座をして、小さくなってブルーノ君に怒られている。

守護宝石は、無事力を取り戻した。

あの後、魔力が満たされたことで、王弟殿下たちが待っていた奥殿の控えの間まで、宝石のの光が壁を彩ったらしい。

今この部屋は壁が神秘的に光っていて、溝を流れる魔力の光がとても幻想的になっている。

けれど、俺は中心で説教。

解せぬ。

一緒に触れた兄様も、同様に俺の横で苦笑しながら座っている。

ブルーノ君の怒りが大きいのは、それだけ俺たちのことを心配してくれたからだ、と甘んじて説教を受けているのだ。兄様、人間が出来ている。それがまたいい。

最後、またしても軽い拳骨を喰らった後、俺と兄様は、ブルーノ君に抱きしめられた。

絞り出すような「無事でよかった……！」の言葉に、俺と兄様は一緒にブルーノ君の身体に腕を回した。

エピローグ

神殿内部は温かい光に満ち溢れ、くすんでいた宝石はとても美しく輝いている。

ブルーノ君に怒られながらも笑ってしまうのは、最推しの一番の見どころを、一番の特等席で見ることが出来たから。

しかも、愛の告白付きで。

さっき言ったことは、本当なんだろうか。

なんていうか、絆的な何かを引き出すために、仕方なく言ったとかではないだろうか。

ぎゅうぎゅうに抱き締められながら、同じように抱き締められている兄様にちらりと視線を向ければ、兄様も笑いながら俺を見ていた。

照れたような、嬉しそうな、そんな顔の兄様をこの場所で見ることができた僥倖（ぎょうこう）。もう俺、今が一番幸せピークなのかもしれない。

ブルーノ君の説教が終わると、兄様はそっと俺の耳に顔を近付けて、一言呟いた。

「さっきの言葉、嘘じゃないから。アルバも、僕との将来を考えて」

はいもうこれ夢かな。夢じゃないよね。

幸せ一杯すぎてもう眩暈（めまい）が……


その後、魔力枯渇で目を回した俺は、ヴォルフラム殿下が扉を開けた瞬間、すごい勢いで乗り込んできた王弟殿下に尋問のような質問をされることを回避したのだった。

ドアを開け放った先、この部屋に入る廊下にも、圧倒されるほどの光の回廊は続いており、この奥殿っていう場所全体が魔力で満ちているのが感じられる。

これは、ミラ嬢とブルーノ君が宰相と手を組んで、陛下の許可証を取っていてよかったと言わざるを得ない。

どこまで光が満ちているのかこの部屋からは見当もつかないから。勝手に入って勝手に手を貸した、じゃあきっと第二王子殿下だけをここに送り込んだ人たちが納得しないと思う。

ともあれ、これで国はまた数百年単位で安泰、そして魔物も落ち着くってことかな。

ゲームだったらここでエンディングが流れるんだけど、流石にあの音楽が流れることはなく、力なく座り込んでいる第二王子殿下と兄様が王弟殿下に色々と問いただされていた。

俺はアドリアン君の陰でぐったりしていたので、難を逃れることができたんだけれど。

二人で魔力を入れたのか云々、どうだった云々、体調はどうだ云々……

俺は、知らなかった。

俺以外のこの部屋に入った皆が顔を見合わせて、頷いていたことを。

全てが終わったと、安堵してしまったから。

皆が、俺がしたことについてどう考えていたかなんて、わかっていなかったんだ。そして、これから俺がどうなるのかも……

幕間（side オルシス）

「オルシス様を、誰よりも、愛しています」

その言葉と共に、アルバはあろうことか先程までツヴァイト殿下の命を吸い込んでいた宝玉に触れた。

慌てる僕とは違い、アルバの顔は落ち着き払っていた。

二人なら大丈夫、というアルバの言葉が脳内に響き、反射的に僕もその宝玉に手を乗せていた。

繋がれた手がとても温かく、恐ろしく早く魔力が抜けていくにもかかわらず、怖いとは思わなかった。

確かに宝玉は一度触れてしまえば、手を離すことは出来なかったけれど、身体が動かない訳ではなかったので、もしダメだと思ったらポケットに入っている飴を無理やりアルバの口に詰め込もうと、覚悟を決めた。

そう思ったのに、安心しきった様子のアルバは、僕が手を乗せると花が咲いたように笑った。どうせ兄様は魔力を入れる気だったでしょと。

それはこっちのセリフだ。

絶対にアルバはこれに触れると思っていた。

兄様が選ばれた、兄様が神殿のような場所で素晴らしい笑顔で誰かと手を取っていた。

これだけ言われたらわかる。

僕は、アルバと共にこれに触れ、二人でこの国を救う運命だったんだと。

だって、僕が笑うのは、アルバがいてこそなんだから。

素晴らしい笑みなんて、アルバの前でしか浮かべないんだから。

アルバも覚悟を決めていたようで、宝玉に触れた瞬間すら、表情に苦痛は浮かんでいなかった。

それでも心配になってアルバにも魔力をいつものように流すと、慌ててアルバも仄かに魔力を僕に流してきた。

その流れて来た魔力が、何倍にも膨らんで、僕の手から宝玉に流れていく気がする。

これが、アルバの言っていた「絆の力」なんだろうか。

アルバの魔力が切れてしまわないかと僕を見上げるアルバを見つめれば、アルバはひと際可愛い笑顔で、そっと口を開いた。

僕が向ける笑顔の先の相手が自分でありたかったと。

——それこそ、知ってほしい。

アルバが素晴らしいと評してくれる僕の笑顔は、全てアルバのものなんだ。

ねえアルバ、さっき言ってくれたことは、本当？

その口から紡がれた「愛してる」は、どんな愛？

どんな愛でも、僕は僕のいいように受け取って、もう、二度とアルバの手を離してあげられないよ。

僕も愛してる。

きっと最初は普通に弟として可愛かった。

けれど、アルバが僕を好きだと身体全体で伝えてくれる度に、僕の気持ちは少しずつ変化していった。

もう、弟だというだけじゃ、僕が耐えられない。

その手を離したくない。離してあげられない。

これは僕の我が儘だけれど、ねえ、アルバ。僕の言葉をまっすぐ受け取って。

そうして祈った瞬間、目の前で光が爆発した。


フッと魔力の流れが止まると、動かせなかったはずの手が宝玉から離れ、僕とアルバは身体の力が抜け、倒れそうになった。

僕はブルーノに支えられ、アルバはアドリアンに支えられ。

その支えられるという状態ですら嫉妬してしまう僕はきっと、アルバに関してはとても狭量だ。

かといって今は自分の身体すら支えられない状態。

自分の状態を悔しく思いながらジト目でアドリアンを見ていると、いきなり頭に衝撃が走った。

我に返って横を見れば、ブルーノが目に怒りを湛えて、手を握りしめていた。

「何やってるんだよ……っ！　心配させるなバカ！」

小声で怒るブルーノの態度が何故か嬉しくて、笑いがこみ上げてくる。

「お前はいい。アルバがもし魔力を注入したとバレたら、家に帰してもらえなくなるかもしれないんだぞ……っ」

ブルーノの小さな忠告は、僕を我に返らせるのには強烈すぎる一言だった。

そうだ。そうだった。

刻(とき)属性というだけじゃなく、『ラオネン病』でここまで生き残ったアルバは、それだけで王家から注目されていたんだ。

こんなこと知られたら、アルバがどう使われるかわからない。

幸いにも今のブルーノの一言はアルバには聞こえていなかったらしく、今後の方針が瞬時に決まった。

「「アルバは、前に出さない」」

僕の呟きと、ツヴァイト殿下の呟きが、重なった。

リコル先生がアルバに魔力回復薬を飲ませ、介抱している。

僕もブルーノに手渡されて一本飲み干したけれど、まだまだ魔力不足の怠さが抜けない。

本当に根こそぎ宝玉に魔力を持っていかれたらしい。

ここで力尽きるはずのツヴァイト殿下が無事現れたら、今回のことを段取りし、背を押した者はどう思うか。

否応なく巻き込まれていく王家の確執に、僕はただただアルバが巻き込まれることなく、無事家に帰れることを祈るのだった。

アルバと共に床に座らされ、怒られながら、今後のことを相談しているツヴァイト殿下とヴォルフラム殿下からアルバの意識を逸らすべく、僕はアルバの手をギュッと握った。

番外編　合同キャンプのやり直し

「さ、アルバ。今日は僕の部屋かテントか、ちゃんと選んでね」

にこやかにそんなことを言うのは、俺の最推しの兄様。

高等学園と中等学園の共同行事である合同キャンプの直後、キャンプが厄災の魔物、アビスガーディアンの出現によって散々に終わってしまって以来、兄様がやり直しを俺に要求してきているのだ。

けれど最近俺は、兄様を妙に意識してしまって、まともに目も合わせられない状態になっている。

それもこれも、母が「オルシスくんと一緒になりたいなら、応援する」なんて言うから！

応援も何も、俺と兄様は兄弟で、兄様は嫡男だから跡継ぎを作らないといけなくて。

だから、俺と兄様との間に応援するものなんて、何もないんだ。

そう、ないはずなのに。

母の言葉は俺の心に根を張り、それ以来自分が兄様に対してどんな気持ちを持っているのか、わからなくなってしまっていたんだ。

そんな中の、自宅でキャンプのやり直しをしようという兄様からの提案。

少し拗ねたような顔がとても眼福で、けれど、見ていたいのに見ちゃいけないような、そんな気持ちが……

「昨日は見逃してあげたけれど、今日こそはアルバは僕と一つ屋根の下でお泊まりだよ」

もちろん並んで就寝ね、と追い打ちをかけられて、もう俺のハートは崩壊寸前。

あまりにも頭がパーンして、昨日は挙動不審でお断りしてしまったのだ。

あの母の言葉がなかったら、どれだけ嬉しかったことか。

なにせ兄様と一つ屋根の下お泊まり！

合同キャンプ前に一度外にテントを張ってもらってお泊まりしたけれど、とても心地のよい寝袋に入った瞬間、朝になっていたので、実質無効。

兄様と寝袋話もなかったし、夜の語らいもなかったし。それが楽しみだったのに。

ああでも、兄様の恋バナだけは聞きたくない。聞いたら再起不能になる自信ある。

いやいや、そこは自信つけちゃだめなやつ。

笑って兄様の恋バナを聞いて、弟らしく祝福をしないといけないから。

そう、祝福を……

そんな考えが頭をよぎった瞬間、鼻の奥がツンとした。

俺の表情を見た兄様が、途端に目を見開く。

「アルバ!?　え、僕はそんなアルバが泣くくらい酷いことを提案していた？」

「そんなこと絶対にあり得ないです。ただ、僕が勝手に想像して、勝手に胸が痛いだけで、本当であれば、兄様と一つ屋根の下なんて、ご褒美以外の何物でもないです……！」

ずず、と洟を啜ると、頭をぎゅっと抱えられた。

こここここれは、兄様が、ぎゅっと、俺の、きったない顔を！

「服が！　汚れてしまいます！」

「何の問題もないよ。アルバを傷つけてしまったことの方が重大だ。僕はどうすればアルバに嫌われない？　こういう強引なところもいや？」

ねえ、と囁く兄様の声は、いつもよりもずいぶん落ち込んだトーンだった。

兄様が悪いんじゃなくて、ただただ俺が想像しただけで勝手に傷ついただけなのに。

それを言おうとしても、兄様の服にぎゅうぎゅうに顔を押しつけられて、しゃべることもままならない。涙はすべて兄様の服に吸われていくのがさらに気になる。

汚れる、最高に素晴らしいお召し物を俺が汚してしまう……！

「アルバが全然目を合わせてくれないから、もしかして僕はアルバに嫌われてしまったのかなって」

そんなことあり得ない。

「厄災の魔物を討伐するとき、とても好戦的なところを見せてしまって怖がられたのかなとか、その後力尽きた僕が情けなくて嫌われたのかなとか」

それはむしろちゃんと魔力を分けてあげられなかった俺の落ち度では。

「その後自制が利かなくて僕が恐ろしい表情をしていたのがだめだったのかなとか」

どんな時でも兄様の表情は俺にとって極上以外の何物でもありません。

「アルバに目をそらされるたびに僕ってアルバの兄失格だなって」

俺にとっては兄様が史上最高の兄ですが。

言いたくても、兄様の胸元と力強さを顔全体で堪能していて、反論もできない。

というか、そろそろ息ができなくなりそうな予感が……

ぎゅっと握ってしまっていた兄様の服を持つ手に力が入らなくなった瞬間、俺はベリッと兄様以上の力強さで兄様から剥がされた。

いきなり肺に空気が入り込んできて、ちょっと咽せながらチラリと後ろを見ると、ブルーノ君が半眼で兄様を見ていた。

「あれ以上力を込めたらアルバが窒息するだろ！」

「わ！　ごめんアルバ！」

「大丈夫……何をされても兄様を嫌うなんて、あり得ません……」

ようやく訂正できたとほっと息をついた瞬間、慌てた兄様が俺の身体に今度は優しく腕を回し、無事を確認するように抱き上げた。

ぎゅっと抱きしめられてしまって、さっきまで考えていたことはすっかり頭から抜け落ちたので涙はすっかり止まった。けれど、子供のような抱っこをされて、頬ずりされながら背中をさすられ、兄様の顔の近さが目に入った瞬間、俺の頭はオーバーヒートした。

そのとき目に入った兄様の睫毛がとても長くて綺麗で、俺の胸をドキュンと打ち砕き、兄様の提案に是を唱えていたのは言うまでもない。

まだ合同キャンプの時のゴタゴタは収まらず、学園も再開していない。

厄災級の魔物が学園行事中に出てきたんだから当たり前と言えば当たり前なんだけれど。

そんな中、またしても俺たちはサリエンテ公爵邸内の広大な庭にテントを張った。

前に、兄様とブルーノ君と一緒にメノウの森で合同キャンプをしようと約束していたことはあったけれど、さすがに今森に行きたいかというと絶対に行きたくない。そんなわけで、一つ屋根の下お泊まりはまたしてもうちの庭となった。

今日のお泊まりは、兄様と俺……だけだと俺の心臓が持たないので、ブルーノ君と義父とルーナも参戦してくれている。

義父は俺たちの一連の流れを聞いて、じっと俺の顔を見てから、苦笑しながら「私もたまには遊びたいな」とお泊まりを表明。それを聞いたルーナが「とうさまと一緒がいい！」と騒ぎだし、そんなことを言われて断れる訳のない義父が、だったらブルーノ君も一緒にと皆を巻き込み、この人数と相成った。

ちなみにテントの中に泊まるのはこの五人で、その他用意や見回りを手伝ってくれる人たちは多数。

義父付きの騎士とスウェンが手伝いを申し出てくれたので、結構な大人数になった。まるで本当に合同キャンプをしているように……というか、騎士団の野営のような様相を呈している。

テントの大きさは前と一緒で、二人でいたときはとてつもなく広いと思ったテントの中は、寝袋が人数分並んでいると案外狭く、これぞまさにあのときのキャンプと同じ雰囲気！　とちょっとテンションが上がった。

「僕も何かやらせてください！」

どうせなら本格的にやろうと兄様たちが外で夕飯を作ろうと言い出したので、俺も便乗してみることにした。

ヴォルフラム殿下は俺にほぼ何もやらせてくれなかったので、今度こそちょっとでも参加して、皆との共同作業的なものを体験したかったんだ。

野菜を切ってみたいし、鍋をかき混ぜたいし、それを皆で分けて美味しいねって笑い合いたい。

兄様と二人でもそれはそれで楽しいけれど、皆が一緒だとまた違った楽しさがあるよね。

野営……じゃなかった。リベンジキャンプの用意が整うと、義父の号令でずらりと公爵家の騎士たちが並んだ。

手には剣……じゃなくて包丁代わりのナイフと食材。

兄様も食材を持ち、ブルーノ君は調味料を吟味している。

俺とルーナは、目の前に置かれた野菜をナイフで切るという役を言い渡された。

「アルバにいさま！　もしルーナがお手々いたいいたいしたらなおしてね！」

フンスと鼻息荒く俺の目を見てそう言い放ったルーナは、ためらうことなく、その小さな手にはちょっと大きなナイフを鷲掴み、野菜にざくりと突き立てた。

野菜が刺さったままのナイフを振り上げ、すぐ後ろで見守っていた義父を真っ青にさせながら、さらに振り落とす。

ルーナがナイフをまな板に叩きつけると、野菜は真っ二つになり、勢い余って鍋の向こう側で下ごしらえをしている騎士たちの方に飛んでいってしまった。

まさに豪快な野菜切りに、俺も義父と一緒になってハラハラと見守った。

飛んでいった野菜を難なく受け止めた騎士に拍手をすれば、騎士はニコッと笑顔で応えて、ルーナに真っ二つになった食材を届けるとまた下ごしらえに戻っていく。

「ルーナ、すごいぞ。ちゃんと野菜が切れたな。でも野菜を飛ばすのは危ない」

「あのねとうさま、あのおやさい、とてもげんきだったの」

私のせいじゃないよ、と言外に言うルーナに笑いをかみ殺しながら、俺も目の前においてある大根のような野菜に手を伸ばした。

隣では兄様が見守っている。

左手で野菜を押さえ、そっとナイフに力を入れると、ほぼ抵抗もなく切れた。

そのナイフの切れ味に戦慄しながら、手を切ってしまわないよう細心の注意を払って丁寧に切っていく。

ルーナのところから聞こえてくる豪快な音を聞きながら、真剣に大根を切り終える頃には、お水だったはずの鍋の中でお湯が沸騰していた。

なんとか手を切ることなく食材を切り終わり、ふぅと息を吐きながらナイフを置く。そのナイフは兄様がすぐに回収していった。

「アルバ、上手に切れたね。お疲れ様」

褒められて、嬉しくなる。

こういうのがやりたかったんだと、ようやく合同キャンプのジレンマが解消された気がした。どうして兄様はピンポイントで俺がやりたいことをやらせてくれるんだろう。

「とても丁寧に切っていたね。安心して見ていられたよ」

兄様が俺だけをまっすぐ見てにこやかに言うので、何か含みを感じて隣をちらっと見ると、もっと切りたいと騒ぐルーナとそれを冷や汗とともに止める義父が目に入って思わず声を出して笑った。

「ルーナ、すごく楽しいね」

「うん！」

「兄様、僕にもっとできることはありませんか」

ルーナと共に兄様を見上げてそう言うと、兄様はブルーノ君が選んだ調味料をとって、ウインクしながらに俺の手に乗せてくれた。そして、俺とルーナを交互に見ると、真剣な顔つきになった。

「これはね、九歳を越えた人しか入れることのできない特別な調味料なんだ。だから、アルバが入れてくれる？」

「えっ、年齢制限があるのですか……？」

驚きながら手元の瓶を見ると、何やらスパイス的な粉が入っていた。

これが、年齢制限調味料……と手元を見下ろしていると、ルーナが「ルーナも入れる！」と騒ぎ始めた。笑いをこらえた顔で、兄様がルーナに「だめだよ」と諭す。

「さっきも言ったように、この調味料は九歳を越えないと入れてはいけないものなんだよ。ルーナはまだ九歳になっていないでしょ。だからいけません」

「えー、どうしてー」

「九歳よりも下の子が入れると、その料理は食べられなくなってしまうんだよ。ルーナは一生懸命切った材料を使った料理を食べられなくなってもいいのかな？」

「やだあ」

「じゃあ、我慢ね」

「うー……はーい。アルバにいさま、おいしくね。おいしくしてね」

口をとがらせながらこっちを見るルーナに返事をしつつ、そんな恐ろしい調味料があったのかとドキドキしていると、兄様がそっと耳打ちしてくれた。

「本当はね、それをたくさん入れすぎると辛くなってしまうから、ルーナにはああ言ったんだよ。少しならとても美味しくなるけれど。ルーナはきっと、これも力の限り入れそうだったからね」

ネタ明かしをされて、なるほどと納得してしまう。

こういうときに頭からだめと言わない兄様が最高に素敵な兄様だな、と思いながらそっと少量だけ鍋に振り入れると、そこからは騎士たちが次々食材を鍋に入れていった。

その光景はやっぱり野営としか言いようがなかった。

手慣れた様子で黙々と作業をする騎士たちを感心して見ていると、今度は兄様がフライパンのような調理器具を手に取った。

ブルーノ君が次々それに野菜を入れていき、兄様が器用に炒める。

途中スウェンに渡された大きく切られた肉を盛大に入れ、上から瓶に入った液体をざっとかける。

すると、フライパンがブワッと火に包まれた。

ゴォォとすごい勢いで火が立ち上り、夜空を明るく彩る。

俺とルーナは、その綺麗な炎に見入ってしまった。

こんな豪快な料理、見たことない。

感嘆の声が俺の口から漏れると、兄様は俺の方を向いてニコッと笑ってから、氷魔法の詠唱をした。キラキラと炎に照らされた氷が光を反射しながら辺りに舞い、それに合わせるようにゆっくりと炎が消えていく。

その一連の流れは、まるで何かの演戯(えんぎ)を見ているような心地にさせてくれた。

炎が消え、夜の暗さが戻ってくると、辺りには美味しそうな匂いが充満し、とてもいい色の豪快肉盛り的なものができあがった。

「さ、皆で食べようか」

兄様の手で焼き上がった肉が、スウェンの手によって皆に分配されていく。

中心の焚き火にかけられている鍋を囲んで、俺たちと騎士たちができあがった食事に舌鼓を打った。

皆で手分けをして後片付けをすると、今度はルーナとともにテントに移動した。

とはいえ、ルーナははしゃぎすぎてすでに夢の中。

義父がそっとルーナを寝袋に詰め込むと、テントの中にいるスウェンに託し、手に酒を持ってテントの外に出ていった。

兄様とブルーノ君はそもそもテントに入ってきてもいない。残っている火のところで、小さな椅子に座っている。

俺も後は寝なさいと義父に言われたけれども、今日こそは寝てなんかいられない。

しばらくは我慢したものの、たえきれなくなって起き上がる。それからスウェンに目配せすると、すべてわかっているとでも言うように、スウェンが目を細めて俺に上着を着せてくれた。

お許しが出たので、そっとテントの入り口から顔を出す。

するとなんと兄様たちが酒を飲んでいた。

この世界では何歳から飲酒していいのかな、と首をかしげつつ、そっと外に出る。

俺に最初に気づいたのは兄様だった。

上着までしっかり着ている俺を見て苦笑すると、自分の横に座るよう手招きしてくれる。

「眠れないの？」

「せっかくのキャンプ、せっかく腹を割って話ができる機会、男同士の語らい仲間に入らない手はありません」

キリッと答えると、兄様が優しい笑みを浮かべた。義父とブルーノ君は呆れたような顔を俺に向けている。二人のその顔がそっくりで、思わず笑ってしまった。

先ほど一緒にキャンプご飯を食べた騎士たちは、交代制で見回りをしているらしい。通常業務に戻っただけだと辺りを見回す俺に義父が教えてくれた。

「アルバも何か飲む？　お茶を淹れようか」

「あ、それなら俺が淹れるからオルシスは座っとけ」

腰を上げようとした兄様を制して、ブルーノ君が慣れた手つきでケトルを用意してくれる。温室に行くといつでも薬草茶を淹れてくれるので、ブルーノ君のお茶を淹れる技術は折り紙付きだ。

俺は嬉しくなって、その手つきを眺めた。ブルーノ君のお茶は、すごく優しい味がして大のお気に入りだ。実は兄様もそのお茶を淹れてくれるけれど、ブルーノ君よりちょっとだけ苦くなる。そのおかげで苦いお茶も大好きになってしまったのは内緒だけど。

今夜は優しい味の薬草茶のようだ。

「それにしても、アルバは何をやるにもとても丁寧な手つきだったな」

義父が酒の入ったカップを傾けながら目尻を下げる。今日の義父はいつもよりもラフな格好をしている。髪もきっちりと後ろに流しているのではなく、一筋垂れているのが何やら色気マシマシ状態になっている。

俺はチラリと隣に座った兄様を見上げた。

手には酒の入ったカップを。そして服装は公爵令息ではなかなかあり得ないようなラフな姿をしている。まるで本当にキャンプをしているようなその姿は、前にスチルで見た制服ラフなんか目じゃないくらいにワイルドでかっこよすぎて目のやり場に困る。

長めの銀髪は後ろで無造作に縛り、はらりと落ちた一束の髪がやはり色気をダダ漏れさせていた。

その姿は、義父とそっくりと言っても過言ではなかった。

なるほど、兄様が年齢を重ねると義父のようにこれほど美しくなるのか。いや、今も十分美しすぎるけれども。

「あー、兄様と父様がかっこよすぎて困る……」

思わず本音をこぼしてしまった瞬間、兄様と義父は呆れたように笑い、ブルーノ君は噴き出すのを我慢するかのような顔で肩を震わせた。

なんとか笑いをこらえたブルーノ君からお茶を手渡され、一口啜る。

温かさが体の中からじんわりと浸透していく。

ほぅ、と息を吐いてから、俺はぐっと拳を握った。

「では、皆で夜の男同士の話をしましょうか」

気合入れまくりでそう提案すれば、兄様がブハッと酒を噴いた。

咽せた兄様の背中をさすりながら、何かおかしなことを言ったかなと首をひねっていると、義父が戸惑ったような視線を俺に向けて口を開いた。

「アルバは、私たちと一体どのような話がしたいんだい？」

「男同士の話って、アルバはまだ成人していないからな」

「こらブルーノ、アルバの前でどんな話をする気なんだ」

「でも公爵様、アルバはちゃんと言ってやらないとさっきみたいにすっごいことを無意識に言ってきますよ」

「うぬぬ……」

義父とブルーノ君の気安いやりとりに、俺何もおかしなこと言ってないよな、とさらに首をひねる。

「しかしな……」

苦悩する義父を横に、兄様がそっと耳元で囁く。

「アルバは、猥談がしたいの？」

言われた瞬間、俺の顔が沸騰した。頬が熱くて両手で顔を覆う。

こんな顔面凶器のような三人と猥談！

え、え、待って。

「……兄様たち、そんな話、するんですか……？」

チラリと指の間から皆を見回せば、三人ともに笑いをこらえる顔をしていた。

「しないよ。しない。まず僕とブルーノではそういう話題は出ないよ」

「話題に出るのはアルバの話ばかりだな」

「それにそんな話を父上とするのもどうかと思うしね」

「そうだな……されても、少し困るな」

本当に困ったように義父が呟いたので、よかったぁ、と顔から手を離す。

まだ頬は熱いけど、焚き火の明かりしかないからきっとばれないよね。

慌てて地面に置いたお茶を持ち上げて口をつけると、兄様はふっと目を細めて、先ほどとは違う真面目そうな声を出した。

「僕たちは今、厄災の魔物と戦ったときの話を、父上にしていたんだ」

「アルバが、とても素晴らしかったという話を聞いていたんだよ」

義父も優しい声音で、兄様と同じように目を細める。

「とても指示が素晴らしかったんだそうだな、アルバ」

「そんなこと……そもそも、僕は口を出しただけです。皆の強さがないと絶対勝てなかったですから。あのときの兄様とブルーノ君は本当にすごくて。協力して透明度の高い氷を作り出した時なんかは本当に感動しました」

「アルバに言われなきゃ何もできなかったけどな、オルシス」

「本当に。アルバがいなかったら、たとえあの場に駆けつけても何もできないで終わったと思う」

兄様が視線を下に向けると、睫毛の影ができて、憂いのある表情になる。

確かにあの戦闘は、怪我こそ少なかったけれど、皆ほぼすべての力を出し切った戦いだったから。

誰一人欠けることなく生還したけれど、一歩間違えれば、全員が今ここにはいなかったかもしれない。

少しずつ落ち着いてくる日々に、あの戦いも色あせていくかもしれない。でもふとした拍子に思い出すと、きっとそのたびに今みたいに手が震えるんだろうなと思う。

ひんやりとした手のひらをお茶の入ったカップで温めながら、俺は三人を見つめる。

「僕は、ちゃんと指示を出せていたでしょうか。持てる知識を全部出し切ったつもりだったけど、でも……もしかしたらもっと最善の手があったのかもしれない。そう思うと……」

魔物はキラキラと消えていったけれど、周りを見渡せば皆地面に倒れ伏していた。

俺さえもっとたくさん考えたら、もしかしたらもっと余裕を持って倒せたのかもしれない。

そう思うとやるせない。

視線を下に向けると、俺の肩に腕が乗せられた。

そのままぐっと抱き寄せられて、顔を上げると、すぐ近くに兄様の麗しいご尊顔があった。

「アルバは、全力を出せていたよ」

優しい声が、耳に直接飛び込んでくる。

すると、今度は反対のお隣から、ブルーノ君が俺の肩を軽く叩いた。

「あれは、あの時のベストだ。魔力枯渇は一日寝れば大丈夫だし、誰もひどい怪我をしなかった。ヴォルフラム殿下だって、アルバが俺たちの前に連れてきてくれたから、救うことができた。違うか？」

「それに、厄災の魔物の動きを読めたのはアルバだけだよ。僕たちだけだったら、攻撃が通らなくて誰もがまだまだこれからという時に魔力が枯渇していたはずだ。それくらい、アルバが来る前までの攻撃は通らなかった」

「ああ。アルバが来る前にきっちり攻撃を通していたのは、ミラ嬢だけだった。俺の魔法も無意味で、オルシスの氷の攻撃ですら効いているようには見えなかったな」

「アドリアンなんか炎はまったく効かず、剣も弾かれてとても悔しがっていたよ」

「あれなー」

二人が顔を見合わせて、肩を震わせる。

その顔には、憂いなど全然見当たらなくて、あの戦闘が二人にとってはそこまで酷い戦いじゃなかったんだということが窺えてほっとした。

トラウマになんてなったら、大変だもの。

息を吐いて、肩の力を抜く。

それから俺はこっくりと頷いた。

「アドリアン君はとことんあの魔物と相性が悪いですからね」

もしアドリアン君推しの人がアビスガーディアンと戦う流れになったら、どれだけ苦労するんだろう。

オルシス様と一緒に戦ったときに氷が相手の攻撃を跳ね返すことに気づいてからは大分楽になったけれど、他のキャラにはそういう方法はあったのかな。なかったとしたら、とても苦戦を強いられる戦いになったと思う。

それぞれのキャラには、必殺技のような威力がとても高い攻撃があった。

オルシス様は氷の槍を無尽蔵に出す魔法、ブルーノ君は植物で相手の身体を締め付ける魔法、アドリアン君は相手を火だるまにする魔法。ちなみに第二王子殿下は光線のような相手を貫く魔法、リコル先生は身体を水で覆ってしまって相手を弱らせる魔法だ。

ヴォルフラム殿下を選んだ記憶はないからわからないけれど。

きっとその必殺技を覚えていたとして、それを使ったとしても、あの攻撃パターンをわかっていなかったら絶対に勝てなかった。

あの戦いを覚えていてよかった。記憶があってよかった。

あの記憶がなければ、どこかで詰んで、絶対に皆で帰ってくることはできなかった。義父が駆けつけてくれるまでに終わらせることも、そこまで保たせることもできなかった。

でももし、全員のレベルをカンストさせていれば、もっと強い魔法や効果的な攻撃方法もあったかもしれない。

そんな風に上を見ちゃったら、切りがないっていうのはわかっているんだけど。

小さく溜息をつくと、二本の手に髪の毛をぐしゃぐしゃとかき混ぜられた。

兄様と、ブルーノ君の手だった。

顔を上げれば、二人とも笑っていて、炎の向こうに見える義父の顔にはひどく安堵した表情が乗っていた。

「私は、君たちが厄災の魔物を倒したこともそうだけれど、ちゃんと生きていてくれたことが、とても誇らしいよ」

吐息とともにこぼれたようなその義父の言葉は、小さいのにしっかりと俺の耳に届いた。

「今、王宮はかなりごたついている。オルシスとブルーノはまた呼び出されるかもしれないな。大変だろうが、協力してほしい。アルバはしばらく家でゆっくりしなさい。また熱が出たら大変だから」

義父の言葉に、そうだったと思い出す。

とても穏やかな日々を過ごしていたから、義父たちが王宮に呼ばれたことをすっかり忘れてた。

どんな話をしたのかよりも、母の言葉に衝撃を受けてしまってすっかり頭から抜け落ちていた。

母の言葉に……

またしてもボッと顔に血が上る。

今もまだ、兄様の腕は俺の肩に回っていて、身体は密着している。

はわわ、と口から変な声が漏れてしまう。

心臓が跳ねて、頭が真っ白になる。

途端、その白くなったところに兄様の顔が浮かんできた。

『　　』

音のない言葉は、俺の耳には入らなくて。

長い睫毛がパサリと上下し、そのシルバーに光る睫毛の間から、紫色の宝石がまっすぐこっちを射貫いていて。

『　　』

また、口だけが動いた。

これはスチルじゃない。今ここにいる兄様の姿だ。

兄様がこんな、泣きそうな顔をするなんて。

笑っている顔が見たいよ。そんな顔をさせたのは誰。

必死でその口の動きを読もうとしたところで、口の中に甘い香りが広がった。

そして、憂い顔の兄様がスッと消えていく。

はっと顔を上げれば、俺の顔を覗き込んでいる兄様とブルーノ君、半分腰を上げている義父が目に入った。

口の中でコロリと飴が転がり、ようやく俺は、今『刻魔法』が発動していたんだということを理解した。

けれど、兄様の顔は、さっき脳裏に浮かんでいた顔とそっくりだった。

「アルバ」

「兄様……」

「大丈夫？　どこか調子が悪いところはない？」

「大丈夫、です」

ぼんやりと兄様を見上げれば、兄様の長い銀色の睫毛がパサリと瞬いた。

「何かを、見た？」

まさに兄様のその顔を見ました。

声に出さずじっと兄様を見つめる。

コロリと転がる飴が、とても優しく思えた。

「兄様が、泣きそうな顔で何かを言っていました。その言葉が聞きたくて。でも、聞こえなくて」

あんな顔をさせるのは、だれ。

ぽつりと呟くと、隣から呆れたような溜息が聞こえた。

「それ、アルバがそんな顔をさせてるんだよ。アルバ以外に、オルシスにそんな顔をさせられるやつはいないから」

「そうだな。ルーナでも、ブルーノでも、私でも無理だ。きっと、オルシスが泣くとしたら、アルバのこと以外あり得ない」

ブルーノ君の言葉に衝撃を受けていたら、義父も便乗攻撃してきて、うぐ、と変な声が漏れる。

「ううう、兄様を泣かせるのは本意ではありません……」

俺が泣きそう、と口をへの字にすると、兄様がぐっと顔を近づけて、俺の額にチュッと唇を押し当てた。

「きっと、アルバの頭の中に見えた僕は、『離れないで』って言ってたんだよ」

「離れないで……？」

兄様の言葉を、あの動いていた口に必死で当てはめてみる。

「そう。『離れないで』」

目の前の兄様の口が、あの映像で見た口とまったく同じ動きをしていた。

離れないで。

「離れるわけありません。離れられるわけがない」

本音を呟くと、またしても兄様の表情が陰った。

「でもここ最近はアルバ、僕を避けるから。そろそろ冗談じゃなくだめになりそうだったんだよ、僕は」

「心当たりはありすぎる。母の応援に過剰反応して、兄様の顔をまともに見ることができなかったから、最近は視線を向けることができなかった。

ごめんなさい、と小さく謝れば、兄様はもう一度俺のおでこに唇をくっつけた。

「二度と僕と距離を置かないなら、許す」

それは、兄様が嫡男としての務めを果たすときも有効ですか。それだったら、今度は俺がだめになるかもしれない。

でも、それを兄様が望んでいるのなら。

「離れません」

意を決して口に出せば、焚き火の向こうで義父が肩をすくめるのが目に入った。

「さて、アルバとオルシスの仲直りも済んだところで、アルバ、そろそろ寝る時間だよ」

しんみりした雰囲気を消すように、義父が声を張り上げた。

なんだかんだで盛り上がるどころか兄様を泣かせてしまうところだったと自覚した俺は、これ以上墓穴を掘らないようにと、義父の言葉に頷いて立ち上がった。

すると隣の兄様も腰を上げ、テントまで送ってくれた。

一緒に中に入ると、スウェンが優しい笑顔で迎えてくれた。

俺の世話をしようとするスウェンを止め、兄様が俺の寝袋を入りやすいように押さえてくれる。

「スウェン、さっきアルバが魔法を発動してしまったから、気をつけて見てあげてほしい」

「かしこまりました」

「それとアルバ、さっきの言葉、絶対に忘れないで」

「はい」

返事をしてから、靴を脱いで寝袋にもそもそと入ると、兄様が首元を整えてくれた。

「アルバはまだ成人していないから猥談はできなかったけれど、ちょっとだけ腹を割った話はできたかな」

クスッと笑う兄様の言葉で、あっと声を上げてしまう。

そうだった。腹を割った男の話をする予定だったんだ。

それがどう転んであんなしんみりした話になったんだろう。

それに……

「猥談……」

「それは、アルバがもっと大きくなってから」

俺が大きくなったら、兄様がこんな素晴らしい麗しい顔で猥談を語るの……？

何それどんな拷問ですか。

「た、耐えられなそうです……」

思わず顔を両手で覆うと、兄様が声を出して笑った。

「じゃあ、おやすみ、よい夢を」

スウェンの見ている前で、兄様は身をかがめると、俺の額に唇をくっつけた。今宵三度目の、額への口づけだった。

◇◆◇（side オルシス）

照れるアルバをスウェンに託すと、僕は火のそばにいる父上とブルーノのもとに戻った。

腰を下ろすと、父上が空だったグラスに酒を注いでくれる。

それを呷って、フウと深い息を吐いた。

「離れないで、は僕の、嘘偽りない本心です」

炎に照らされた父上の顔をまっすぐ見ながら、僕は口を開いた。

父上は肩を竦めると、グラスを一気に呷る。

「わかっている。けれどオルシスは嫡男で、継嗣だ。跡取りをどうするかが一番の問題だ、が……」

はぁ、と大きな溜息を吐くと、父上はしばらく黙り込み、もう一度グラスに酒を注いでそれも一気に飲むと、口を開いた。

「アルバのあのおかしな行動は、どうやらフローロが原因のようだ」

父上の発言に、僕とブルーノは顔を見合わせた。

義母上が原因で、どうして僕を避けるんだろう。

首をかしげると、父上は疲れ切ったように力なく笑った。

「私がこんな発言をしたことは、この広大な空の下、男同士の腹を割った話だからこそだ。私も真剣に悩んでいるんだ」

「父上……それで、どうして義母上が原因でアルバが僕を避けるんですか」

言い訳を口にする父上に、先を急かすと、父上はもう一度ハァと息を吐いた。

「フローロが、アルバにオルシスと一緒になりたいときは応援する、と伝えたんだそうだ」

苦悩の表情でそんなことを言い出した父上に、俺もブルーノも動きを止めた。

義母上が、僕とアルバの応援を……

父上の表情からして、父上は僕が家を継いで嫁を取り、跡継ぎを作るのが当たり前だと思っていたらしい。それはきっとアルバも同じことを考えていたはずで。実際に一度そんなことを泣きそうな顔で言われたことがあった。

けれど、僕は、アルバ以外の誰かと寄り添って、アルバを単なる義弟として見るのはちょっとももう無理だというのは自覚している。

この気持ちは捨てないといけないと思えば思うほど、強く根深くなってしまって、自分でも持て余していた。

アルバは血のつながりがないとはいえ、弟で、男で、この家を継がなければいけない僕が一番選んではいけない立ち位置。

けれど、おとなしくアルバの義兄でいることなんて、できない。

だから、義母上がそう言ってくれたことが何よりも嬉しかった。

「だったら、僕を跡継ぎから外してください。幸い僕たちにはルーナとブルーノがいる。問題はないです」

「待て、問題ありまくりだろう」

頭痛がするとでもいうように頭を抱える父上に、「飲み過ぎでは？」と声を掛けると、父上がさらに険しい顔をする。

「父上には言っておきます。僕は、きっとアルバと離れたら、アルバが小さい頃に言っていたように、表情筋が死滅すると思います。アルバ以外で、あまり感情が動く気がしません」

「それはわかっている。けれど、けれどなあ……私の立場で、それでいいと言うのは案外難しいものなんだ」

「わかっていて言っています。けれど、父上はきっと、僕が壊れるよりも、僕とアルバがともに笑っている未来を願ってくれると信じています。それくらいは僕を愛してくれているでしょう？」

「愛しているとも！　あー……どうしてオルシスはこんな風に育ってしまったんだ」

「それはアルバが全力で甘やかしたからでしょうね」

いつになく表情を崩す父上に、ブルーノが苦笑しながらも横から冷静に指摘する。

父上の苦悩はわかるけれど、義母上が僕たちを応援してくれるのなら、きっと父上は最後には認めてくれると思う。

きっと今のアルバの気持ちと僕の気持ちは、少しだけ温度が違う。

でも、その違いがなくなったら、僕は絶対にアルバを離してあげられなくなる。

父上、ごめんなさい。どうか諦めて。

この作品に対する皆様のご意見・ご感想をお待ちしております。

おハガキ・お手紙は以下の宛先にお送りください。

【宛先】

〒150-6008 東京都渋谷区恵比寿4-20-3 恵比寿ｶﾞｰﾃﾞﾝﾌﾟﾚｲｽﾀﾜｰ８F
（株）アルファポリス　書籍感想係

メールフォームでのご意見・ご感想は右のＱＲコードから、
あるいは以下のワードで検索をかけてください。

ご感想はこちらから

本書は、「アルファポリス」（https://www.alphapolis.co.jp/）に掲載されていたものを、
加筆・改稿のうえ、書籍化したものです。

最推し（さいおし）の義兄（ぎけい）を愛（め）でるため、長生（ながい）きします！３

朝陽天満（あさひ てんま）

2023年 11月 20日初版発行

編集－古屋日菜子・森 順子
編集長－倉持真理
発行者－梶本雄介
発行所－株式会社アルファポリス
〒150-6008 東京都渋谷区恵比寿4-20-3 恵比寿ｶﾞｰﾃﾞﾝﾌﾟﾚｲｽﾀﾜｰ8F
TEL 03-6277-1601（営業） 03-6277-1602（編集）
URL https://www.alphapolis.co.jp/
発売元－株式会社星雲社（共同出版社・流通責任出版社）
〒112-0005 東京都文京区水道1-3-30
TEL 03-3868-3275
装丁・本文イラスト－カズアキ
装丁デザイン－AFTERGLOW
（レーベルフォーマットデザイン―円と球）
印刷－中央精版印刷株式会社

価格はカバーに表示されてあります。

落丁乱丁の場合はアルファポリスまでご連絡ください。

送料は小社負担でお取り替えします。


ISBN978-4-434-32914-2 C0093